中华传世藏书

【图文珍藏版】

纳兰性德全集

[清] 纳兰性德⊙原著

王书利⊙主编

第六册

线装书局

纳兰性德哀词·诔词·祭文·挽诗·挽词

张玉书《进士纳兰君哀词》

（康熙刻本《通志堂集·附录》）

　　侍卫成容若以疾卒于位，时天子将驾銮辂，遵皇衢，历畿辅，避暑于塞外逴北之地，君之尊人相国先生方被命扈从。比君讣上闻，朝廷动色震悼，旋遣近臣致奠于几筵，而特诏相国辍行，所以降旨慰谕甚悉。呜呼哀哉，何天不吊而夺君之速也！君幼秉异姿，丰标卓踔，怀瑾握瑜，被服儒雅，年甫弱冠即以制举艺策名春宫，一时振奇。摛藻之士争颂君文，以为贾董醇深、韩欧典则兼而有之，而君色下气温，规言矩步，乍与君接者不知为荫藉高门，且以鸿文雄跨寓内也。岁丙辰以对策登上第，天子雅重君才，不欲烦以庶职，特擢宿卫给事禁中。君禀相国义方之教，衣金貂，曳赐履，入侍殿廷，出骖羽骑，一心匪懈，宿夜在公。天子察君忠勤，倚任惓切，信所谓韦氏之有元成，许国之有廷硕者矣。而君偃直稍暇，留精问学，缥缃插架，丹黄满家，其人翘材之馆而分文宴之席者，辄有人尽江萧，座皆庾鲍之目。惟君对客抽毫，停觞掷句，即新词小令亦直追渭南、稼轩之遗，宾从过而咨嗟，词宿为之叹绝，岂非天授逸才，身兼数器十乘，蔚称国宝，而千里羡为家驹者乎！夫阿偶抱微疴，浃旬增剧，年仅及壮，顿捐馆舍？呜呼痛哉！玉书备官禁林，与君时接履舄，家弟仕可自

举京兆，及对大廷，皆附名君，后得称世讲。昨岁冬，君扈跸抵广陵，某适罹先人之戚，星奔南下，揖于河干，问慰而别，距今甫半载，而凶问忽至，恸可知已。礼闻朋友丧则为位而哭，余兄弟既哭君于位矣，死生契阔，无以为怀，谨寓诸不文之词，以写余二人之哀。辞曰：

我闻天道兮履顺遇丰，植仁树义兮福萃厥躬。菀枯贸理兮清浊埃曀，俯仰抑塞兮欲诉苍穹。繄惟我君兮阀阅崇隆，贵而好修兮折节磨砻。世家侨胙兮执德弥冲，在帝左右兮翼卫瑶宫。六龙时迈兮靡御弗从，边城塞草兮铁骊雕弓。心膂是寄兮匪懈益恭，性耽图史兮退食自公。延接才俊兮扬英飞琼，槃敦主盟

兮玉应金春。繄余昆季兮行合趣同，踪迹间阔兮道义交融。衔恤南返兮时惟仲冬，迎銮江浒兮复觏光容。还辔几何兮遽遭鞠凶，哀音上彻兮诏出丹枫。芬苾是荐兮式酬乃庸，元臣慭子兮帝为心恫。倚庐逷听兮忧怀忡忡，追惟畴昔兮悲思安穷。燕云江树兮酹酒遥空，缄词千里兮陨涕秋风。

杜臻《哀词》（康熙刻本《通志堂集·附录》）

容若君以疾卒于邸第，天子闻而轸悼，赐金以敛。自公卿而下至于僚友以及韦布单寒之士，莫不嗟伤陨涕。君为长白巨族，今相国太傅公之冢子，贵矣；乃能折节读书，延引素士，为布衣交，相与砥磨千秋之业。诗词清丽，专门所不及；居家孝友，与人处，一于诚挚，振起困约，解推靡倦，以故知与不知咸以得一见君为幸，于其亡也，亦感慕有加云。君以康熙壬子举于乡，癸丑捷南宫，丙辰廷对高第，方且陟清华、领著作矣。天子以君勋戚之贤，简任心膂，欲君常在左右，遂复补珥貂贵秩，率环卫、侍禁近焉。比年以来，车驾躬诣盛京，展谒陵寝已，复避暑口北，又南巡齐鲁，登泰山，涉江淮，至于吴会，君皆从。虽都成之奉车，富平之扈跸，不能拟其亲幸。盖君忠爱恳恻结于方寸，后先疏附，恭谨罔懈，故能特荷主知，非独河东三箧闇记靡遗，出入禁闼视瞻端审而已也。忆往岁，太傅公正位秉钧，余以菲薄承乏佐铨，亡何遽婴先子之戚。太傅公笃念寮寀，锡之奠赙。惟时君实衔太傅之命，以祝临于几筵，披帷奠斝，执礼甚恭，感此隆厚，至今靡忘也。迨余赴补入都，则见君年龄益茂，宸眷益深，以轶群绝伦之才而日近至尊，亲承辟咡之诲。天子实重爱君，雅欲君习勤劳，练繁剧，然后畀以政事大用，行有日矣，而太傅公亦乐得有君以承弓冶之业，乃不图君竟奄然而长逝也。鸣呼！天胡不佑善人？其能无梦，梦之叹哉？余忝旧谊，且惜君以终贾之年而早赴玉楼之召也，爰作长言以哀之，曰：

繄艮方之灵岳兮，岿概日之穿标。蟠丰镐之丕基兮，复钟萧而毓曹。诞才子之笃诚兮，珥戚里之丰貂。搴杏苑之琼葩兮，自弱冠而登朝。夫既有此华阮兮，又申之以练要。佩青萍而被宝璐兮，握荃兰而纫桂椒。袭渊云之藻采兮，揽屈贾之流飙。惟含章而不曜兮，斯履盛而无骄。辟东阁以邀宾兮，效南皮之燕友。将安吉于缁衣兮，托殷勤于佩玖。来泌水之高贤兮，致梁园之皓叟。藉坟索以穷年兮，慕伤生之屈首。忘朱门之华胄兮，期立德于不朽。惟大钧之爱物兮，神裁成于氾护。试申屠于都尉兮，习兰成于典午。荫格泽之虹旄兮，蹑钩陈之象辂。御二龙于璿台兮，追八骏于悬圃。蒙曦景之垂晖兮，邀九天之咳唾。沐卷阿之休风兮，浥蓼萧之湛露。禀渊猷于密勿兮，庶盐梅之接武。陋汉室之韦平兮，乃遂为丁公与禽父。夫何昊天之不吊兮，悴玉树以秋霜。痛西日之难回兮，捣修夜之不阳。闻鸣驴于荒草兮，跱孤鸥于白杨。著犀尘而凭棺兮，摧瑶琴而下堂。嗟灵魂之永逝兮，殷裔裔其徜徉。贯列缺而乘罔象兮，排浮云而轶猗狂。惟平生之素好兮，空踯躅而增伤。虽愧叹其何及兮，泪流裾之浪浪。

严绳孙《哀词》（康熙刻本《通志堂集·附录》）

吾友成子容若以疾卒于京邸，时余方奉假南归，病暑，淹于途次，不获一遂寝门之哭，且中情惝恍，未忍信其遽然。及还里门，有仆归自京师，骤诘其语，乃知吾友之亡信矣。呜呼哀哉！始余以文字交于容若时，容若方举礼部，为应时之文。丙辰以后，旁览百氏，习歌诗乐府。既官于朝，不能时时读书，然尝所涉览辄契古作者之意，于前人书法皆得之形体结撰之外，故不类俗学。比喜小词，每好为之，当其合作，宋诸名家不能过也。或感触风景，扈从山川，时复有作；及以相质，欣赏其长而剔抉其所短，莫不厘然各当于心焉。初容若年甚少，于世无所措意；既而论文之暇，间语天下事，无所隐讳。比岁以来，究物情之变态辄卓然有所见于其中，或经时之别，一再接其绪论，未尝使人不爽然而自失也，盖其警敏如此。使更假以年，吾安知其所极哉。夫容若为吾师相国子，师方朝夕纶扉，以身系天下之望。容若起科目，寻擢侍殿陛，益密迩天子左右，人以为贵近臣无如容若者。夫以警敏如彼而贵近若此，此其夙夜寅畏，视凡人臣之情必有百倍而不敢即安者，人不得而知也。岁四月，余以将归，入辞容若，时坐无馀人，相与叙生平之聚散，究人事之终始，语有所及，怆然伤怀久之；别去又送我于路，亦终无所复语。然观其意，若有所甚不释者，颇怪前此之别未尝有是，余因自惟衰飒之年，恐一旦溘先朝露以负我良友，又念余即未遽北返，容若且从属车南幸，当相见于九峰二泉之间，是时冀衰飒者尚

无恙也。呜呼！岂谓容若之强且少而先我长逝哉！向使知其如此，少迟吾行，犹得凭棺一恸，虽复老疾交迫，当不以故土之恋易此须臾矣。唐李德裕以宰相子继登台辅，深习典故，用能勋业烂焉，光于史册。容若夙奉庭训，顷且益被主知，兹其殁也，天子所以哀而恤之者皆出于异数，足知上之任用之意未有量，乃竟不得一展其才，而徒以乐府小道自托于《金荃》《兰畹》之遗，使后世缀文之士抚卷而三叹也。呜呼，岂非家国之均痛哉！爰为文以哀之，辞曰：

　　仰崇山之郁崔兮，薄青云以上浮。羌置身于其巅兮，情坎壈以怀忧。蹑高

步于昭昭兮，秉小心之翼翼。入余登于螭头兮，出望鸡翘以云集。谓华阮其足乐兮，夫焉察君之中情。竭悃款以展采兮，用无忝于所生。抗侧帽之高唱兮，聊以导夫郁积。假玩物以永日兮，其肯以吾心而为。役灿金题与玉躞兮，错钟彝之虫篆。曾何金石之可保兮，矧云烟之过眼。君既洞烛乎人世兮，又何怀乎故宇。眷亲闱之罔极兮，亮百生而莫补。在瞿昙之往说兮，或有托以去来。岂诚前因之不可昧兮，欻遗迹乎尘埃。嗟余生之澒落兮，蹇纡郁其谁语。托末契于忘年兮，率中怀以相许。历一纪以及兹兮，山川其犹间之。保离会于百年兮，忽中道而长辞。余不乐乎秋风兮，吹归心以南堕。纷饮泣以狐疑兮，冀道闻之未果。胡昊天之不吊兮，人琴忽其俱捐。从此望玉河之门馆兮，首燕路而不前。泣白雪于遗编兮，袭银钩于故牍。苟斯人其可作兮，何百身之莫赎。梦余登于君之堂兮，易缥缃以穗帷。飘风槭其入户兮，落叶依于重闱。惟西河之永痛兮，欲寄慰其何言。戒素车其犹未达兮，心怅结而烦冤。浮生悯其伤逝兮，顾崦嵫之已迫。指九壤以为期兮，庶永托乎晨夕。

徐倬《哀词》（康熙刻本《通志堂集·附录》）

盖闻牙期叶听，故辍响于朱弦；庄惠同心，因罢谈于清濮；闻山阳之短笛，自尔销魂；过黄公之旧庐，能无流涕？况夫英年飞鹏，才子修文，人之云亡，情何能已！同年容若先生，望推尹陟，世系韦平，手弄金环，天生凤慧，庭罗宝树，品越恒流。揖客而早对杨梅，把酒而立成鹦鹉，读书则五行俱下，挥毫则万斛惊飞。先超紫燕之群，真无空阔；继啖红绫之饼，独擅风流。因豹尾之须才，特留禁脔；为虎贲之得士，竟夺花砖。身惹御香在杨柳春旗之内；时承天语当落英芝盖之前。才挽雕弓，吟猿落雁；便提湘管，垂露悬针。洞野钧天，尽助雄文之丽；甘泉卤簿，胥收掌故之中。而且陆贾赐佗，相如谕蜀，驰驱不惮乎万里，要荒特重其片言。此殆吉甫再来，文武有兼收之用；曹公复出，书

猎有迭举之能者也。若夫高怀天授，逸韵生成，产金张许史之家；偏亲韦布，擅卢骆王杨之制。还喜香奁，绝妙好辞，双鬟按拍；流传乐府，孺子知名。辋水营丘，看烟云之过眼，明窗棐几，存丘壑于此中，云情半寄酒边，霞想直驰天外。至于缠绵友谊，悱恻朋情，入座尽是王褒清言，无非支许。红荷香里，常留砚北之人；渌水亭间，竟作道南之宅。张琪死日，妻子惟托朱晖；刘尹端居，风月专思元度。是又伐木陈诗，以后谷风，兴刺以来，未有方兹古道俪厥

久要者矣。奈何桂蠹兰萎，人亡琴在；露未零而陨叶，壶方漏而闻钟；玉树一

枝长埋黄土，龙文三尺竟跃沧波；续断无弱水之胶，回生乏祖洲之草；九重且兴不愁之叹，中郎行书有道之碑，岂止师友朋徒寝门聚哭已哉。倬热不随人，傲常弃世，贫虽见怜于鲍叔，懒斯自绝于山涛，刺在袖而莫投，足望门而屡却，词惭兰畹聊寄相思，约在竹林将期款曲，感恩之义未报于生前，知己之言忽传于身后，用抒情愫，敬述哀辞：

望崆峒之戴斗兮，惊芒角之炱煤。仰文昌之黯澹兮，失云汉之昭回。命天孙使持节兮，敕鸩鸟为行媒。召才人于金阙兮，撼菁藻于瑶台。玉楼岩其耸峙兮，阊阖诀而荡开。霓旌纷以往来兮，苍虬肃驾于兰陔。遂御风以上征兮，已越身于尘埃。云容容而在下兮，山隐隐而驱雷。疑天子之好奇兮，欲与圣主而争才。舍阆苑之松乔兮，攫金马之邹枚。落灵芝于初旭兮，枯芳兰于始。收麒

麟于房驷兮，留朽骨于燕台。瞻银潢之奕奕兮，乘箕尾而徘徊。惟龙文在终古兮，时照耀于帝魁。庶真爽之不昧兮，永鉴格于岑苔。

翁叔元《哀词》（康熙刻本《通志堂集·附录》）

康熙二十四年（1865）五月晦己丑，我容若年世兄先生捐馆舍，叔元往哭于其第；既殡，往哭于其位次；越三日，再往阍人辞焉；又十日，偕同馆之士五人旅拜于几筵，哭如初；又八日，以天子命出殡于郊外，又往送之郊。呜呼，容若其自是长与余别矣！余与君定交自壬子同举京兆始也。方是时，君未弱冠，遵庭训闭户读诵，不妄交人，故同举之士百二十有六人，相与契合者数人而已。明年成进士，余落第，君时过从，执手相慰藉，欲延余共晨夕，余时应蔡氏之聘，不果就。是岁冬，谓余曰："子久客不一归省坟墓，知子以贫故艰于行，吾为子治行。"于是余作客十五年，至是始得归拜先人丘垅，僦数椽，居妻子，君之赐也。迨余丙辰幸登第，留都门，往来逾密，君益肆力于诗歌、古文辞，时出以相示，邀余和，余愧不能也。亡何，君人为侍卫，旦夕丞弼，出入起居多在上侧，以是相见稀少，然时时读君诗及所与友朋往还笔墨，知君兴益豪，风流俊迈，追古作者，非复往时之所造矣。退朝之暇，婆娑古人之法书、名画，焚香评赏，翛然自得，真草书与晋唐人相上下，淋漓泼墨，极飞动之致，视富贵名誉泊如也。属四海荡定，兵戈偃息，圣天子勤学好古，早朝晏罢，我师相国赞理密勿，谋谟庙堂，泽润生民，功在竹帛。君荫藉高华，海内有承平王孙之目，而其所处乃如幽人名士，其高致雅量不可及如此。呜呼，如君者何以死也！岂天地菁华之气发越既至而随以尽耶？抑欲脱去尘网而与造物者游耶？不然则志有所未尽，展才有所不得施乃遗恨而入地耶？呜呼，容若何以死也？余无文，不能状君之生平以传于后，于輀车之出也，姑为相挽之词以饯之，其词曰：

　　地纮顿兮天网张，虞门辟兮红云光。策紫骝兮宴曲江，有才子兮美清扬。抉云汉兮扶天章，给笔札兮侍帝旁。从羽猎兮赋长杨，捧日毂兮指扶桑。视寝膳兮中书堂，比苏颋兮在有唐。善书法兮继锺王，罗锦绣兮为心肠。探二酉兮贮书仓，奴风骚兮仆齐梁。三峡流兮词源长，染柔翰兮飞羽觞。骨香艳兮格老苍，彼辛苏兮面目仓。敦气谊兮重伦常，附谱牒兮共门墙。念师恩兮意彷徨，灯夜露兮马早霜。茹荼蓼兮形神伤，夺劳臣兮修文郎。排云雾兮叫帝阊，亘斗极兮吐角芒。目耿耿兮泪承眶，惟在三兮死不忘。如斯人兮今则亡，仰视天兮徒茫茫。焚兰蕙兮铩凤皇，修胡彭兮短胡殇。呜呼哀哉兮帝命孔彰，辍朝震悼兮黄鸟三良。老亲断肠兮血染绣裳，麻衣如雪兮幼子扶床。英灵被发兮下大荒，丹旐飞飞兮返北邙。白杨萧萧兮松风悲凉，陈芜词兮奠椒浆。身骑箕尾兮八表翱翔。默佑皇图兮姬历永昌。

吴兆宜《哀词》（康熙刻本《通志堂集·附录》）

呜呼哀哉！茫茫苍昊，八舍陨贤人之星；浩浩皇舆，千牛摧智氏之石。台倾稷下，寒士之广厦无依；弦绝匣中，素交之知音奚托？楚老致芳兰之泣，哲人滋坏木之悲。呜呼哀哉！公之殁也，较之荀令则之拥旄，已三周星次；比潘安仁之斑鬓，尚一欠瓜期；而桐君之药录靡徵，孤城之相术罔验；尔其穷泉斯闭，有去无归；长夜云遥，终古莫晓。睹生存之华屋，悲零落于山丘；嵇叔夜之闲庭，衰杨徒在；王子猷之旧径，种竹空存；东门旷达之怀，竟抱招魂之痛；西汉翘材之所，翻为思子之宫。呜呼哀哉！宜兄兆骞少与梁汾友善，公耽志友朋，娱情竹素，以梁汾言怜骞才而拯之。王孙甲第，穷鸟入怀；公子华池，涸鱼出水。于是徒中安国，死灰复然，绝域班超，皓首生入；甘年沙漠，雪窖而冰天，三载宾筵，锦衣而鼎食；侵晨弄墨，笔彩潜飞，半夜弹棋，灯花碎落；解骖赎石父之罪而岂徒哉，设醴尊穆生之贤良有以也。呜呼！生平素昧，激发初由，一言意气，相孚风期，永堪千古：父生而母鞠，惟公得成之焉；马角而乌头，非公孰急之焉？既而苏韶入梦，温序思归，牖北只鸡，怅回车之三步；日南送雁，载爂麦之一舟，夫皆我公之赐也欤。呜呼！其好义也如彼，其深仁也如此，固宜五福备至，三寿作朋也。而乃宿草未生，撤琴斯及；床惊斗蚁，灾降乃肱乃股之臣；室进巢焉，祸锺允文允武之佐。呜呼哀哉，公出入侍从则羽猎陪游，师旅劬劳则兰池奏对；闺门肃穆，表万石之淳风，著作乔皇，垂千

秋之鸿业。是以绩列太常之纪，名传史馆之文；七日歌虞，文士上中郎铭勒之制；百年谏行，公卿进兰成碑版之词，兆宜则何敢知焉？不才如宜，复蒙公置之宾馆，华山五千，终缺公恩之重；滇池九万，莫逾公泽之深。敬述哀辞，聊当痛哭云尔：

蔚矣成公，人伦之宗。搞华帝室，博济人穷。词藻翩翩，并驱牧马。雅尚孤标，阮嵇上下。兄骞塞表，二十三年。胥靡蒙脱，尽室南旋。管宁归魏，郭隗在燕。匪朝伊夕，谈论经史。花间草堂，击钵倾水。岁月不居，忽焉三祀。骞死公哭，云遇梁溪。金缕一章，声与泣随。我誓返子，实由此词。相去半载，

公遽长逝。玉树言埋，人琴交瘁。呜呼我公，而竟死焉。天高地厚，公恩莫加。山颓木坏，我痛无涯。侍医视疾，大官致吊。眇焉燕雀，胡然啁噍。追念哲人，饮恨吞声。如真可赎，人百其身。

董讷《诔词》（康熙刻本《通志堂集·附录》）

呜呼！自古名才秉英杰之姿，擅文章之誉，有盛名于时者，每为造物所忌，故干将多缺折而山栎享修龄，茫茫天道不可问也。居恒读书，废卷浩叹，亦以兹为遗恨焉。侍卫容若公为吾师相夫子冢嗣，二十年前，余在编翰受知夫子，夫子以余为迂疏，不惟不过督，且从而礼貌之，敦吐握之风，宽简澹之士。时公方成童舞象，固已嶔崎不群，相与纵谈汉魏，不以东海之士为孤僻而略之也。数载之间，沉酣六艺，囊括百家，汲古博综，下帷不辍，兼之一日数行，聪敏绝世，凡诸天文象纬，舆地山川，宝笈琅函，虫鱼草木，靡不穷搜，广采考核精详，遂以子丑联镳为名进士。余方与同馆诸公抃手庆快，为玉堂得人贺，已而天子以侍卫禁严之地需才品卓荦之员，特简吾公秩居首列，盖谓扈从跸警，疏附后先，非此莫胜其任也。而公亦克殚棐忱，格鬼神而矢天日，每銮旟攸向，无不在帝左右，迄今将十馀载矣。凌晨则佩剑趋蹡，逮夕则焚膏披咏，曾无倦色；而临池泼墨，对客挥毫，顷刻数纸，追米蔡词，抗苏黄诗，则拾遗王孟之间，罔不各臻其妙。著作弘多，鸡林争售，匪独海内时髦脍炙齿颊而已。呜呼惜哉！忆余往昔立雪程门，宫墙数仞，夫子以经纬之才，首陟兵枢，再登冢宰，既而四宇肃清，百僚矜式，金瓯协吉，仰赞一人，调燮阴阳，赓飏典诰，虽心

力俱瘁而天下称諴和焉。至于鲤庭禀训，诗礼承家，诲之以谦冲，励之以勤敏，公亦孝友惟谨，率履罔訾，且更罗致才俊之儒，与之濯磨讨究，皆啧啧推公以为英迈绝伦不可及也。呜呼惜哉！今夏杪，奄以小疾，遽狭飞仙入芙蓉之城，赋玉楼之句，闻讣惊恸，莫知所云，天道茫茫，诚不可问矣。将陈絮酒申厥觸些，而夫子峻拒。敬述谫陋之词，写之卷轴，莫罄招魂之泪，灵其鉴旃，爰附之诔而哭之曰：

呜呼！公之舍余，遽云逝矣；哲人其萎，梁木其坏矣；当兹之世，不复觌斯人矣。犹忆曩岁交公之始，器宇嶙峋，胸罗经史，伟构如椽，眼光透纸，文逼先秦，墨花散绮，磊落雄奇，推倒一世，折节读书，虚怀下士，尊卣鼎彝，青帘乌几，入雅出风，得其遗旨，耻蹈齐梁，直追正始。公之为学，务求其实，极深研几，芸缃祕帙，拔萃之姿，揽天之笔，踌躇满志，淋漓而出，丰沛诸贤，罕见其匹。帝顷北巡，卜期朔日，交龙和鸾，方推扈跸，何期曦驭，蒙汜奄即，遽作修文，永辞金阙，举朝公卿，佥为呜咽，帝亦俯悼，叹惋不辍。维余夫子，元嗣云亡，西河抱痛，凄焉以怆，泉台寂寂，漆灯未荒。余也与公，交情最久，世讲之谊，如足如手，惊闻皋呼，擗膺疾首，慰我夫子，语难以口，云輀载驾，泪滴絮酒，在天之灵，其亦知否？

严绳孙、秦松龄《祭文》
（康熙刻本《通志堂集·附录》）

嗟乎我兄，高阀锺英，神皋毓秀，风格鸿骞，才华虎绣，早擢巍科，在帝左右。主眷正渥，士论方崇，共期柄用，接迹元功。何为遘疾，遽及于凶。呜呼伤哉！兄之文学，江河屈注，对策万言，不袭常故。玉溪玮词，金荃丽句，寄托所之，前贤却步。兄之力学，强诵博闻，网罗故实，穿穴典坟，巾箱细字，玉轴高文，随身砚匣，到处香芸。兄之书法，神姿秀整，文敏法华，隐居内景，心慕手追，别出锋颖。兄于朋友，非世间情，人或谓狂，兄爱其真，人或谓冷，兄赏其清。兄处贵盛，门庭简饬，辨色趋朝，日暮下直，一二故人，明灯散帙，徵逐者流，见而走匿。嗟余两人，先后缔交，绳孙客燕，辱兄相招，下榻高斋，情同漆胶，迨今十年，不忘久要。松龄客楚，惠问良厚，谓严君言，子才可取，虽未识面，与子为友，无何相见，遂同故旧。去年冬暮，今岁春残，绳也奉假，龄则去官，握手言别，此别最难，后会何期，当筵酦欢。别来无几，思我实深，两奉兄书，见兄素心，尺书在怀，重比南金，含情未答，闻兄讣音。初得凶问，谓传者妄，讵此哲人，忽至沦丧，亲故贻书，知兄病状，云无所苦，笑谈属纩。兄来有因，兄去有向，莲花西土，玉楼天上。嗟余两人，徒怀旧恩，山堂为位，聊赋招魂。木叶夜落，空庭昼昏，追数平昔，忆兄绪言，十忘八九，取意所存。兄善倚声，世称绝唱，周柳香柔，辛苏激亢。每言诗词，同古所尚，古诗长短，即词之创，南唐北宋，波澜特壮，亦犹诗律，至唐而畅。屈为诗余，斯论未当。

昨年扈从，兄到吴门，归与吾言，里俗何喧，前人所夸，举不足论，吾意有适，扁舟水村，又到君里，山中汲泉，落瑶冰洁，下咽玑圆，地脉灵秀，应生高贤，若云临生，庶几似焉。嗟乎吾兄，意趣莫俦，文章山水，乃志所留，今我哭兄，烟水孤舟，兄灵不亡，当与我游，二泉清冷，不改其流，痛兄不饮，长卧荒丘。《侧帽》《饮水》，兄集我收，歌兄新词，兄尚知不？呜呼哀哉！人孰无死，兄年太少，以才以德，俱宜寿考。兄少尚亡，况余辈老，及其未死，莫负良友，传兄文章，图兄不朽。寝门未哭，执绋谁某，重跰不能，一介何有？悲恸陈词，歆此絮酒。

徐乾学《祭文》（康熙刻本《通志堂集·附录》）

呜呼！造物之桢，扶舆之灵，胚胎前光，间气笃生，孰夭其年，不究其用，宣圣有言，夫人为恸。呜呼容若，思皇亦世，洼水丹山，难方所自，孝友之性，允也天至，才舞象勺，已通六艺，往年锁院，吾徒相继，秋赋献书，春卿擢桂，金谓之子，宜都诜第，事有不然，殆难意计，金张珥貂，简在惟帝。呜呼容若，出入承恩，帷幄骖騑，左右至尊，远猷祕议，外庭罕闻，以其余闲，工为诗文，凡诸翰墨，靡不究论，师资之义，契话殷勤，古风云邈，子也实敦，子之求友，苎缟弗谖，于子乎馆，如归永叹，崔驷将老，生入玉门，丧纪孤稚，还复恤存。呜呼此道，于今难言，海内相期，韦平重代，帝心所属，公望斯在，子之不禄，吁咄可怪，七日不汗，悠悠茫昧，此日几筵，前日嘉会，百年之身，罔不敝坏，宜贞而脆，问天莫对，适然者命，已知犹慨。呜呼容若，顿隔重泉，遗言靡私，益钦子贤，圣情震悼，中使来宣，子之严亲，痛毒涕涟，朋游悯悯，回肠内煎，虽未识子，如久周旋，子之诗文，清新鲜妍，花间草堂，尤多可传，都为一集，使就雕镌，吾徒之责，子无慽焉，尊酒平生，穗帐何悬，一歌哀些，泪洒终篇。尚飨。

韩菼《祭文》（康熙刻本《通志堂集·附录》）

呜呼！玉美易埋，兰生早凋，香熏辄烬，膏明忽销，洵美惟君，韵绝神超，

纳兰性德哀词 诔词 祭文 挽诗 挽词

濯濯尘墟，亭亭孤标，掉首阶缘，凌云独豪，千秋亦足，奈何一朝，瑶琴弦断，雅曲寂寥，仿佛平生，魂兮可招。自君之生，相君有子，长白松花，祥灵所启，慧过童乌，清逾叔宝，门是乌衣，业唯青史，联翩中隽，一鸣千里。丹墀大对，直言亹亹直宴，如谊如贲，古人所韪，一时汗颜，屈于及第，方倚鹦鹉，而冠鶸鷇，文通武达，雅志差池，拓弓霹雳，带剑辟鶒，宿庐余暇，肆为歌诗，兰畹金荃，妙绝一时，美人缱绻，香草旖旎，昨蒙召试，彩笔惊飞，墨落犹湿，溘焉长辞。呜呼痛哉！人恶俊异，世疵文雅，造物好恶，得无同者，叹君孤诣，于世少可，谁其知之，调高谐寡，羽林十二，尺五魁三，闲时逸兴，剩水残山，麟趾裹蹄，翡翠琅玕，偏其探讨，孔鼎汤盘，流水游龙，过从朝夕，独共风雨，骚人羁客，胁肩语耳，翕热趋走，独出肺肝，端士益友，以兹济美，足媲伊巫，悄悄心劳，皇告仆夫，仡日丝纶，同称苏许，往往篇章，抑塞无语，人间敝屣，修促何求。君亲罔极，中道曷酬，知含而视，恨不少留，无穷忠爱，零落山丘，茭苵同师，东海之门，古有四友，攸兼于君，后先御侮，风义具存，茭最拙愚，亦蒙齿论，恸哭何及，收拾遗文，琳琅千万，摄取六丁。呜呼！一时作者，他年外孙，芙蓉城主，楞伽山人。尚飨。

朱彝尊《祭文》（康熙刻本《通志堂集·附录》）

　　呜呼！曩岁癸丑，我客潞河，君年最少，登进士科，伐木求友，心期切磋，投我素书，懿好实多，改岁月正，积雪初霁，绷履布衣，访君于第，君时欢剧，款以酒剂，命我题扇，炙砚而睇，是时多暇，暇辄填词，我按乐章，缀以歌诗，剪绡补衲，他人则嗤，君为绝倒，百过诵之。迨我通籍，簪笔朵殿，君侍羽林，鲛函雉扇，或从豫游，或陪曲宴，虽则同朝，无几相见。我官既谪，我性转迁，

老雪添髯，新霜在须，君见而愕，谓我太臞，执手相劝，易忧以愉，言不在多，感心倾耳，自我交君，今逾一纪，领契披襟，敷文析理，若苔在岑，若兰在沚。君于儒术，繁学博通，文咏书法，靡不有工。康里巎巎，字术鲁翀，泊萨都剌，未知孰雄？君之勇略，侍帝左右，骑则而笮云，射则必碎柳，出师绝漠，不惮虎口。乃眷帝心，倚比良厚，当其奋武，不知善文，及为文词，不知能军。允矣君子，才实逸群，随陆绛灌，异于前闻。和气婉容，承颜以孝，友于兄弟，古昔是效。谦谦者守，温温者貌，逆之勿恚，顺之无傲。花间草堂，渌水之亭，有文有史，有图有经，炎炎者进，或键而扃，缝掖之来，君眼则青。浮醪于觚，盛仓以笔，夜合惺忪，花散签帙，连吟比调，曾未旬日，诗朋尚在，忽焉辍瑟，彝尊月朔，谓君尚生，问疾而至，入巷心怦，复者在屋，升自东荣，魂招不来，

踯躅屏营，寝门既哭，容车将骋，大泉一枚，螭烛一挺，侑以荒词，泣下如绠，灵兮有知，痛无不省。尚飨。

翁叔元、曹禾、乔莱、胡士著、蔡升元
《祭文》（康熙刻本《通志堂集·附录》）

呜呼！琢火之喻，曩哲之所，感怀逝川之伤，前人于焉永叹，又况处为家宝，出作国桢，誉望斯归，朝野共仰者乎？先生履孝资忠，怀文抱质，早年座上，倚琼林之一枝，弱岁毫端，吐琅玕之六寸。三条桦烛，彪柄国华，五韵金茎，咨嗟时匠，领南宫之风月，搜东观之图书，会简庸亲，入侍帷幄，遂阶才地，直上云霄，适当半千之期，正预一双之选，攀龙鳞而排阊阖，横豹尾而护星辰，柳侍书之春衣，多吟苑里，冯东阳之瑞锦，半赐禁中，寄股肱耳目之司，负文采风流之望，盖自覆量尺寸，精讨锱铢，溯学海之源流，践词场之奥窔，裴称武库，纵横于五兵，李号书楼，网罗于百氏，而又性成好士，生本怜才，值国家无事之时，正海宇承平之日，邺中上客争游宴于南皮，江左人文尽流连于西邸，鸾回鹊顾，惊犀管之遥分，雾结烟霏，看蛮笺之竞擘，每当早莺初雁，残月晓风，一闻白雪之音，抗乎青云之上，至于行成楷模，身为羽仪，绵邈清标，每符乎简册，中和至性，不假于弦韦，馀事逮夫多能，一时传为博物，校雠金石，褚河南之辨古书，刻画丹青，王右丞之根凤世，美难称述，词绝名言，职继丝纶，方待韦平之拜，事留台阁，仍看燕许之封，何期君子之惟宜，翻讶哲人之不禄，崔歧叔之好学，空有五千，刘真长之无年，才逾三十，数至于此，伤如之何，驻白马而风哀，望素旗而雨泣，尊前共坐，谁复类于中郎，地下论交，必追思于武子，肃将薄奠，唯冀来歆。

王鸿绪、翁叔元、徐倬、韩菼、李国亮、蒋兴苣、高珩《祭文》（康熙刻本《通志堂集·附录》）

呜呼！吾侪同年几人，盖十二三年来离合聚散，亦间会哭于寝门，不图今日而来会哭君，呜呼！三十拥旌立年，公辅君之人，地宜其尔也，吾不知星岳

之降精英于斯人者，何意竟乃玉折而芝焚？元恺则辛阳才子，忠孝则金张奕世，君为相国之冢嗣，名王之贵胄，乃与吾侪著麻衣，将脂炬，入锁院以自致于青云，穷经论史，研京炼都，旁及于书法绘事皆臻其绝，而殆庶之哲，见微藏密，

深衷远识，无所不到，而尤笃于君亲人弟，见其爱贤好士，致海内之笔精墨妙，对床风雨，竟夕忘疲，而不知夫相于之雅，相别数稔，相隔数千里而不替其相存人弟，见夫延陵之入关，高邮之去国，交期生死可以愧谷风之所刺而不知夫虚怀契托，早已闻其声而交以神，而吾侪之所尤叹仰者敦在三之节备，四友之谊，盖后先御侮于吾师之门，因推以及于吾侪也，不以其迹之数与疏而为故为新。呜呼！君之信于朋友如是也，天下后世亦可即是而知其为子与臣，然则君之存殁所系者其重矣，而岂止于一身，君之疾既亟，有问疾者语不及他，赋诗言志，惟匡济之殷殷，君之自许者固已感会于至尊，向者将老其才以大用也，而岂意夫昔人之言而不可信者。仁者寿，恭则寿之云。惟君入侍帷幄，出参扈

从，从容祕议云霄之上，苍生有阴受其福而不知者，又宜其馀祉之未有艾也，而与善之理难问之于上帝之九阍。至尊以君之病使院医数辈守视，今日以其病之增减报，既而为处方药赐之，而君已不能下咽矣。闻讣震悼，中使携潼酪致奠，恩数优渥。相国以中年哭壮子不胜惨恻，见者为之流涕潺湲，而海内风雅之士尤咨嗟懊丧，痛珠盘玉敦之失主盟。呜呼！吾侪同年之情所可得尽者，惟有生刍之束，哀些之陈，而言之无次，不足以当君之一顾，殊有负于安仁之诔，宋玉之招魂。尚飨。

姜宸英《祭文》（康熙刻本《通志堂集·附录》）

呜呼！国之璠玙，家之骐骥。曷不少延，而厄其至。自兄之死，无知不知，而骤闻之，鲜不涕洟。况我于兄，其能不悲？我始见兄，岁在癸丑，时才弱冠，叩无不有，马赋董策，弹丸脱手，拔帜南宫，掩芒北斗。兄一见我，怪我落落，转亦以此，赏我标格。人事多乖，分袂南还，旋复合并，于午未间。我蹶而穷，百忧萃止，是时归兄，馆我萧寺。人之折狋，笑侮多方，兄不谓然，待我弥庄，俯循弱植，恃兄而强。继余忧归，涕泣潃潃，所以腆赙，怜余不子，非直兄然。太傅则尔，趋庭之言，今犹在耳，何图白首，复遘斯行？削牍怀笔，著作之庭，梵筵栖止，其室不远，纵谈晨夕，枕席书卷。余来京师，刺字漫灭，举头触讳，动足遭跌，见辄怡然，忘其颠蹶，数兄知我，其端非一。我常箕踞，对客欠伸，兄不余傲，知我任真。我时漫骂，无问高爵，兄不余狂，知余疾恶。激昂论事，眼瞠舌挢，兄为抵掌，助之叫号。有时对酒，雪涕悲歌，谓余失志，孤愤则那。

彼何人斯，实应且憎，余色拒之，兄门固扃。充兄之志，期于古人，非貌其形，

真肖其神，在贵不骄，处富能贫，宜其胸中，无所厌欣，忽然而天，岂亦有云。病之畴昔，信促余往，商略文选，感怀凄怆，梁吴与顾，三子实来，夜合之诗，分咏同裁，诗墨未干，花犹烂开，七日之间，玉折兰摧。呜呼已矣，宛其死矣，我将安适？行倚徙矣。世无兄者，谁则容我？为去为留，无一而可。兄今不幸，所欠者年。其不亡者，乐府百篇。诗词蕴藉，书体精研。吾党诠次，以待劂镌。生而克才，为天子使。殁而名垂，以百世俟。茫茫大造，几人如此？魂之有知，永以无伤。嗟二三子，是亦难忘。

顾贞观《祭文》（康熙刻本《通志堂集·附录》）

呜呼吾哥！其敬我也，不啻如兄；而爱我也，不啻如弟。而今舍我去耶？吾哥此去，长往何日？重逢何处？不招我一别，订我一晤耶？且擗且号，且疑且愕。日晻晻而遽沈，天苍苍而忽暮，肠惨惨而欲裂，目昏昏而如瞀。其去耶？

其未去耶？去不去尚在梦中，而吾两人俱未寤耶？吾哥去，而堂上之两亲何以为怀？膝前之弱子何以为怙？辇下之亲知僚友何以相资益？海内之文人才子，或幸而遇，或不遇而失路无门者，又何以得相援而相煦也。欲状告吾哥之生平，既声泪俱发，而不忍为迫。惟欲述吾两人之交情，更声泪俱竭，而莫能为飏缕。盖屈指丙辰以迄今，兹十年之中，聚而散，散而复聚，无一日不相忆，无一事不相体，无一念不相注。第举其大者言之吾母太孺人之丧，三千里奔讣，而吾哥助之以麦舟。吾友吴兆骞之厄，二十年求救，而吾哥返之于戍所。每戅言之数进，在总角之交，尚且触忌于转喉，而吾哥必曲为容纳。泪谗口之见攻，虽毛里之戚，未免致疑于投杼，而吾哥必阴为调护。此其知我之独深，亦为我之最苦。岂兄弟之不如友生，至今日而竟非虚语。又若尔汝形忘，晨夕心数。语惟文史，不及世务。或子衾而我复，或我觞而子举。君赏余《弹指》之词，我服君《饮水》之句。歌与哭总不能自言，而旁观者更莫篇其何故。又若风期激发，慷慨披露。重以久要，申其积素。吾哥既引我为一人，我亦望吾哥于千古。他日执令嗣之手，而谓余曰：此长兄之犹子；复执余之手，谓令嗣曰：此孺子之伯父也。呜呼！此意敢以冥冥而相负耶！总之吾哥胸中，浩浩落落，其于世味也甚淡，直视勋名如糟粕，势利如尘埃。其于道谊也其真，特以风雅为性命，朋友为肺腑。人见其掇科名，擅文誉；少长华阀，出入禁御；无俟从容政事之堂，翱翔著作之署；固已气振夫寒儒，抑且身膺夫异数矣。而安知吾哥所欲试之才，百不一展；所欲建之业，百不一副；所欲遂之愿，百不一酬；所欲言之情，百不一吐。实造物之靳乎斯人，而并无由毕达之于君父者也。犹忆吾哥见赠之词，有曰："一日心期千劫在，后身缘、恐结他生里。"又曰："惟愿把来生祝取慧业，同生一处。"呜呼！又岂偶然之言，而他人所得预者耶？吾哥示疾前一日，集南北之名流，咏中庭之双树。余诗最后出，读之铿然，喜见眉宇，若惟恐不肖观之落人后者。已矣！伯牙之琴，盖自是终身不复鼓矣。何身可赎？何天可吁？音容慇然，泣涕如澍。再世天亲，誓言心许。魂兮归来，鉴此惊憷。

梁佩兰《祭文》（康熙刻本《通志堂集·附录》）

　　呜呼！我离京师，距今四年。此来见公，欢倍于前。留我朱邸，以风以雅。更筑闲馆，渌水之下。仲夏五月，朱荷绕门。西山飞来，青翠满轩。我念室家，南北万里。不能即归，暂焉依止。公为相慰，至于再三。谓我明春，同出江南。公昨乞假，恩许休沐。静披图史，闲聆丝竹。顷复入侍，上临乾清。谕以奏赋，振笔立成。上嘉曰才，惟尔进士。金钟大镛，庙堂之器。四方名士，鳞集一时。

坍篴迭唱，公为总持。良宵皓月，更赋夜合。或陈素纸，或倚木榻。陶觞抒咏，

其乐洋洋。讵传公来，颠倒在床。始犹狐疑，少焉而信。已而奄然，天不可问。呜呼！公生相门，官列貂珰。当世通显，谁与比量。才合文武，实天赋畀。不尽其用，亦因时尔。万仞壁立，以置其身。大块囊括，不遗一尘。其志广渊，其气磅礴。自树丰骨，有廉有锷。与人相接，琅然玉琴。洎乎论交，断然坚金。

不尚贵游，而好蓬荜。微言彻心，长啸抚膝。英爽俊健，朋辈无前。霜落之林，苍鹰摩天。黄金如土，惟义是赴。见才必怜，见贤必慕。生平至性，结于君亲。举以待人，无事不真。所为诗词，绪幽以远。落叶哀蝉，动人凄怨。呜呼！四时之气，秋为最悲。公本春人，而多秋思。大化冥冥，默运终始。公之不长，谅或此理。天耶人耶？是耶非耶？在朝在野，何人不嗟？斯文之哀，吾道之丧，公既如此，吾属何望？呜呼！天有倾回，地有缺陷。草木黄萎，金是销烂。阴阳阖辟，出入之门。鬼神往来，生死之根。譬之冰雪，其初为水。水固非一，冰雪非二。当其为水，居然峨峨。当其为雪，色映玉珂。返乎其初，冰亦无有。谓之太虚，谁测先后？公在世间，其心矙然。兹抗云表，谅鉴余言。尚飨。

徐元文《挽诗》（康熙刻本《通志堂集·附录》）

有仪者鸾，何翩斯颓？有祥者麟，何角斯摧？
兰芝晨陨，楸槚暮开。万化奄尽，怆矣其哀。

又

之子国彦，凤章芳问。请叶虎闱，礼举义振。
展策璇墀，金相玉润。心乎爱矣，古训用竞。

又

帝曰尔才，简卫左右。入侍细旃，出奉车后。
信著阙廷，才轶伦耦。退沐有时，念结师友。

又

子之亲师，服善不卷。子之求友，照古有烂。
寒暑则移，金石无变。非俗是循，繁义是恋。

又

灼其春华，讵曰非实。殷其肫仕，讵曰非啬。

奋于高阀，儒素是饬。言有慨慷，情无矫饰。

又

子兮能孝，乃弃晨昏。子兮能忠，不究君恩。

飘零翰简，寂寞琴尊。陈迹终往，朗誉长存。

又

玉树土埋，昔贤所痛。曾是斯人，而能不恸？

黯然风回，悲哉日霭。欲歌难终，惟情之壅。

彭孙胙《挽诗》（康熙刻本《通志堂集·附录》）

茂陵遗草尚如新，寂寞空堂撤瑟辰。

花拂茵帘偏易萎，玉埋丘陇竟何因？

郑庄驿舍生秋草，荀令香炉涊暗尘。

多少龙门旧宾从，筵前渍酒各沾巾。

严我斯《挽诗》（康熙刻本《通志堂集·附录》）

经年出入傍宸居，潇洒襟期物外疏。

马踏花香金蟹雜，砚承仙露玉蟾蜍。

趋朝祕殿垂清佩，退直闲窗看道书。

叹息文园多病后，祗今谁似汉相如？

又

小筑花间旧草堂，芙蓉为帐墨为庄。

交游座上多缝掖，检点诗篇爱晚唐。

缑领吹笙人独往，山阳闻笛自神伤。

可怜尘世元如梦，好辗飙轮出大荒。

又

花落空阶月到轩，每从佳日忆西园。

种来仙草难蠲忿，烧尽名香不返魂。

赋鹏可堪悲贾傅，买丝真欲绣平原。

悬知慧业生天上，人世蜉蝣且莫论。

又

通志堂前胜事多，好春时节一曾过。

兴来欲跨仙人鲤，客到还携道士鹅。

感旧故交惟有泪，伤心市上不闻歌。

池塘一带频回首，秋雨潇潇落芰荷。

孙在丰《挽诗》（康熙刻本《通志堂集·附录》）

最忆东堂日，芙蓉镜有君。绛纱吾岂敢，玄草尔多闻。
抗节凌千古，登坛树一军。犹余十年梦，风雨泣斯文。

又

落落君怀抱，交情澹始真。世人成卤莽，吾道历荆榛。
自觉盟心在，谁论会面频。三年两见汝，今日黯伤神。

王又旦《挽诗》（康熙刻本《通志堂集·附录》）

家承公辅贵，班列近臣高。闲气标千古，清声彻九皋。
玉楼飞藻缋，仙药奏云璈。何遽观齐物，丁年自解珧。

又

于今推大雅，能不念修文。泛爱无遗物，高怀自轶群。
绿尊空玉露，缥帙散香云。竟掩宣尼袂，伤心处处闻。

又

宇宙堪长啸，雄才更有谁。星精原久照，石火欻相移。
甲第荣三策，勋名迈二师。独来宾馆客，想像动馀悲。

又

夙昔频相许，神交托此心。春风迷紫陌，夜月杳青岑。
旧榻琴声冷，新松剑气阴。凄凉蒿里钱，援笔有哀吟。

乔莱《挽诗》（康熙刻本《通志堂集·附录》）

每插金貂谒紫宸，十年帷幄最亲臣。

只今三殿星班里，无复朱衣上直人。

又

弯弓下笔事难兼，天授奇才赋予偏。

七萃横行霄汉路，承恩独自奏甘泉。

又

遗文金石半销亡，好古冥搜雅擅场。

他日若为人物志，好将名姓继前杨。

又

文采风流剧梦思，寂寥吟院冷书池。

时无晕碧裁红手，一曲犹传乐府词。

又

时开宾馆倒芳尊，爱士情同挟纩温。

华屋山丘三叹息，不堪骑马过州门。

又

长埋玉树嗟何及，遽掩金刀痛莫追。

一恸寝门人歇绝，山阳诗酒更何时？

秦松龄《挽诗》（康熙刻本《通志堂集·附录》）

卧病空山暑未阑，奉君书札劝加餐。

含情欲报闻君死，尺素重开雪涕看。

又

争说新恩宠贲频，八年宿卫一亲臣。

朋游聚散寻常事，端为朝廷惜此人。

又

家世由来近斗魁，螭头橐笔羡多才。

春风马上诗成早，知是甘泉侍宴回。

又

乌丝阑纸薄如罗，破体书成小令多。

南国空传红豆曲，画堂谁赋雪儿歌？

又

奉使龙沙路几千，归来身在属车边。

平堤夜试桃花马，明日君王幸玉泉。

又

容易秋箈绝塞回，千金不惜为怜才。

可怜季子前年死，墓上今谁挂剑来？

去年扈从到吴门，只爱扁舟泊水村。

今日哭君何处是，枫桥秋雨又黄昏。

又

渌水亭幽选地偏，稻香荷气扑尊前。

夜阑怕犯金吾禁，几度同君对榻眠。

又

顾生老友客平原，姜子相知比弟昆。

自怜白发江湖外，不得同渠哭寝门。

又

黄菊还开旧日丛，花间难与故人同。

秋灯共下伤心泪，只有桐江一钓翁。

徐秉义《挽诗》（康熙刻本《通志堂集·附录》）

珥貂随彩仗，簪笔侍长杨。盛业须钟鼎，升朝倚栋梁。

临池追小晋，掞藻逼中唐。箕尾身骑去，名留天壤长。

又

好文常下士，别馆傍平津。囊著千秋业，尊开四座春。

斑衣娱尚父，彩笔骇词臣。扈从曾相遇，谁知永诀人。

又

音容殊未杳，万古隔同游。浩气还阊阖，悲思动冕旒。
玉珂槐里月，素绋槿原秋。欲报心知意，河源作泪流。

朱彝尊《挽诗》（康熙刻本《通志堂集·附录》）

骤听黄鸡唱，惊随白马来。百年嗟辍瑟，五夜尚衔杯。
泉下知安往？人间信可哀。退朝怜相国，封箧忍重开！

又

诵籍颙玷笔，承恩换鹖冠。射乌连矢发，走马万夫看。
禁直昏钟入，廊餐午箭残。伤心倚阊望，东第少归鞍。

又

出塞同都护，论功过贰师。华堂属犷日，绝域受降时。
凄恻传天语，艰难定月支。敛魂犹未散，消息九京知。

又

屈指论交地，星终十二年。斯人不可作，知己更谁怜？
翠渐深门柳，红仍腻渚莲。旧游存没半，凄断小亭前。

又

主客披图得，云烟过眼谙。吟花成绝笔，听雨罢深谭。

画里韶颜在，尊前丽语耽。凭将肠断句，流转到江南。

又

别悔从前易，途伤此日穷。回肠歌哭外，搔首寂寥中。

迹埽孤生竹，枝摧半死桐。自今观物化，不诋释门空。

姜宸英《挽诗》（康熙刻本《通志堂集·附录》）

去去终难问，人间有逝波。未酬前夕话，已失醉中歌。
万事一朝尽，千秋遗恨多。平生知己意，惟有泪悬河。

又

自遣秦和至，方知二竖牵。禁方亲赐与，天语更缠绵。
祇欲酬明义，何关恃少年？他时无限恨，凄恻少人传。

又

侍从张安世，名家晏小山。承恩惟宿卫，话意在花间。
客至同开卷，朝回只闭关。心期如有托，寂莫去尘寰。

又

意气嗟如昨，亭台本自幽。非无感慨士，不少老苍流。
坐对殊方哭，生悬万古愁。竹林哀自响，为尔起悲秋。

又

奉使属当年，提戈绝域边。射生供宿膳，凿地出山泉。
宛马终来汉，星槎直到天。俄闻中使告，惨澹素帏前。

董阎《挽诗》（康熙刻本《通志堂集·附录》）

所思人已往，怅望逐流波。略结生前识，空悲死后歌。

报君明义重，爱士感恩多。应有枯鱼泪，相过也泣河。

又

曲径风悲竹，高门云过山。修文入天上，慧业出人间。

尘满书连幌，琴虚月映关。惟馀乐府意，潇洒寄区寰。

梁佩兰《挽诗》（康熙刻本《通志堂集·附录》）

侍卫身名贵，朝端礼数优。鹦冠随豹尾，鸡舌傍螭头。

气足雄三辅，人言似列侯。还闻奏词赋，官欲上瀛洲。

又

宴会犹前日，韶华已早朝。忍留丞相府，不见侍臣貂。

风雅真沦丧，乾坤半寂寥。戟门丹旒影，一片冷萧萧。

又

少小矜才思，同时叹绝伦。五云瞻日月，三策对天人。
掣笔香垂露，看花鸟弄春。于今那得见，天上作星辰。

又

几榻交新网，图书黯旧纱。尚巢红幕燕，谁护锦堂花？
亲泪深沾血，皇恩特祭茶。北城当日暮，凄切更闻笳。

又

仗节唆龙日，关前柳正黄。去驰千里马，行逐赢六王。
沙碛围毡帐，山川画虎囊。功成人不见，地下报君王。

又

不死灵娥药，无人奉一盘。竟骑蝴蝶去，谁作马蹄看？
绣服蒙金骨，银灯照玉棺。素车千万乘，殡日送雕鞍。

又

佛说楞伽好，年来自署名。几曾忘夙慧？早已悟他生。
舍利浮金掌，毗耶出化城。赏吟风月在，一碧万峰明。

又

日有贫交在，缘君昔共亲。尊前兰渚客，花下藕溪人。
检集繙千遍，登山哭万巡。不堪肠断处，坟种白杨新。

又

轩冕曾无意，逢人说马曹。太行知势险，北斗按心高。

笔墨留缣素，云霄想羽毛。精灵如不散，一为降旌旄。

又

岭外遗书札，论交阅有年。极知余薜荔，相劝客幽燕。

气谊无千古，胸怀实大贤。岂期观物化，新冢象祁连。

又

《饮水》题诗卷，行边展画图。一为云雨散，几处友朋孤。
泪作天河落，心将塞草枯。平生无此哭，不是为穷途。

又

生死原无著，枯荣却自分。楼台看落日，车盖叹浮云。
鸟影当前过，钟声昨夜闻。芙蓉朝萎谢，零露更纷纷。

徐釚《挽诗》（康熙刻本《通志堂集·附录》）

共羡金安上，韶年拜奉车。如何奇木对，翻作茂陵书。

诗思花铃寂，君恩药襄馀。应知谢太傅，不忍顾阶除。

又

新原俄宿草，筘韵咽槐风。犀尘沈泉壤，金貂感侍中。

剑莲秋匣断，香穗晚篝空。愁杀登床日，冰丝暗绿桐。

徐嘉炎《挽诗》（康熙刻本《通志堂集·附录》）

剑花沈处笔花枯，白玉楼成事有无。

妖梦琅邪亡长豫，伤心郫县育童乌。

频年宿卫天关迥，万里驱驰绝塞孤。

风雨奉车谁得似？秦松鲁桧昨秋途。

又

《兰畹》《金荃》早擅场，曾开银榜舞霓裳。

篇章好续《尊前集》，丹药难逢肘后方。

可有甜波来白海，空传鲛泪泣黄肠。

堪嗟北斗阑干候，结束飞尘入建章。

又

萧齐天际想真人，形影曾忘赠答频。

每读新词标《侧帽》，惊闻遗讣忽沾巾。

孤鸾舞罢方缠恨，别鹤弦摧更怆神。

玉树临风埋著土，不堪蒿里独生春。

又

乐府花间著作林，南朝宫体识馀音。

玉笙吹彻含愁句，锦瑟传将惜别心。

三变遗声销柳七，九原同调得陈琳谓迦陵。

填词妙手今岑寂，中散当年痛抚琴。

周清原《挽诗》（康熙刻本《通志堂集·附录》）

嘉树生朝阳陆机，式瞻在国桢任昉。

上凌青云霓司马彪，承露概太清曹植。

何意回飙举曹植，恍惚似朝荣鲍照。

落英陨林趾潘岳，黄鸟为悲鸣陆机。

杳杳落日晚鲍照，昭昭素月明王粲。

有怀谁能已颜延年，寤言涕交缨陆云。

又

眷言怀君子谢灵运，凄怆伤我心阮籍。

弱冠参多士鲍照，邦彦应运兴陆机。

既通金闺籍谢朓，怀抱观古今谢灵运。

诗书敦夙好陶潜，翰墨久谣吟王僧达。

蔚若朝霞烂陆机，清如玉壶冰鲍照。

形影忽不见曹植，思君徽与音阮籍。

又

世胄蹑高位左思，十载朝云陛谢朓。

托身承华侧陆机，列侍紫宫里左思。

夕息旋直庐陆机，晨趋朝建礼沈约。

延纳厕群英谢灵运，贤达不可纪谢灵运。

舒文广国华颜延年，清机发妙理曹摅。

赋诗连篇章刘桢，遗音犹在耳潘岳。

又

振衣独长想陆机，徙倚怀感伤十九首。

翰墨有余迹潘岳，崇崅张故房潘岳。

宾友仰徽容陆机，清埃播无疆谢瞻。

千载垂令名江淹，一绝如流光傅咸。

碧树先秋落江淹，零泪沾衣裳谢灵运。

惨怆发哀吟张绪，长叹不成章谢灵运。

李澄中《挽诗》（康熙刻本《通志堂集·附录》）

素旐青门去，良朋白马来。修文终地下，射虎果雄才。

寂寂归幽室，冥冥闭夜台。平生游览处，触境总堪哀。

又

应待螭头笔，翻依豹尾旗。枫宸名久著，薤露世堪悲。

山雨侵灵几，秋风冷穗帷。格心怜属国，温语九泉知。

徐树谷《挽诗》（康熙刻本《通志堂集·附录》）

终贾龄方茂，文星遽掩芒。凤怜毛忽陨，麟惜趾偏伤。

扈辇恩何渥，传经泽未忘。如今穗帷处，前夜读书堂。

又

花满春江曲，凌云遇最先。清词繁玉露，彩笔丽金荃。

磨盾才原敏，临池法更妍。斯人今不起，大雅复谁传？

又

器本青云秀，情逾白玉温。嗜书留祕帐，执礼到夷门。

瞑带辞亲泪，行迷恋阙魂。祇馀芳宴地，冷月下西园。

又

每出平津馆，常来杜曲车。论心双迹外，投分十年初。

宁忍闻邻笛，空怜检箧书。迢迢天上路，望绝玉楼居。

徐炯《挽诗》（康熙刻本《通志堂集·附录》）

惨澹郊原色，槐风咽暮笳。土中埋玉树，天上别灵槎。

古道通门旧，高文举世夸。言寻读书处，涕泪洒青霞。

又

昌寓曾骖乘，申屠试蹴张。应知从细柳，时复献长杨。

万里金騣裹，三河绣裲裆。鞞靫留白羽，还忆落双鸧。

又

市骏能怜骨，雕龙解作鳞。临邛邀倦客，堂阜脱羁臣。
梦断香莲幕，心摧宿草轮。平原如可绣，花簇赵州春。

又

龙蠖三台札，繁华四姓侯。城南推韦杜，江左擅风流。
竟谢乌皮几，空怀紫绮裘。芙蓉城畔路，应与曼卿游。

王九龄《挽诗》（康熙刻本《通志堂集·附录》）

射策当年上驭娑，久瞻才望郁嵯峨。
文章梦吐扬雄凤，挥洒书笼逸少鹅。
流水朱弦能和寡，倾身白屋感恩多。
长埋玉树真堪恨，叹息惟应唤奈何。

陆肯堂《挽诗》（康熙刻本《通志堂集·附录》）

相国生才子，传家实象贤。盛名嗟殁后，余事忆从前。

凤穴千寻起，龙门百尺悬。致身由甲第，揽藻正丁年。

赤管辉煌日，青云指顾边。既来香案吏，应作玉堂仙。

命岂文章厄，官仍禁近联。独蒙恩眷注，常与帝周旋。

暂出烦骖乘，归来侍御筵。风前看侧帽，花外听鸣鞭。

单骑巡边去，双旌报命还。乞降言果验，劳使旨曾宣。

世尽夸腾踔，公犹感伏跧。读书弥折节，下士或随肩。

东阁时方启，西园客屡延。岁输千匹绢，月奉一囊钱。

有誉皆邀赏，无才不受怜。例从文选起，语自衍波传。

手著都成集，分雠每绝编。时时开玉笥，一一志金荃。

真觉才难尽，从知嗜独专。门风资济美，物望倚陶甄。

荣悴宁关数，苍茫欲问天。百身徐悼惋，一病竟沈绵。

私痛惊飞鹏，徐哀咽乱蝉。风流今已矣，勋业卜终焉。

泽被皇仁厚，天教至性全。治丧优诏许，宅兆故侯迁。

落日山阳笛，秋风中散弦。执鞭空有愿，接席永无缘。

脉脉愁孤剑，沈沈奈九泉。异时看史策，画像在凌烟。

吴自肃《挽诗》（康熙刻本《通志堂集·附录》）

不尽酬知意，兰阶脉脉通。联床思夜雨，怀刺忆春风。

忽促斯人驾，应怜吾道穷。伤心歌楚些，无处问苍穹。

又

人方推国士，天竟妒奇才。遗稿留神护，招魂动鬼哀。

花间堂尚在，枕畔梦还来。珍重西河泪，无劳洒夜台。

邹显吉《挽诗》（康熙刻本《通志堂集·附录》）

风雅应千载，知交仅儿人。一编遗《侧帽》，再读倍沾巾。

投分忘车笠，伤心慰贱贫。从兹兰蕙气，香散不堪纫。

又

不觉横门里，飘零泪暗倾。死难忘帝眷，生不愧朋情。

晓箭听青琐，寒宵话白萍。回思当日事，怅望暮云横。

杨辉《挽诗》（康熙刻本《通志堂集·附录》）

忽得骑虬信，怆然欲断魂。盛名犹在世，大雅竟谁论？

风雨怀前喆，存亡感旧恩。天心不可问，清泪泣黄昏。

吴雯《挽诗》（康熙刻本《通志堂集·附录》）

频年京洛感衣尘，本自横汾旧隐沦。

忽以海南题柱客，浪传河上纬萧人。

感因道德交方古，气为文章意益真。

许尔千秋是知己，伤心便作九原身。

又

片语端能订久要，合欢花下和吹箫。

琴尊笑语违三日，裙屐风流隔六朝。

岂敢再过丞相府，惟应常梦侍中貂。

夜台先有阿蒙在，且省茫茫怨寂寥。

又

早年声誉重瑶林，中岁承恩紫禁深。

安世诗书尊扈跸，元成阀阅竞冠簪。

文章颇压当时望，事业终悬薄海心。

哀乐随人从不敢，为君特地一沾襟。

又

十载曾闻幼妇辞，愿将银管写乌丝。

愁当鹦鹉争传处，痛在玲珑再唱时。

旧谱漫教虫网遍，闲情空有笛人知。

从今锦字休零落，一认弓衣也泪垂。

邵锦标《挽诗》（康熙刻本《通志堂集·附录》）

棨戟仍排户，图书已锁门。凄凉看白旐，容易哭黄昏。

高垅栽新柏，前山出断猿。巫阳不可问，何处欲招魂？

刘雷恒《挽诗》（康熙刻本《通志堂集·附录》）

修短偏难问碧虚，哀音忽寄北来书。

清门有种承台席，仙牒无情泣奉车。

又

辇路相逢眼倍青，寒庐抱影叹伶仃。

客愁日暮迷云树，不道秋风堕岁星。

又

赠言挥手托风轮，怀袖相依便面亲。

难禁秋来开什袭，墨痕黯澹泪痕新。

又

唾珠咳玉积千函，《侧帽》新词恣美谈。

若鉴幽思悬冀北，夜台须唱望江南。

宋大业《挽诗》（康熙刻本《通志堂集·附录》）

英贤分岳秀，才子禀星精。尺五家声远，奎三气象横。

文章推小许，经术重元成。射策登先甲，摛华擅两京。

银钩书劲美，铜钵句铿鍧。好学心逾切，执谦志不盈。

八叉新咏就，三影丽词清。下士常延誉，怜才有鉴衡。

解衣欣赠苎，置腹感推诚。公望谐时论，畴咨系圣情。

方看朝旭曜，俄叹夕阳倾。玉树埋何痛，金徽黯不鸣。

人间逝水急，天上赋楼迎。雨冷书销蠹，魂迷梦泣琼。

孤寒摧广厦，寰宇失连城。世讲关情重，衔哀荐一觥。

蔡升元《满江红》（康熙刻本《通志堂集·附录》）

　　年少翩翩，早曾到、曲江筵上。春堤畔，金鞭玉勒，桃花初涨。射策旧看飞上苑，承恩特赐趋仙仗。记星班、常在御屏风，香烟傍。供奉曲，清平唱；

校猎赋，长杨壮。羡风流文采，雕翎虎帐。骖乘却陪梁父禅，乘槎直溯天河浪。叹从今、三殿少朱衣，空惆怅。

又

珠履三千，浑不数、雕龙绣虎。曾几日，分题刻烛，移商换羽。一片玉河桥畔水，数声金井梧桐雨。最凄清、闻笛向山阳，人何处？座上士，松枝塵；尊中酒，花间度。剩荒烟蔓草，销魂难赋。渌水亭边宾从散，乌衣巷口衰杨舞。纵蛮笺、十样写新词，何情绪？

又

跃马弯弓，偏彩笔、能工绮语。都付与，雪儿檀拍，异才天赋。坐上朱弦清悄韵，曲中红豆相思句。正柔肠、谱到断肠词，春无主。山月暗，乌啼曙；银烛灺，风吹露。叹晨曦易夕，人琴已去。燕子楼头红粉泪，杜鹃声里黄昏雨。只兔葵、一片对刘郎，悲前度。

沈朝初《满江红》（康熙刻本《通志堂集·附录》）

搔首青天，问底事、偏嫌才子？休比似，彩云易散，琉璃多脆。璞玉浑金人卓荦，裁云缝月词清丽。想岁星、不耐住黄尘，人间世。斑虬管，文鸾翳；蓉城主，璚楼记。逐群仙上下，大荒游戏。哀笛斜阳愁客听，孤琴流水为君碎。忍埋将、瑶树向青山，情何已？

又

兰锜家声，传朱户、荣同伊陟。记早岁，五云胪唱，郗林射策。凤诏挥毫螭陛下，龙津侍宴鸡翘侧。掌期门、三十侍中郎，承恩泽。桃花骑，蜃珂勒；莲花锷，鲛鱼室。羡禁中颇牧，烽消沙碛。玉塞功名追定远，金城方略思充国。待他年、铁面画麒麟，生颜色。

又

内殿春晴，给笔札、金门奏赋。凌云气，至尊亲赏，文场独步。紫凤天吴光璀璨，珊瑚宝树枝回互。问年来、待诏满公车，谁堪伍？颂酒德，歌琴绪；冠柳集，生花句。更墨池笔冢，跳龙卧虎。岂羡毫从江令足，还期衮待樊侯补。

任苍生、望绝士林悲，摧天柱。

又

骏马台边，更别筑、翘林高馆。勤吐握，孔融坐上，宾朋常满。寄远争投青玉案，分题竞涤红丝砚。算兰亭、梓泽旧风流，今从见。南皮会，西园宴；张融塵，袁宏扇。笑臣饥索米，几同游衍。鱼鸟无依山海竭，芝兰空叹泉台掩。笾巫咸、楚些漫招魂，归来晚。

高裔《江城子》（康熙刻本《通志堂集·附录》）

日餐沆瀣饮金茎，擅科名上蓬瀛。却为多才侍从拥霓旌。桂殿芝房曾出入，俄不见，总伤情。羲和飞管几时停。夜台局，杳冥冥。忆昔边疆万里请长缨。待到归降人已殁，宣诏谕，九泉听。

华鲲《满江红》（康熙刻本《通志堂集·附录》）

生死悲欢，总莫向、先生浪语。只应是，禅关悟错，未圆初地。宿世多闲馀慧业，回光一念谐尘趋。问匆匆、三十一年中，声何誉？完业果，王侯第；偿情债，君亲谊。也随他功名诗酒，等闲游戏。著处因缘都舍却，本来面目今犹记。认茅庵、未冷旧蒲团，还归去。

俞兆曾《洞仙歌》（康熙刻本《通志堂集·附录》）

灵祇何意，送谪仙归去？寻遍蓬莱旧时侣。叹飘遥，高举后，假翼难登，凝云散，何自要回天路。

依然阑槛外，柳碧花香，帘锁清阴镇如许。问新来倚床选梦，侧帽微歌，

凄凉付、一霎西窗风雨。已璧毁柯摧涕沾襟，忍想到山前白杨零语。

又

英英灼灼，羡敷华摘藻，珥笔登朝德星耀。记蕊宫，珠榜列，林店沾红，吟情在，暖日浓烟芳草。

君恩称异数，珍重还留，御案边傍把书校。算随他闲依玉署，卧老花砖，何如是、侍从长杨春晓。每抵得东华曙光寒，对落月疏星句成清悄。

《纳兰性德词集序跋》汇编

徐乾学《通志堂集序》

（康熙刻本《通志堂集》卷首）

往者，容若病且殆，邀余诀别，泣而言曰："性德承先生之教，思钻研古人文字，以有成就，今已矣。生平诗文本不多，随手挥写，辄复散佚，不甚存录。辱先生不鄙弃，执经左右，十有四年。先生语以读书之要，及经史诸子百家源流，如行者之得路。然性喜作诗余，禁之难止。今方欲从事古文，不幸遘疾短命，长负明诲，殁有余恨。"余闻其言而痛之，自始卒以及殡阼，临其丧哭之必恸。其葬也，余既为之志，又铭其隧道之石，余甚悲。容若以豪迈挺特之才，勤勤学问。生长华阀，澹于荣利。自癸丑五月始逢，三、六、九日黎明骑马过余邸舍，讲论书史，日暮乃去，至人为侍卫而止。其识见高卓、思致英敏，天假之年，所建树必远且大。而甫及三十，奄忽辞世，使千古而下，与颜子渊、贾太傅并称。岂为忝长一日者有祝予之悲，海内士大夫无不闻而流涕，何其酷也。余里居杜门，检其诗词、古文遗稿，太傅公所手授者，及友人秦对岩、顾梁汾所藏，并经解小序，合而梓之，以存梗概，为《通志堂集》。碑志、哀挽之作，附于卷后。呜呼！容若之遗文止此，其必传于后无疑矣。记其撤瑟之言，宛如昨日。为和泪书而序之。重光协洽之岁，昆山友人健庵徐乾学书。

严绳孙《成容若遗稿序》
(康熙刻本《通志堂集》卷首)

　　始余与成子容若定交，成子年未二十。见其才思敏异，世未有过之者也。使成子得中寿，且迟为天子贵近臣，而举其所得之岁月，肆力于六经诸史百家

之言，久之，浩瀚磅礴，以发为诗歌、古文词，吾不知所诣极矣。今也不然。追溯前游，十余年耳。而此十余年之中，始则有事廷对所习者，规摹先进为殿陛敷陈之言。及官侍从，值上巡幸，时时在钩陈豹尾之间。无事则平旦而入，日晡未退以为常。且观其意，惴惴有临履之忧，视凡为近臣者有甚焉。盖其得

从容于学问之日，固已少矣。吾不知成子何以能成就其才若此。抑尝计之，夫成子虽处贵盛，闲庭萧寂。外之无扫门望尘之谒，内之无裙屐丝管、呼卢秉烛之游。每夙夜寒暑、休沐定省。片晷之暇，游情艺林。而有能撷其英华，匠心独至，宜其无所不工也。至于乐府小词，以为近骚人之遗，尤尝好为之。故当

其合作，飘忽要眇，虽列之花间、草堂，左清真而右屯田，亦足以自名其家矣。嗟呼！天之生才，而或夺之年，如贾傅之奇气卓识，度越今古无论。其次文章之士，若唐王勃之流，藻艳飙驰，一往辄尽。故裴行俭之论，有以卜其所止。今成子之作，非无长才。而蕴藉流逸，根乎情性。所谓人所应有，己不必有；人所应无，己不必无。虽使益充其所至，犹疑非世之所共识赏，而造物厄之何耶！虽然，修短天也。夫士亦欲其言之传耳。今健庵先生已缀辑其遗文而刻之，盖不徒笃死生之谊也，后世必更有知成子者矣。独是余与成子周旋久。于先生

之命序是编，其能不泫然而废读乎。康熙三十年秋九月，无锡严绳孙题。

张纯修序《饮水诗词集》（康熙三十年张纯修刻本）

余既哀容若诗词付之梓人，刻既成，谨泚笔而为之序曰：嗟乎！谓造物者
而有意于容若也，不应夺之如此之速；谓造物者而无意于容若也，不应畀之如
此其厚。岂一人之身，故有可解不可解者耶。容若与余为异姓昆弟，其生平有

死生之友曰顾梁汾。梁汾尝言：人生百年一弹指顷，富贵草头露耳。容若当思
所以不朽，吾亦甚思所以不朽。容若者，夫立德非旦暮间事，立功又未可预必

无已。试立言乎。而言之仅仅以诗词见者，非容若意也，并非梁汾意也。语云：非穷愁不能著书。古之人欲成一家之言，网罗编葺，动需岁月。今容若之才，得于天者，非不最优。而有章服束其体，有职守以劳其生，复不少假之年，俾得殚其力以从事于儒生之所为。噫嘻！岂真以畀之者夺之，而其所不可解者，即其所可解者耶。梁汾从京师南来，每与余酒阑灯灺，追数往事，辄相顾太息，或泣下不可止。忆容若素矜慎，不轻为文章，极留意经学，而所为经解、诸序，从未出以相示。此卷得之梁汾手授，其诗之超逸，词之隽婉，世共知之。而其所以为诗词者，依然容若自言：如鱼饮水，冷暖自知而已。区区痛惜之私，欲不言不忍。姑述其大略如是云。时康熙辛未仲秋，古燕张纯修书于广陵署之语石轩。

顾贞观《纳兰词·原序》
（道光十二年汪元治结铁网斋刻本）

非文人不能多情，非才子不能善怨。骚雅之作，怨而能善，惟其情之所钟为独多也。容若天资超逸，翛然尘外。所为乐府小令，婉丽清凄，使读者哀乐不知所主，如听中宵梵呗，先凄惋而后喜悦。定其前身，此岂寻常文人所得到者。昔汾水秋雁之篇，三郎击节，谓巨山为才子。红豆相思，岂必生南国哉。苏友谓余，盍取其词尽付剞劂。因与吴君次共为订定，俾流传于世云。同学顾贞观识。时康熙戊午又三月上巳，书于吴趋客舍。

吴绮《纳兰词·原序》
（道光十二年汪元治结铁网斋刻本）

一编（侧帽），旗亭竞拜双鬟；千里交襟，乐府唯推只手。吟哦送日，已教刻遍琅玕；把玩忘年，行且装之玳瑁矣。迩因梁汾顾子，高怀远询停云；再得容若成君，新制仍名《饮水》。披函昼读，吐异气于龙宾；和墨晨书，缀灵

葩于虎仆。香非兰苣，经三日而难名；色似蒲桃，杂五纹而奚辨。汉宫金粉，不增飞燕之妍；洛水烟波，难写惊鸿之丽。盖进而益密，冷暖只在自知；而闻

者咸嘘，哀乐浑忘所主。谁能为是，辄唤奈何。则以成子姿本神仙，虽无妨于富贵；而身游廊庙，恒自托于江湖。故语必超超，言皆奕奕。水非可画，得字成澜；花本无言，闻声若笑。时时夜月，镜照眼而益以照心；处处斜阳，帘隔形而不能隔影。才由骨俊，疑前身或是青莲；思自胎深，想竟体俱成红豆也。嗟乎！非慧男子，不能善愁；唯古诗人，乃云可怨。公言性吾独言情，多读书必先读曲。江南肠断之句，解唱者唯贺方回；堂东弹泪之诗，能言者必李商隐耳。崧次吴绮序于林蕙堂。

杨芳灿序《纳兰词·原序》
（道光十二年汪元治结铁网斋刻本）

倚声之学，唯国朝为盛。文人才子，磊落间起。词坛月旦，咸推朱陈二家为最。同时能与之角立者，其为成容若先生乎。陈词天才艳发，辞锋横溢，盖出入北宋欧苏诸大家。朱词高秀超诣，绮密精严，则又与南宋白石诸家为近。而先生之词，则真花间也。今所传湖海楼词多至千八百阕，曝书亭词亦不下六百余阕。先生所著饮水词，仅百余阕耳。然花间逸格，原以少许胜人多许。握兰一卷，阳春数章，散翠零玑，均可宝也。先生貂珥朱轮，生长华胅。其词则哀怨骚屑，类憔悴失职者之所为。盖其三生慧业，不耐浮生。寄思无端，抑郁不释。韵澹疑仙，思幽近鬼。年之不永，即兆于斯。尝谓桃叶、团扇，艳而不悲；防露、桑间悲而不雅。词殆兼之，洵极诣矣。或者谓高门贵胄，未必真嗜风雅；或当时贡谀者代为操觚耳。今其词具在，骚情古调，侠肠俊骨，隐隐奕奕，流露于毫楮间。斯岂他人所能摹拟乎？且先生所与交游，皆词场名宿，刻羽调商，人人有集，亦正少此一种笔墨也。嗟乎！蛾眉谣诼，没世犹然。真赏难逢，为可累息。余向欲与朱陈二家词合先生所著为三家词选，顾力有未暇，先手钞此本藏之箧笥。凄风暗雨，凉月三星，曼声长吟，辄复魂销心死。声音感人，一至此乎！先生有知，其以余为隔世之知己否也。时嘉庆丁巳夏五，梁溪杨芳灿蓉裳氏序。

周僖序《纳兰词》
(道光十二年汪元治结铁网斋刻本卷首)

　　汪子珊渔辑纳兰氏词竟，问序于余。余受而读之曰：异哉！汪子之用心也。纳兰词其必传于后无疑，不待言。窃怪诸君子先后所刊，无汇其全者，何也？尝论文章一道，其可致不朽者，求诸己而已。而亦不能无待于后贤。古人著述，

散佚多矣。不得有心人爱护之，则等诸飘风过耳，草木华落已尔。即有爱护之者，出之鼠啮丛残，存什一于千百。取太山一石，酌海水一杯，而曰太山与海之奇观在是，吾不信也。幸矣，搜罗勤矣，或闻见有限，未竟厥美，读者犹有

遗憾。宋人乐府，如石帚、玉田最为卓卓，得陶南村手录本而所作始备。吾不知南村得善本而录之邪！抑亦搜罗之不遗余力，始编此集邪！今珊渔于《饮水》、《侧帽》诸刊外，汇诸家所录，分体编辑，美矣备矣，读者无遗憾矣。珊渔方偕其兄子泉辑娄东词派，断章残简，靡不兼收，以继静厓宫庶诗派之选。盖好古而笃，且以显微阐幽为己任。异哉！汪子之用心也，如谓珊渔词骚情雅骨，悱恻芬芳，仿佛纳兰氏，以似己者而好之，则又浅之乎言珊渔矣。是为序。道光壬辰三月下浣，同里周僖属于吴门寓斋。

赵函序《纳兰词》
（道光十二年汪元治结铁网斋刻本卷首）

诗之为道，非具湛深通博之学，雄骏绝特之才，不足以神明其事。词则不然，发乎性情，合乎骚雅，刻画乎律吕分寸，一毫矜才使气不得。故有诗才凌轹一代，而词则瞠乎莫陟藩篱者。山谷、放翁且贻口实，况其下此者乎。国朝诗人而兼擅倚声者，首推竹垞、迦陵，后此则樊榭而已。然读三家之词，终觉才情横溢，般演太多，与黄叔旸质实清空之论，往往不洽。盖其胸中积轴，未尽陶熔，借词发挥，唯恐不极其致，可以为词家大观，其实非词家正轨也。纳兰容若以承平贵胄，与国初诸老角逐词场。所传《通志堂集》二十卷，其板久毁，不可得见。而词则卓然冠乎诸公之上，非其学胜也，其天趣胜也。向所见者，唯《侧帽词》刊本并与顾梁汾合刻本。既在京师，见钞本《饮水》《侧帽》

两种，共三百余阕，惜冗次不及借钞。吾友袁兰村，近有刊本二百余阕，亦非其全。娄东汪君珊渔精于倚声，落笔辄似纳兰氏，不独肖其口吻，抑且得其性情。以所辑容若词二百七十余阕示余，可谓搜录无遗矣。珊渔拟付重刊，且属

鄙人为之序。余以未得纳兰氏碑板事实，迟迟报命。闻吴门彭桐桥家藏有《通志堂集》，亟往借观。桐桥告余曰：唏！是书藏余家数十载，无有顾而问者。昨娄东友人寓书来索是集，今吾子又借观，岂此书将复显于是耶。因出其书，流览一过。余心知珊渔之先购是书，欣幸无极，故向桐桥争购之，而桐桥以有成约，坚靳弗与，一噱而罢。按集中所刻词四卷，共三百四阕，首尾完善，盖至是始得全豹焉。其所著诗赋、经解、杂识皆可观，然不逮词远甚。因寓书珊渔，校勘原本全刻之。纳兰氏生前得梁汾辈为之羽翼，身后得珊渔辈为之表章，斯

人一生幽怨芳芬之致，可以不泯人间矣。余尝登惠山之阴，有贯华阁者，在群松乱石间，远绝尘轨。容若扈从南来时，尝与迦陵、梁汾、苏友信宿其处。旧藏容若绘像及所书观华阁额，近毁于火，为可惜也。因序其词，并记于此。以为异日词家掌故云。道光壬辰长夏，震泽赵函序于娜如山馆。

汪元浩跋《纳兰词》
（道光十二年结铁网斋刻本卷首）

余自束发，稍解四声，即好倚声之学。小令好南唐主，慢词好玉田生。以能移我情，不知其一往而深也。国初才人辈出，秀水以高逸胜，阳羡以豪宕胜，均出入南北两宋词。同时纳兰容若先生则独为南唐主、玉田生嗣响。徐、韩两尚书碑、志，称先生有文武才，所著恒于射飞逐走之暇得之。《四库全书》收有合订删补《大易集成粹言》八十卷，《陈氏礼记集说补正》三十八卷。诗余特余事耳。已超人古作者之室如此。顾易礼二编，未见刊本。即诗古文亦流传者少。所共知者词，而有罕睹其全，读者恨之。余弟仲安，从王丈少仙假得先生《侧帽词》。好之笃，故其笔墨间有近之者。曾质之赵丈艮甫，丈赏为纳兰再世，仲安未敢当也。余因谓之曰：古人于所好，得似者而喜矣，况其真乎？纳兰词之散见于他选者，诚搜而辑之，以子之好，公之海内，吾知海内必争先睹为快。仲安乃因顾梁汾原辑本及杨蓉裳抄本、《袁兰村刊本》《昭代词选》《名家词钞》《词汇》《词综》《词雅》《草堂嗣响》《亦园词选》等书，汇钞得二百七十余阕。其前后之次，则按体编之，字句异同，悉加注明，并采词评、词话录于卷首。夫纳兰氏异时必有全集汇刊，并朱陈二集以传。兹特嘉仲安搜罗之勤，付诸剞劂，以公同好，且望海内得见其全者补所未备焉。道光壬辰夏六月上浣，汪元浩跋于梦云馆。

汪元治后跋《纳兰词》
（道光十二年结铁网斋刻本卷首）

元治辑《纳兰词》四卷，伯兄跋之详矣。剞劂告竣，将次印刷，复于吴门彭丈桐桥处得《通志堂全集》，共二十卷。内词四卷，计三百四阕。参互详考，所遗有四十六阕，爰即补刊于后编，为五卷。而元治所辑，亦有一十九阕为全集所未载，殆当时失传故耳。今汇得三百二十三阕，可称大备，无遗憾矣。复跋数语，以致深幸云。道光壬辰秋七月既望，汪元治书于结铁网斋。

张祥河序《饮水词》（道光二十五年张祥河刻本）

《国朝诗别裁集》载：容若辽阳人，康熙癸丑进士，丙辰殿试，官侍卫，著有《通志堂集》。其诗登五首，而全集罕见。是集饮水诗词，锡山顾贞观阅定，古燕张纯修序而行之。盖两公与容若交最深，故思所以不朽。容若者，考别裁所登拟《卢子谅时兴》、山海关《柳枝词》，俱是集所未录，则知是集亦选存之。余在桂林，则闻大中丞稚圭先生绪论及词学，推容若为南唐后主真派，令曲胜于漫序。出是云得之京师厂肆，惜其后阙页。余极请刊布以广其传，先生颔之。窃思容若为大学士明公之子，天姿慧悟，清澈灵府，年少通籍，不永其年。所作善言情，又好言愁，其缠绵悱恻之概，时动简外，谓非得风人之旨，而为骚雅之遗哉。道光乙巳夏五月既望，华亭张祥河。

金梁外史识《饮水词》

(道光二十六年金梁外史选刻本)

曩在京师，与友人论词，或言纳兰容若南唐李重光后身也。余谓重光天籁也，恐非人力所及。然填词家自南宋以来，专工慢词，不复措意令曲。其作令曲仍与慢词音节无异，盖花间遗响久成广陵散矣。容若长调多不协律，小调则

格高韵远，极缠绵婉约之致，能使南唐坠绪绝而复续。第其品格，殆叔原、方

回之亚乎。原集刻板久失，余购诸厂肆，凡诗二卷，词三卷，藏箧中三十余年。张诗龄方伯见而好之，为重刊以广其传。余惟容若诗不如词，慢不如令，因复精择百余阕，乞陈桂舫孝廉写而锓诸木。其音律舛误，词近浅率者，概弗登庶。《饮水》一编，无瑕可摘，且俾后之学者不惑于歧趋，寄正诗龄，或当即可。道光丙午初，金梁外史识。

李慈铭手跋《纳兰词》卷三（北京图书馆善本特藏室藏汪刻本）

辛酉二月十八夜，从鹣缘太史借读一过。容若词长调不如中令，中令不如

小令，右三卷已足尽其长矣。讽咏之次，使人意消。是夜月色大佳，花影交舞。矮窗红苣，殊增春事之艳，正侧帽生所谓"那能闲过好时光"者也。莼客并记。（图章"绛跗阁主"）

李慈铭手跋《纳兰词》卷五
（北京图书馆善本特藏室藏汪刻本）

庚申之冬，毗陵吕庭芷太史以纳兰词属点定一过。太史深于词，所作，上者逼清真、玉田；次亦不失为梦窗、草窗。顾殷殷问道于聋瞽，亦昔人夷光之妍，鉴景盐嫫者。容若词天赋灵秀，神仙中之子晋。生长绮屏，性情又足以相副。口视得十斛麦，抱床头人者，自判境诣。仆于乙卯秋日，曾写选一小帙。今者取者多清空婉约近于子野、永叔之作，以视曩选颇有不同，足征去取之难矣。还质太史以为何如？辛酉二月二十一日，霞川花隐李慈铭跋（图章"慈铭""霞川花隐"）

……为累，工善愁□不特增伉俪之重。其于知交若华峰、西溟……亦多顿……（残）

李慈铭读书记（《越缦堂读书记》下册）

纳兰词清纳兰性德撰

（摘录成容若德《纳兰词》）

容若为纳兰太傅明珠之子，少年侍卫禁廷，好学能文，与国初诸名士相角逐，著有《通志堂集》二十卷，多说经之书，而词特传，华峰顾贞观首刻之，其后杨蓉裳又为续刊，所谓《饮水》《侧帽》□□□恒不得见，所见者《昭代

词选》及《词综》所载数阕耳，幽情侧艳，心焉系之。去年秋季觇（周星贻）自禾中归，以全帙示余，盖娄东汪氏所刻本，共三百二十三阕，殆搜辑无遗矣。今摘其尤者于此。（按日记中共摘录六十阕）。余尝论作词之道，固另有一种婉丽软媚之致，必性情近者始足语此，然亦须书卷富才力厚，草堂骫骳，元明浅陋，岂彼之人皆性情拙欤！国朝谭词推朱、陈两家。伽陵病在熟，竹垞病在陈，顾伽陵胜于竹垞者，笔意灵也。余子不足数。求于伽陵鼎峙者，其容若及金凤亭长乎！

余于词非当家，所作者真诗余耳。然于此中颇有微悟，盖必若近若远，忽

去忽来，如蛱蝶穿花，深深款款。又须于无情无绪中，令人十步九回，如佛言食蜜中边皆甜。（按此处眉批有后记：予尔时实能辨他人之工拙，而未能辨己所作之工拙，盖所悟者在下笔之先，而思力俱未至也。自记。）古来得此旨者，南唐二主、六一、安陆、淮海、小山及李易安《漱玉词》耳。屯田近俗，稼轩近霸，而两家佳处，均契渊微。本朝董文友小令最佳，惜不见其集。次则厉樊榭，

真宋人滴髓，而太近白石、草窗，兰荃遗韵，复乎邈矣！纳兰词在当日为伽陵□□□□□徐菊庄、吴蒿次辈皆推许之，今则鲜有举其姓氏者。其词弦弦掩抑，令人不欢，洵有如顾梁汾所谓非文人不能多情，非才子不能善怨者，然根柢太浅，每露底蕴，长调犹时若不醇，此不读书之故。徐健庵、韩慕庐作容若墓志，言其所作多于扈跸侍猎时得之，容或然也。余尝见其所著《渌水亭杂识》，固

不见佳，而词独哀怨骚屑。以承平贵公子，而憔悴忧伤，常若不可终日，虽性情有独至，亦年命不永之征也。

大约词与诗之别，诗必意余于言，词则言余于意，往往申衍□□□□□□以盛气包举之，词则不得游移一字，故异曲同工。词之小令，犹诗中五绝七绝，须天机凑泊，不著一字；以字句新隽见奇者，次也。或以小令为易工，是犹作七绝者，但观摹晚唐、南宋诸家，而不知有龙标、太白也。长调须流宕而不剽，雄厚而不竞。清真未免剽，稼轩未免竞，东坡则或上类于诗，或下流于曲，故足以鼓吹骚雅者鲜已。伽陵词如丝竹迭奏广场繁响中时作渊渊金石声，纳兰词如寡妇夜哭，缠绵幽咽，不能终听。近来汴人周誉芬《东沤词》则如儿女子花前月下，喁喁私语，温丽芎泽，故虽未能尽两家之长，而实为两家所未有也。余词非叔子所服，照尝自谓如松竹间语，清婉无响，（此处有眉批：此实未见得，尔时所作，殊鲜悟人处，自记。）不肯一语同《东沤》，而心实喜之。或有讥其不醇者，虽未必知言，然能再加洗伐，则五代、两宋无人矣。因论容若词及之。咸丰乙卯（1855 年）九月初十日。

终日无事，去年定子太史以成容若《纳兰词》属评点，久庋不还，今日既暇，因为加墨一过。容若词，天分殊胜而学力甚歉。予于乙卯秋曾选其佳者录之，时于此事犹未深入，故别择尚疏。其词长调殊鲜合作，小令、中令多得钟隐、淮海之悟。如"寄语酿花风日好，绿窗来与上琴弦""记得别伊时，桃花柳万丝""妆罢只思眠，江南四月天""刚与病相宜，琐窗重绣衣""没个音书，尽日东风上绿除""风也萧萧，雨也萧萧，瘦尽灯花又一宵""月上桃花，雨歇春寒燕子家""被酒莫惊春睡重，赌书消得泼茶香，当时只道是寻常""烟丝欲袅，露光凝泫，春在桃花""满地梨花似去年，却多了廉纤雨""五月江南麦已稀，黄梅时节雨霏微，闲看燕子双雏飞""一般心事，两样愁情，犹记碧桃影里誓三生""画船人似月，细雨落杨花""帘影谁摇，燕蹴风丝上柳条""甚日还来，同领略夜雨空阶滋味""一钩残照，半帘微絮，总是恼人时"皆清灵婉约，诵之使人意也消。故所作不及伽陵、竹垞之半，才力亦相去远甚，而讫今谈艺家与朱、陈并称，繇其独契性灵，冥臻上乘，亦非二家所能及也。此本为道光丁酉岁镇洋汪元治所刻，合《饮水》《侧帽》二集，又搜其遗剩，共得三百二十三阕，所作大约已备。惜校仇不精，又指其《琵琶仙》《秋水》等调为自度曲，盖全不知此事者矣。咸丰辛酉（1861 年）二月十八日。

纳兰性德行年录

顺治十一年甲午（公元 1654 年）

农历腊月十二日，纳兰成德生于京师，是日为公历 1655 年 1 月 19 日。

成德字容若，满洲正黄旗人。

成德父明珠是年二十岁，任銮仪卫云麾使。

成德母觉罗氏，英亲王阿济格正妃第五女，顺治八年归明珠。

是年三月，清圣祖玄烨生，以旧历计，与成德同龄。同月，陈名夏以倡"留发复衣冠"等罪被处死。

是年，吴伟业、龚鼎孳、吴绮俱在京。

顺治十二年乙未（公元 1655 年） 1 岁

秦松龄成进士，授检讨。

顺治十三年丙申（公元 1656 年） 2 岁

春，吴伟业任国子监祭酒；岁暮，以奉嗣母丧南归。

七月，龚鼎孳谪广东。陈维崧父陈贞慧卒。

顺治十四年丁酉（公元 1657 年）3 岁

卢兴祖以工部启心郎迁大理寺少卿。（《满洲名臣传》三十六）

冬，顺天、江南等五闱科场案发。

顺治十五年戊戌（公元 1658 年）4 岁

吴兆骞以科场案逮赴刑部狱。

陈之遴流徙盛京，秦松龄罢归。

曹寅生。

顺治十六年己亥（公元 1659 年）5 岁

闰三月，吴兆骞出京；秋七月，抵宁古塔戍所。吴伟业作《悲歌赠吴季子》。

叶方蔼、徐元文中进士。

五月，郑成功、张煌言大举北上，克瓜洲、镇江等数十州县，进围江宁，东南震动。七月，败，郑、张走海上。毛晋卒。

顺治十七年庚子（公元 1660 年）6 岁

春，王士祯抵扬州任推官，是年，王与邹祗谟合辑《倚声初集》。

徐乾学中顺天乡试举人。

宋琬官绍兴，与朱彝尊、屈大均、叶燮等会。

顾贞观在江阴会查继佐。

是年，以给事中杨雍建奏，清廷下令严禁结社订盟。

顺治十八年辛丑（公元 1661 年）7 岁

正月，清世祖卒。皇太子玄烨即位，是为清圣祖。以内大臣鳌拜等四人为辅政大臣。

二月，罢十三衙门，复设内务府。是年，明珠改任内务府郎中。

二月，吴兆骞妻葛氏抵宁古塔。（吴桭臣《宁古塔记略》）

春，通海案发，魏耕、钱瓒曾等被处死。

五月，卢兴祖擢广东巡抚。

夏，奏销案起，苏南、浙东士绅以欠赋黜革者达万三千余人。秦松龄削籍，叶方蔼以欠一钱被黜，韩菼、翁叔元几被迫自杀。

七月，哭庙案结，金圣叹等十八诸生被杀。

是年秋，顾贞观入京，以诗得龚鼎孳赏识。

冬，明永历帝为吴三桂擒获，残明政权终至灭亡。

康熙元年壬寅（公元 1622 年）8 岁

春，王士禛、陈维崧等有扬州红桥唱和事，王撰《浣溪沙》三阕。

冬，吴兆骞于宁古塔得顾贞观致书。

宋琬以邓州事下狱。

是年，张煌言编写《奇零草》，黄宗羲撰《明夷待访录》。

郑成功卒于台湾。

康熙二年癸卯（公元 1663 年）9 岁

吴兴祚就任无锡知县。

徐乾学游闽粤。

曹玺任江宁织造。

丁澎自戍所还。

庄廷钱《明史》案发，牵连致死七十余人。

康熙三年甲辰（公元 1664 年）10 岁

三月，明珠升内务府总管。（《圣祖实录》）

春，顾贞观奉特旨考选中书，授内秘书院中书舍人。七月初八陛见，赋《满江红》词。

冬，吴兆骞子桭臣生于宁古塔。

朱彝尊游晋，于大同会阎尔梅。（《白耷山人年谱》）

高士奇入京，卖文自给。（《独旦集》自述）

是年五月，钱谦益卒。九月，张煌言殉节。

康熙四年乙巳（公元 1665 年）11 岁

三月，卢兴祖迁广东总督，寻裁广西总督，命兴祖兼制。

龚鼎孳在刑部任。九月，吴绮出守湖州，龚以诗送之。

十月，山东道御史顾如华上疏言，纂修《明史》，宜广搜稗史，以备考订；及开设史局，尤宜择词臣博雅者，兼广征海内弘通之士，同事纂辑。

吴兴祚在无锡惠山建二泉亭。

王士禛解扬州任。冬，至京。

吴兆骞与张晋彦等结七子诗社。

徐龙、叶舒崇同读书于苏州。

王又旦、吴嘉纪、姜宸英、汪懋麟会于扬州。

康熙五年丙午（公元 1666 年）12 岁

四月，明珠由侍读学士升内弘文院学士。（《圣祖实录》，《八旗通志》三百十一回）按，明珠由内务府迁内院及任侍读学士之时日不详。

顾贞观举顺天乡试第二，寻擢内国史院典籍。

陈之遴死于沈阳。

康熙六年丁未（公元 1667 年）13 岁

成德自是年起，得董讷教授，学业大进。（《通志堂集》十九附董讷诔词）按，董讷，平原人，康熙六年进士，官编修。康熙四十年卒，年六十三。有

《柳村诗集》。

七月，圣祖亲政。

九月，纂修《世祖章皇帝实录》，以明珠等为副总裁。

九月，顾贞观扈从东巡，作七言绝句六十首。归，又为赋《六州歌头》一阕。

十一月，卢兴祖以不能屏息盗贼，革职。同月卒。

是年，陈维崧客燕。（《亦山草堂遗稿》二）

朱彝尊编成《静志居琴趣》。

顾有孝等编定钱谦益、龚鼎孳、吴伟业之诗为《江左三大家诗抄》，施闰章、吴绮、余怀、叶方蔼、吴兆宽等参阅。

康熙七年戊申（公元 1668 年）14 岁

九月，明珠升刑部尚书。冬，明珠及工部尚书马尔赛往阅淮扬河工，至兴化白驹场。

是年，南怀仁与吴明烜有历法之争，为汤若望、杨光先争论之延续。从杰书议，命明珠等二十余人同往测验。

三月，吴绮、吴伟业、徐乾学等十人集湖州，有爱山台修禊事。宋琬为吴绮序《艺香词》。

七月，京师大水，漂没人畜甚众；卢沟桥圮，行人断绝数十日。陈维崧在京，为作《大水行》（《湖海楼诗抄》）。

九月，吴兴祚、姜宸英、严绳孙、顾湄、秦松龄等集秦氏寄畅园。

张纯修之父张滋德卒。顾贞观丁外艰归。

康熙八年己酉（公元 1669 年）15 岁

三月，钦天监监正杨光先革职，比利时人南怀仁为钦天监监副。

五月，辅政大臣鳌拜褫职，禁锢终身。

六月，诏止旗人圈占民地。

六月，明珠及兵部侍郎蔡毓荣等奉诏往福建招抚郑经。（《台湾外纪》）

七月，明珠解刑部任。九月，改任都察院左都御史。

冬，徐乾学赴会试入京。

是年，陈维崧离京，游少室山。

吴绮以风雅好事罢湖州知府之任。

高士奇入太学。

蒋超督顺天学，翁叔元冒永平籍投考，为超所录。

王士禛于吴门刻《渔洋集》。

朱彝尊始号竹垞。

董以宁卒。

康熙九年庚戌（公元 1670 年）16 岁

内院复为内阁，复翰林院官属，始举经筵日讲。

三月，徐乾学、蔡启僔中进士，徐授内弘文院编修，蔡为内秘书院修撰。
同榜进士尚有孙在丰、叶燮等人。

是年，张纯修承荫入监读书。

朱彝尊、陆元辅等在京，于孙承泽处观《九歌图》。

吴兆骞失馆职，窘甚，幸得龚鼎孳、宋德宜、徐元文等有所寄赠，仅得免死。

邹祇谟卒。

康熙十年辛亥（公元 1671 年）17 岁

成德补诸生，贡太学。时徐元文为祭酒，深器重之。结识张纯修，如异姓昆弟。

成德在太学，每徘徊石鼓间；其《石鼓记》之作，或后于此年，亦在数年之内。

二月，左都御史明珠、国子监祭酒徐元文充经筵讲官。

八月，明珠疏请停止盐差御史巡历地方，从之。

八月，设起居注官，命日讲官兼摄。

十月，圣祖东巡至盛京，谕宁古塔将军巴海："罗刹虽云投诚，尤当加意防御，操练兵马，整备器械，毋堕狡计。"

十一月，调左都御史明珠为兵部尚书。

是年春，顾贞观服阕赴补，为忌者排斥，因告病南归。有《风流子》词记其事，词序称"自此不复梦入春明矣。"是年秋，曹尔堪、龚鼎孳、周在浚、纪映钟、徐倬、梁清标等集京师孙承泽别墅秋水轩，赋"剪"字韵《金缕曲》，是为秋水轩倡和词。南北词家随而和者不可胜数，为词坛一时盛事。

是年，陈维崧还江南，辑刊《今词苑》三卷。

朱彝尊南还。

吴伟业卒。

是年，吴三桂等三藩自为政令，形成割据势力。清廷每岁负担三藩军饷二千余万，矛盾日益尖锐。

康熙十一年壬子（公元 1672 年）18 岁

八月，成德应顺天乡试，中举人。正、副考官为蔡启樽、徐乾学。其同榜有韩倬、翁叔元、王鸿绪（榜名度心）、徐倬、曹寅等。

是年五月，姜宸英以父丧南归。

六月，王士祯典四川乡试离京。

秋，严绳孙入京。

冬，马云翎入京。朱彝尊入京，客居潞河漕总龚佳育幕，同年编成《江湖载酒集》。按，朱氏词集再刻时有增补。

康熙十二年癸丑（公元 1673 年）19 岁

正月，阅八旗兵于南苑晾鹰台，明珠先期布条教，俾众演习，及期，军容整肃。圣祖谕："今日陈列甚善，可著为令。"（《圣祖实录》四十一）

二月，成德会试中式。会试主考官杜立德、龚鼎孳、姚文然、熊赐履。

三月，成德忽得寒疾，未与廷试。韩菼、王鸿绪等于此年中进士。马云翎、翁叔元落榜。

五月起，成德每逢三六九日，至徐乾学邸讲论书史，日暮始归。旋致书徐氏云"承示宋元诸家经解，俱时师所未见，某当晓夜穷研，以副明训。"

　　五月，得徐乾学、明珠支持，始着手校刻《通志堂经解》。是月，成德撰《经解总序》初稿。按：《经解总序》署时"康熙十二年夏五月"，但《序》云："余向属友人秦对岩、朱竹垞购诸藏书之家，间有所得。"而康熙十二年夏成德尚未识秦松龄，与朱亦未曾谋面，因知《总序》是年只是初稿。《经解》徐乾学序署时于康熙十九年，成德改定《总序》也当不早于十九年。另，《徐序》称辑刻经解自癸丑始，"逾二年讫工"，亦不可信，实至成德故世时尚未全竣。朱彝尊为成德《合订大易集义粹言》作序云"乍发雕而容若溘焉逝矣"，

即可证。《经解总序》又云："座主徐先生乃尽出其藏本示余小子，余且喜且愕，求之先生，钞得一百四十种，请捐资经始，与同志雕版行世。"实际一百四

十种之数并非康熙十二年所定，在刻经解过程中，选目曾有更改、增补。

七月，吴三桂、耿精忠疏请撤藩，著议政王大臣等会同户、兵二部议奏，诸王大臣俱言不可撤，惟户部尚书米思翰、兵部尚书明珠、刑部尚书莫洛以为撤亦反，不撤亦反，不如从其所请，为先发制人之计。帝从之，遂下徙藩之诏。是年，明珠兼佐领。

秋，给事中杨雍建劾去年顺天乡试取副榜不及汉军，九月，蔡启樽、徐乾学坐是降级，归江南。成德以诗词送之。

冬，成德为翁叔元治行，使得归江南。翁氏常熟人，以奏销案破家出逃十余年，幸得成德拯助，方获归里。

十一月二十一日，平西王吴三桂反。

是年，成德始撰辑《渌水亭杂识》。

是年春，结识严绳孙。《通志堂集》十九附绳孙《哀词》："始，余以文字交于容若，时容若方举礼部，为应时之文。"

是年夏，结识姜宸英。姜氏《纳兰君墓表》："君年十八九，举礼部，当康熙之癸丑岁。未几也，余与相见于其座主东海阁学公邸。而是时，君自分齿少，不愿仕，退而学经读史，旁治诗歌古文词。"按，徐乾学九月回南，成德见姜当在初夏。秋，姜氏随徐乾学南还。

是岁，投书朱彝尊。《通志堂集》十九附朱氏《祭文》："曩岁癸丑，我客潞河，君年最少，登进士科。伐木求友，心期切磋。投我素书，懿好实多。"

与马云翎相识，或在是年。按，云翎此年赴京应礼部试，不第。

是年九月，龚鼎孳卒于京。（董迁《龚芝麓年谱》）

本年内成德其他作品：

文：《与韩元少书》。

诗：《幸举礼闱以病未与廷试》，《通志堂集》，《秋日送徐健庵座主归江南》，《即日又赋》。

康熙十三年甲寅（公元1674年）20岁

春，吴三桂等势炽，湖湘、四川等地沦于战火。

南怀仁任钦天监监正，所用仪象均依西法新造，传统漏刻计时改为自鸣钟。前此数年内，明珠数次奉命往钦天监验勘，成德或曾随观，因作《自鸣钟赋》。是后，钟表渐入贵家，圣祖出巡亦以毡车载自鸣钟计时。

五月，皇子保成生，即后之胤礽。

是年，成德娶夫人卢氏。卢氏为两广总督卢兴祖女。又纳庶妻颜氏，颜氏家世不详，其归成德或略早于卢氏。（叶舒崇《卢氏墓志铭》、赵殿最《富格神道碑文》）

仲弟揆叙生。

正月，朱彝尊访成德于第。

徐钱刻《菊庄词》。

徐乾学、姜宸英、汪懋麟同游扬州，禹之鼎为绘《三子联句图》。（胡艺《禹之鼎年谱》）

本年内成德其他作品：

诗：《挽刘富川》。

词：《浣溪沙》（谁道飘零）。

康熙十四年乙卯（公元 1675 年）21 岁

十月，明珠转吏部尚书。

十二月十三，皇子保成立为皇太子。成德避太子嫌名，改名性德。

是年，成德长子富格生，为颜氏夫人出。

成德与张纯修交益密，每有郊猎。《风流子》（秋郊即事）或作于是年。

成德与严绳孙过从甚密，绳孙移居成德邸中，叠有唱和。《眼儿媚》（咏红姑娘）或作于此年。

是年，秦松龄从军湘楚，以严绳孙介绍，成德致书问候。《通志堂集》十九附严、秦合撰祭文："嗟余两人，先后缔交。绳孙客燕，辱兄相招，下榻高斋，情同漆胶。迄今十年，不望久要。松龄客楚，惠问良厚，谓严君言：子才可取。虽未识面，与子为友。"

是年十一月，复设詹事府官，高士奇补录事，叶方蔼为左庶子、翰林院侍读。

徐乾学还京，复原官。吴兴祚擢福建按察使。

九月，朱彝尊丁外艰，奔丧回里。

冬，马云翎复入京。

康熙十五年丙辰（公元 1676 年）22 岁

三月，性德中二甲第七名进士，翁叔元、叶舒崇、高珩等同年及第。主试官为吴正治、李霨、宋德宜、田六善。马云翎再次落第。

年初，皇太子保成更名胤礽。《进士题名录》性德榜名已作"成德"，知"成"字不必再避。嗣后容若手书、印章及友朋书文俱称成德，不再称性德。

性德中进士，久无委任。时盛传将与馆选，然迄无确信。

马云翎归江南，性德送之以诗。

春夏间，顾贞观入京，经徐、严等相介，识性德，遂互以知己目之。性德

为题其"侧帽投壶图"《金缕曲》词，一时传写京师。

是年，性德以诗词才藻大获称誉，似与王士祯有关。春，士祯入京，初识马云翎，（康熙十一年云翎至京，王士祯方在四川）盛称云翎诗（《香祖笔记》），致云翎名噪京师，文士争相延接。今存士祯文集，绝不一及性德名，是因士祯后与明珠有隙，而不愿见礼于性德。方此年，士祯实曾以性德、云翎一并称赏。陆肯堂撰性德挽诗（《通志堂集》二十附）云："例从文选起，语自衍波传"，即为明证。性德集中有《为王阮亭题戴务旄画》诗，亦作于此年，为性、王曾有交往之痕迹。

初夏，严绳孙回南，性德作《送荪友》诗、《水龙吟》（再送荪友）词以赠之。时南方战事方炽，性德有立功疆场之愿，故诗中有所言及。

秋，吴县穹隆山道士施道源入京设醮，旋还山。性德作《送施尊师归穹隆》《再送施尊师归穹隆》赠之。

是年，徐乾学迁右赞善。十一月，徐母顾氏卒，徐乾学兄弟奔丧南归。

冬，顾贞观作《金缕曲》（寄吴汉槎）二章，性德见之，遂以"绝塞生还吴季子"为己任。

是年，郑谷口在京行医，朱彝尊赠以诗。性德识郑谷口当在此年。秋，谷口南还。

《侧帽词》或刻于此年。始与顾贞观合编《今词初集》。

是年，朱彝尊复客潞河。

是年，谢彬为徐龙绘《枫江渔父图》。

秦松龄在楚，定《然竹集》。董元恺编定《苍梧词》十二卷。

是年，东南战局渐明朗，三藩已呈败势。

此年内性德其他作品：

文：《拟设东宫官属谢表》。

诗：《记征人语》十三首，《长安行赠叶纫庵庶子》（按：叶方蔼任庶子在康熙十四至十七年，姑置此年），《送马云翎归江南》，《又赠马云翎》，《暮春别严四荪友》。词：《金缕曲》（赠梁汾），《金缕曲》（简梁汾），《眼儿媚》（手写香台），《南乡子》（烟暖雨初收），《菩萨蛮》（新寒中酒），《念奴娇》（绿杨飞絮），《金人捧露盘》（净业寺），《天仙子》（梦里蘼芜），《浪淘沙》（红影湿幽窗），《生查子》（鞭影落春堤），《生查子》（东风不解愁），《瑞鹤仙》（丙辰生日）。另，《河传》《苏幕遮》（枕函香）、《疏影》（芭蕉）、《忆王孙》（西风一夜）、《雨霖铃》（种柳）等五阕作期当不晚于此年。

康熙十六年丁巳（公元 1677 年）23 岁

四月，圣祖制《大德景福颂》，书锦屏，进太皇太后。性德撰《拟御制大德景福颂贺表》。疑此文为代明珠拟。

四月末，卢氏生一子海亮。约月余，卢氏以产后患病，于五月三十日卒。叶舒崇《卢氏墓志铭》："产同瑜珥，兆类罴熊，乃膺沉痼，弥月告凶。"性德哀甚，"悼亡之吟不少，知己之恨尤深。"卢氏灵柩暂厝双林禅院。

七月甲辰（二十九），以吏部尚书明珠、户部尚书勒德洪为内阁大学士，且谕诸臣："人臣服官，惟当靖共匪懈，一意奉公，如或分立门户，私植党与，始而蠹国害政，终必祸及身家。历观前代，莫不皆然。在接纳植党者，行迹诡秘，人亦难于指摘，然背公营私，人必知之，凡论人论事间，必以异同为是非，爱憎为毁誉，公论难容，国法莫逃。百尔臣工，理宜痛戒。"（《圣祖实录》六十八）按，明珠、勒德洪俱为武英殿大学士。

八月初一，圣祖赐大学士明珠《文献通考》等书，并谕曰："卿才能素著，久任股肱，特简丝纶重地，赞理机务。因卿夙稽典史，晓古今责难陈善之理，《文献通考》等书，皆致君泽民至道所录，特以赐卿。退食之暇，可时观阅，以副朕虚怀求治之意。"（《圣祖文集》六）

八月，明珠充《太宗文皇帝实录》总裁官。

性德撰《合订大易集义粹言》成。朱彝尊《合订大易集易粹言序》云："吾友纳兰侍卫容若，以韶年登甲科，未与馆选，有感消息盈亏之理，读《易》渌水亭中，聚《易》义百家插架，于温陵曾氏《粹言》、隆山陈氏《集传精义》，十八家之说有取焉，合而订之，成八十卷，择焉精，语焉详，庶几哉有大醇而无小疵也乎。"

秋冬间，性德始任乾清门三等侍卫。按：姜宸英《纳兰君墓表》云："今上重器君，不欲出之外廷。置名二甲，久之，授三等侍卫。"韩菼《纳兰君神道碑文》亦云："以二甲久次，选授三等侍卫。"皆示性德中进士后，有较长一段时间未定其职司。徐乾学《纳兰性德墓志铭》、翁叔元《纳兰君哀词》均言性德丙辰登第后，闭门扫轨，益肆力于诗歌古文辞，亦可见尝有较久"待业"生活。正为有较长赋闲时日，方可成八十卷之《合订大易集义粹言》。初及第，有从戎意，不得；又期入观选，仍不得。天意难测，中颇怏怏。最后任侍卫，实非其愿。徐乾学《纳兰性德墓志铭》又云："未几，太傅入秉钧，容若选授三等侍卫，出入扈从，服劳惟谨。"则始任侍卫，在明珠擢大学士之后。《渌水亭杂识》编定。

腊月，性德作书致严绳孙。

是年春初，顾贞观携《今词初集》稿南返，至开封，逢毛际可。毛为《今词初集》作序，并次容若韵作《金缕曲（题梁汾佩剑投壶图）》，是词亦收入《今词初集》。

三月，蔡启僔为日讲起居注官，旋以足疾辞官。

三月，吴兆骞于宁古塔收到顾贞观寄《金缕曲》词二首。

四月，梁汾在江南，复作书寄吴汉槎，并以其《弹指词》附书以寄。（吴兆骞《戊午二月十一日寄顾舍人书》）按：徐龙《词苑丛谈》、阮葵生《茶余客话》载：吴兆骞在宁古塔，行箧有《菊庄词》《侧帽词》《弹指词》二册，会朝鲜使臣至，以金购去，三人之词遂流誉外邦。然汉槎致梁汾书仅言及《弹指》，未云《侧帽》，盖缘《弹指》《侧帽》为合刻一册。《词苑丛谈》称三家为"二册"，即由此。

秋，顾贞观复至京，与性德增选《今词初集》。

冬，鲁超为《今词初集》作序。

十一月，以大学士择荐，令张英、高士奇为内廷供奉，高士奇加内阁中书衔。

是年，徐乾学在南，请陈维崧校订吴兆骞《秋笳集》。

龚佳育擢江宁布政使。朱彝尊随龚南返江宁，刻成《竹垞文类》二十六卷。

陈维崧、朱彝尊等聚会于南京瞻园。

此年内性德其他作品：

词：《点绛唇》（一种蛾眉），《浣溪沙》（伏雨朝寒），《金缕曲》（再赠梁汾），《南歌子》（翠袖凝寒），《南歌子》（暖护樱桃），《眼儿媚》（手写香台），《菩萨蛮》（晶帘一片），《清平乐》（凄凄切切），《清平乐》（麝烟深漾），《临江仙》（寄严荪友），《鹧鸪天》（十月初四），《沁园春》（丁巳重阳），《大酺》（寄梁汾），《唐多令》（金液镇心），《浣溪沙》（寄严荪友），

《忆江南》（双林禅院），《青衫湿遍》，《鹧鸪天》（握手西风）。

康熙十七年戊午（公元 1678 年）24 岁

是年圣祖出行情况：

闰三月初三至十七，畿南霸州、赵北口一带。

五月十五至十九，碧云寺、石景山、南苑。

九月初十至二十六，遵化。

十月初三至十一月二十四，遵化、沿边。在滦河阅三屯营兵。

岁初正月十七，顾贞观回南，所携有性德付编之《饮水词》。三月，在吴趋客舍会吴绮，绮为《饮水词》作序。是年，顾刻《饮水词》成。

正月，下征博学鸿儒诏。夏秋间，应征文士多至京。十一月起，供应征文士食宿。施闰章、曹禾、汪琬、陈维崧、尤侗、朱彝尊、秦松龄、汤斌、徐龙、彭孙遹、陆元辅、徐嘉炎、毛际可、黄虞稷（后以丁忧归）、严绳孙、周清原、吴雯、毛奇龄、阎若璩、潘耒、李因笃、叶舒崇等至京。

春，陈维崧过昆山，在徐乾学家小住。时释大汕亦作客徐舍，为其年绘《迦陵填词图》。夏秋间，其年至京，一度居性德宅中，继顾贞观编《今词初集》，年内定稿。（陈维崧《寄吴汉槎书》）

夏，朱彝尊入京，《词综》编成付梓；又编《藩锦集》成。

五月，吴兴祚升福建巡抚。

七月，吴三桂称帝。八月，三桂死。清军全线转入反攻。

七月，葬卢氏于皂荚村，叶舒崇为作墓志铭。按叶舒崇为叶燮之子。性德自号楞伽山人，在此年或稍后。性德以楞伽名，与卢氏卒及任侍卫之无奈情绪有关；除取楞伽经义外，亦似由李贺、白居易诗生发。李贺《赠陈商》诗："长安有男儿，二十心已朽。楞伽堆案前，楚辞系肘后。"白居易《见元九悼亡诗因此为寄》："夜泪暗销明月幌，春肠遥断牡丹庭。人间此病治无药，唯有楞伽四卷经。"

性德始筑茅屋。

秋，马云翎卒于江南。

冬，叶方蔼升翰林院掌院学士、礼部侍郎。

岁暮，姜宸英入京，性德使居千佛寺。韩菼、叶方蔼谋荐姜应鸿博试，不及。

是年，徐龙《词苑丛谈》编定。

蒋景祁在京，编次《梧月词》。

徐乾学刻《秋笳集》于年内。

此年内所作词：《如梦令》三首，《齐天乐》（洗妆台怀旧），《浣溪沙》

（抛却无端），《浣溪沙》（大觉寺），《画堂春》，《蝶恋花》（辛苦最怜），《荷叶杯》（帘卷落花），《荷叶杯》（知己一人），《寻芳草》（萧寺记梦），《菩萨蛮》（为陈其年题照），《菩萨蛮》（宿滦河），《虞美人》（凭君料理），《虞美人》（春情只到），《鹊桥仙》（七夕），《望江南》（宿双林禅院），《菩萨蛮》（过张见阳山居赋赠），《青衫湿》（悼亡），《渔父》。另，《忆桃源慢》《临江仙》（长记碧窗）二阕作期当不晚于此年。

康熙十八年己未（公元 1679 年）25 岁

是年圣祖出行情况：

二月十二至十五，南苑。

三月初二至十四，保定、十里铺。

五月初九，西山潭柘寺。

十二月初六至十七，南苑。

二月，遣大学士明珠祭孔子。

三月初一，试内外诸臣荐举博学鸿儒一百四十三人于体仁阁。三月二十九，谕吏部，取中彭孙遹、秦松龄、陈维崧、朱彝尊、汤斌等二十人为一等，施闰章、潘耒、徐钱、尤侗、毛奇龄、曹禾、严绳孙等三十人为二等。严绳孙本不期中，仅赋"省耕诗"一首即退场。圣祖知绳孙名，以为"史局中不可无此人"，取为二等榜末。五月，秦、朱、陈、严等俱授检讨，著纂修《明史》。

叶舒崇临试病逝；陆元辅考试未中。

暮春，性德与朱、陈、严、姜、秦等人游张见阳山庄，作联句词《浣溪沙》。

夏，邀诸友渌水亭观荷。茅屋筑成，又称花间草堂。

秋，张见阳南行，赴湖南江华县令。

姜宸英丁内艰归。

八月二十八，京师地震，毁伤甚重。魏象枢藉地震劾明珠。

是年，顾贞观在南，刊成《今词初集》，收性德词十七首。同年，卓回刊《古今词汇》选性德词十二首，多与《今词初集》重。

是年冬，顾贞观在福州，作客吴兴祚幕。曹寅编定《荔轩草》，顾景星为作序。

性德本年内作品：

文：《渌水亭宴集诗序》

诗：《早春雪后同姜西溟作》，《送张见阳令江华》。

词：《点绛唇》（别样幽芬），《点绛唇》（小院新凉），《忆江南》（新来好），《蝶恋花》（散花楼送客），《河渎神》（风紧雁行高），《金缕曲》（姜西溟言别），《金缕曲》（慰西溟），《琵琶仙》（中秋），《菊花新》（送见阳），《虞美人》（绿荫帘外），《潇湘雨》（送西溟归慈溪），《鹧鸪天》（小构园林），《踏莎行》（倚柳题笺），《满江红》（茅屋新成），《浪淘沙》（闷自剔残灯），《凤凰台上忆吹箫》（除夕得梁汾闽中信）。

康熙十九年庚申（公元 1680 年）26 岁

此年内，圣祖行踪仅及西山、巩华、南苑，未远行。

约在是年，性德由司传宣改经营内厩马匹，圣祖出巡用马，皆由拣择。又常至昌平、延庆、怀柔、古北口等地督牧。姜宸英《纳兰君墓表》："尝司天闲牧政，马大蕃息。侍上西苑，上仓促有所指挥，君奋身为僚友先。上叹曰：此富贵家儿，乃能尔耶！"

继娶官氏，在此年或稍后。官氏，即瓜尔佳氏，图赖之孙，朴尔普之女。

二月，以徐元文荐，征姜宸英入史馆，姜氏因丁忧未赴职。

四月，高士奇特授翰林；五月，又加詹事府詹事衔。五月，董讷、王鸿绪任侍读学士。

秋，顾贞观返京。

冬，徐乾学兄弟服阕还京，乾学复原职，徐元文升都察院左都御史。

徐乾学撰《通志堂经解序》，性德《经解总序》或同时改定。

是年，禹之鼎始入京，任鸿胪寺序班。

性德本年内作品：

诗：《寄梁汾并葺茅屋以招之》，《茅斋》。

词：《金菊对芙蓉》（上元），《浣溪沙》（庚申除夜），《金缕曲》（亡妇忌日），《秋千索》（渌水亭春望），《一丛花》（咏并蒂莲），《水调歌头》（题岳阳楼图）。

康熙二十年辛酉（公元 1681 年）27 岁

是年圣祖出行情况：

二月十八至三月十二，遵化。

三月二十至五月初三，遵化、沿边。

八月二十五至九月十七，近南，南苑、雄县、任丘、霸州。

十一月十四至十二月初三，遵化。

二月，增汤斌、秦松龄、徐乾学、曹禾、王顼龄、朱彝尊、严绳孙、潘耒八人为起居注官。

三月下旬，明珠等扈从至遵化温泉，圣祖召群臣观温泉，群臣各赋诗。于时明珠亦上《汤泉应制》五言二十二韵。（《熙朝雅颂集》）四月初，明珠因病

先行回京。四月二十二日，圣祖自喜峰口外致书问候，且谕明珠留心京畿大旱事。(《圣祖文集》卷十一)

六月，秦松龄为江西乡试正考官。七月，严绳孙为山西乡试正考官，朱彝尊为江南乡试副考官。

七月，圣祖驻瀛台，赐群臣太液池鱼、藕等物。

七月，顾贞观丁内艰南还，临行致书吴兆骞，约抄冬或早春晤于京师。七月，吴兆骞得赐还诏书。八月，为其子吴桭臣纳叶氏妇。九月二十日，自宁古塔起行。十月，抵京师。是冬，吴兆骞合家居徐乾学馆中。

十月二十八日，清军入云南省城，吴世璠自杀，云南平。

十一月，叶方蔼转刑部侍郎。

十二月初，姜宸英入京，投宿慈仁寺。

十二月，吴兴祚擢两广总督。

岁暮，顾贞观入京。

是年，梁佩兰离京南还。按，梁氏何时入京未悉，

是年，禹之鼎入值畅春园。

本年内性德作品：

文：《万年一统颂》。

诗：《汤泉应制》四首，《赐观汤泉十韵》，《喜吴汉槎归自关外次座主徐先生韵》，《咏柳偕梁汾赋》，《東西溟》，《送梁汾》。另，《秋夜》《寄朱锡》《桑榆墅同梁汾夜望》《雄县观鱼》等或亦作于此年。

词：《青玉案》（人日），《念奴娇》（宿汉儿村），《点绛唇》（寄南海梁药亭），《剪湘云》，《木兰花慢》（立秋夜雨）。

康熙二十一年壬戌（公元 1682 年）28 岁

是年圣祖出行情况：

二月十五至五月初四，奉天、吉林。

八月初三至十一，玉泉。

十月十九至十一月初九，遵化。按，性德时方出使唆龙，未随扈。正月初，朱彝尊还京。

正月十四日，圣祖于乾清宫宴群臣，罢，夜已二鼓。十五日晨，在太和殿赋柏梁体诗，圣祖制首句，明珠等以次赋九十三韵。

正月十五上元夜，性德与朱彝尊、陈维崧、严绳孙、顾贞观、姜宸英、吴兆骞、曹寅等共集花间草堂，饮宴赋诗。（姜宸英《题蒋君长短句》）堂上列纱灯绘古迹，各指图作诗词。性德赋《水龙吟》（题文姬图）词，《赋得柳毅传书图次陈其年韵》诗。曹寅作《貂裘换酒》词。是夜恰逢月食，性德有诗词数首咏之。

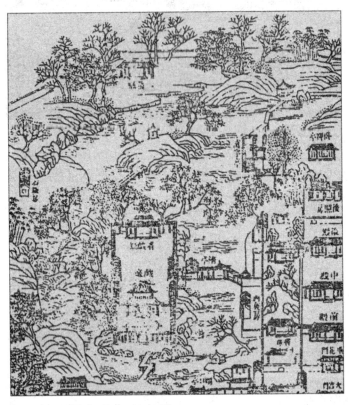

元宵节后旬日间，顾贞观离京南还。

年初，以明珠疏救，陈梦雷得减死，戍尚阳堡。

年初，吴兆骞入性德宅，为教授其弟揆叙。汉槎与顾有孝等共编《名家绝句抄》，性德为作序。

四月十三，东巡返程经叶赫故地，圣祖赋诗，高士奇赋《南楼令》一阕。是日，圣祖驻跸叶赫河屯。

五月，陈维崧以头痛卒。叶方蔼卒。

六月初三，赐群臣后苑赏花钓鱼。

严绳孙作《西苑侍直》诗二十首，性德和之，题为《西苑杂咏和荪友韵》。按此二十绝句非成于一日，当作于夏秋间。其第十五首有"几日乌龙江上去"句，作于得知将赴唆龙信之后。另，第十一首云："马曹此日承恩数，也逐清班许钓鱼"。似言已解"马曹"之职司，复入内廷。疑性德晋升二等侍卫，即在赴唆龙前后。

七月，明珠等为纂修《明史》监修总裁官。

禹之鼎为徐乾学、王士祯、陈廷敬、王又旦、王懋麟绘《城南雅集图》
（又名《五客话旧图》）。

八月，汪楫离京出使琉球，禹之鼎随行。

秋，吴兆骞南归省亲。顾贞观作客苕上。

八月十五日，遣副都统郎坦、公彭春等率兵往打虎儿、索伦。将行，圣祖
口谕郎坦等："罗刹犯我黑龙江一带，侵扰虞人，戕害居民，昔发兵进讨，未获
剪除，历年已久。近闻蔓延益甚，过牛满、恒滚诸处，至赫哲、飞牙喀虞人住
所，杀掠不已。尔等此行，除自京遣往参领、侍卫、护军外，合毕力克图等五
台吉率科尔沁兵五百名，宁古塔副都统萨布素等率乌喇、宁古塔兵八十名，谕
以捕鹿之故，一面详视陆路近远，沿黑龙江行围。经薄雅克萨城下，勘其居址
形势。度罗刹断不敢出战，若以食物来馈，其受而量答之。万一出战，姑勿交
锋，但率众引还，朕别有区画。尔等还时，须详视自黑龙江至额苏里舟行水路；
及已至额苏里，其路直通宁古塔者，更择随行之参领、侍卫，同萨布素往视
之。"按，打虎儿、索伦，即达呼儿、唆龙。是行，即《通志堂集》所谓"觇
唆龙"，意为侦察。性德及其友人画家经纶（字岩叔）亦随往唆龙。郎坦等于
八月二十五陛辞，起行当在八月内。性德出发似较晚。性德有《沈尔璟进士归
吴兴，诗以送之》一诗，沈尔璟中进士即是年，然此年因东巡而改殿试至八月
二十日，九月初四发榜。性德诗有"成名方得意，几日问归舟"语，则其动身
在九月初四之后。

十月十五日，经纶自唆龙与性德别，先行返京。性德有《蝶恋花（十月望
日与经岩叔别）》词送之。前此数日，曾有《唆龙与经岩叔夜话》诗。

十月，明珠为《太祖实录》《三朝圣训》《平定三逆神武方略》总裁官。

十一月，明珠加赠太子太傅。

十二月二十七，副都统郎坦等自打虎儿、索伦还，以罗刹情形具奏。（《圣

祖实录》一百六）据此，性德还京已在腊月下旬。

是年，高士奇整理随从东巡日记，成《扈从东巡日录》二卷。

本年内性德其他作品：

诗：《柳条边》，《松花江》（五律），《盛京》，《山海关》，《兴京陪祭福陵》，《松花江》（七绝），《塞外示同行者》，《上元月蚀》，《早春雪后同姜西溟作》，《上元即事》，《塞垣却寄》，《宿龙泉山寺》。

词：《采桑子》（严宵拥絮），《采桑子》（九日），《采桑子》（塞上咏雪花），《一络索》（雪），《浣溪沙》（身向云山），《浣溪沙》（万里阴山），《浣溪沙》（小乌喇），《浣溪沙》（姜女祠），《蝶恋花》（又到绿杨），《蝶恋花》（尽日惊风），《南歌子》（古戍饥乌），《一络索》（过尽遥山），《一络索》（野火拂云），《一斛珠》（元夜月蚀），《长相思》（山一程），《太常引》（自题小像），《菩萨蛮》（问君何事），《菩萨蛮》（荒鸡再咽），《清平乐》（上元月蚀），《临江仙》（卢龙大树），《临江仙》（永平道中），《南乡子》（何处淬吴钩），《沁园春》（试望阴山），《忆秦娥》（龙潭口），《满庭芳》（堠雪翻鸦），《青玉案》（宿乌龙江），《浪淘沙》（望海），《唐多令》（塞外重九），《如梦令》（万帐穹庐）。

康熙二十二年癸亥（公元 1683 年）29 岁

此年内圣祖出行情况：

正月二十七至三十，南苑。

二月二十至三月初六，五台山。

四月二十一至五月初一，玉泉山、潭柘寺。

六月十二至七月二十五，古北口、近边。

九月十一至十月初九，五台山。太皇太后同行。

十一月二十一至十二月初七，遵化、近边。

二月，蒋景祁自京南还，初编《瑶华集》。

三月，官氏父朴尔普以一等公为蒙古都统。

春，朱彝尊入直南书房，赐居黄瓦门左。

四月，陈廷敬、张玉书为礼部侍郎。翁叔元以右春坊赞善充日讲起居注官。梁佩兰客吴门。

七月，施琅平台湾。

夏秋间，吴兆骞返京，仍为揆叙塾师，并与性德研习《昭明文选》。

十月，升江西按察使章钦文为江宁布政使。

十二月，高士奇充日讲官。王鸿绪迁内阁学士、礼部侍郎。左都御史徐元文以荐举非人免。

冬，圣祖作《松赋》。

是年，秦松龄、严绳孙迁中允，并为《平定三逆方略》纂修官。

顾贞观在南，得东林诸人与顾宪成书札，辑为一帙，题《东林翰墨》，请黄宗羲等作跋。

是年，施润章卒。朱鹤龄卒。蔡启傅卒。

本年内性德作品：

诗：《驾幸五台恭纪》（作于九月出巡时，诗有"亲侍两宫来"句)，《咏笼鹦》。

词：《齐天乐》（塞外七夕)，《菩萨蛮》（寄顾梁汾苕中)，《虞美人》（银床淅沥)，《月上海棠》（中元塞外)，《满江红》（代北燕南)。

康熙二十三年甲子（公元 1684 年）30 岁

本年内圣祖出行情况：

正月十五至十七，南苑。

二月十七至三月初二，近南霸州、赵北口。

四月初六至十一，玉泉山。

五月十九至八月十五，古北口、近边。

九月二十八至十一月二十九，南巡。经泰山、扬州、苏州、无锡、镇江、江宁、曲阜等地，并阅淮扬河工。

十二月二十五至二十八，遵化。

正月，朱彝尊以辑《瀛洲道古录》，私钞宫内各地进书，被逐出内廷，移居宣武门南。彝尊既罢，始董理出仕以来诗，由姜宸英删定之，即后之《腾笑集》。是年，潘耒亦缘"浮躁"降调。

二月，调江宁巡抚慕天颜为湖广巡抚。

春，禹之鼎自琉球还。八月，在昆山为徐元文庭蕉作图；在江宁为曹寅作栋亭图（曹寅父曹玺卒于是年六月）。禹之鼎是年未入京，故不可能为性德作

"三十小像"。

六月，明珠兼《大清会典》总裁官。

八月，秦松龄为顺天乡试正考官。

九月，余国柱任户部尚书。余与明珠结党，势甚张，引起物议喧喧，渐被圣祖注意。徐乾学等承圣祖意旨，渐由亲明转为倒明。

九月，顾贞观携沈宛赴京。

十月，严绳孙为顺天武乡试副考宫。

十月，南巡至扬州，时张玉书适奔丧至扬，性德问慰之，揖别于江干。

十月，吴兆骞病卒于京师。

十一月初，南巡至江宁，性德会曹寅。在江宁，得汉槎凶问。南巡中，性德得明人《竹炉新咏卷》，为惠山听松故物。回京，以此卷归梁汾，作《题竹垆新咏卷》诗，并为梁汾书"新咏堂"三字。

冬，秦松龄因顺天乡试事下狱，徐乾学力救之，得放归。十二月，徐乾学由侍讲学士升詹事府詹事。韩菼以侍读兼日讲起居注官。十二月十二日，姜宸英为性德作《三十初度》诗。

岁暮，性德纳沈宛为妾。

是年，性德作书梁佩兰，邀梁至京共编词选。

是年夏，查慎行至京。

本年内性德其他作品：

文：《金山赋》，《与梁药亭书》，《与顾梁汾书》（见《通志堂集》十三），《灵岩山赋》，《祭吴汉槎文》。

诗：《扈跸霸州》，《题赵松雪鹊华秋色图》，《圣驾临江恭赋》，《虎阜》，

《江行》,《平原过汉樊侯墓》,《扈从东岳礼成恭纪》,《金陵》,《病中过锡山》,《泰山》,《曲阜》,《秣陵怀古》,《平山堂》,《江南杂诗》。

词:《梦江南》十首,《采桑子》(那能寂寞),《采桑子》(谢家庭院),《浣溪沙》(欲问江梅),《浣溪沙》(十里湖光),《浣溪沙》(脂粉塘空),《浣溪沙》(十八年来),《浣溪沙》(红桥怀古和王阮亭韵),《金缕曲》(寄梁汾),《眼儿媚》(林下闺房),《菩萨蛮》(白日惊飙),《虞美人》(彩云易向),《雨中花》,《临江仙》(塞上得家报),《金缕曲》(未得长无谓)。

康熙二十四年乙丑(公元 1685 年)31 岁

本年一至六月内圣祖出行情况:

正月十五至十七,南苑。元夕于南海子大放烟火,朝臣有诗。

正月二十九至二月初五，玉泉山。

二月十五至三十，近南霸州、雄县。

四月初十至十五，玉泉山。

六月初一至初九，古北口、近边。

二月，徐乾学充《会典》副总裁官。王鸿绪、董讷为户部侍郎。

三月，徐乾学、韩菼升内阁学士，兼礼部侍郎。

　　三月，谕大学士等："凡为大学士者，以进贤退不肖为职，不可稍存私意。必休休有容，知无不言，言无不尽，方可称为大臣。其他朕亦不须尽言。"按，此谕有儆戒明珠意。

　　三月十八日圣祖诞辰，书贾至《早朝》诗赠性德。四月下旬，又令性德赋《乾清门应制》诗，译《松赋》为满文，称旨。时皆知圣祖将大用性德，性德升一等侍卫或即在此时。

春，梁佩兰抵京。

四月，严绳孙请假南归（实为弃官），与性德别。性德作书寄秦松龄，倩绳孙为邮。五月初，曹寅至京，性德作《满江红》词为题其《栋亭图》。

五月，明珠充《政治典训》总裁官，王鸿绪、董讷为副总裁官。

五月二十二日，梁佩兰、顾贞观、姜宸英、吴雯集性德庭，饮酒，各赋《夜合花》诗。次日，性德得疾。

五月三十日，性德因七日不汗病故。时圣祖方出塞，特准明珠不必随行。及罗刹捷报至，又命宫使就几筵哭告之，以性德有奉使唆龙之功。

六月初四，圣祖出古北口。途次，理藩院奏："都统、公彭春等五月二十日抵雅克萨城，二十五日黎明，并进急攻，城中大惊。罗刹城守头目额里克舍等势迫，诣军前稽颡乞降。恢复雅克萨城。"

性德本年作品：

诗：《题赵松雪水村图》（据朱彝尊题该图跋文），《暮春见红梅作简梁汾》（据张见阳刻本《饮水诗词集》注），《别苏友口占》，《夜合花》。

词：《满江红》（为曹子清题其先人所构楝亭图），《菩萨蛮》（乌丝画作），《菩萨蛮》（惜春春去）。

秋，沈宛生遗腹子富森。

康熙二十五年（公元 1686 年）

性德葬京郊皂荚村。

徐乾学撰《墓志铭》《神道碑文》，韩菼撰《神道碑铭》，顾贞观撰《行状》，姜宸英撰《墓表》。

董讷撰《诔词》。

张玉书等六人撰《哀词》。

严绳孙等十八人撰《祭文》。

徐元文等二十七人撰《挽诗》。

蔡升元等五人撰《挽词》。

康熙二十六年（公元 1687 年）

严绳孙旅端州，见容若小像，题诗二首。按，小像为禹之鼎所绘。

康熙二十七年（公元 1688 年）

明珠罢相，旋任内大臣。

康熙二十九年（公元 1690 年）

顾贞观入京展性德墓。（《楚颂亭诗》卷二）

康熙三十年（公元 1691 年）

徐乾学刻《通志堂集》，收性德作品十八卷，附录二卷。词四卷，居卷六至卷九，收词三百首。同年，张纯修刻《饮水诗词集》三卷，收词三百零三首。

徐、张二本词由顾贞观阅定。

康熙三十九年（公元 1700 年）

性德长子富格卒，年二十六岁。次子富尔敦中进士。

康熙四十七年（公元 1708 年）

明珠卒。

乾隆二十六年（公元 1760 年）

性德第三子富森与太皇太后七十寿宴。时富森七十六岁。

道光十二年（公元 1833）

汪元治刊结铁网斋本《纳兰词》，五卷，三百二十六首。

光绪六年（公元 1880 年）

许增刊娱园本《纳兰词》，五卷，三百四十二首。

民国二十五年（公元 19136）

陈乃乾刊《清名家词》，收性德词名《通志堂词》，三百四十七首。开明书店版。

民国二十六年（公元 1937 年）

李勖撰《饮水词笺》，是为性德词第一个注本。正中书局版。

1979 年

上海古籍出版社影印出版《通志堂集》。

1984 年

冯统校《饮水词》出版，是为性德词第一个校本。广东人民出版社。此本又称"天风阁本"。

1995 年

张草纫撰《纳兰词笺注》出版，是为校注合一本。其注文较李勖本有增益，沿用李注者均补出篇名。所凭借之入校本较少，不及天风阁本。上海古籍出版社。

1996 年

张秉戍撰《纳兰词笺注》出版。北京出版社。

2000 年

赵秀亭、冯统一撰《饮水词笺校》出版，校注合一本，辽宁教育出版社。

收词三百四十七首。校文较天风阁本有订补。以通志堂本为底本，对底本之夺误参考它本有所订正。附录有姜宸英《纳兰君墓表》《纳兰性德行年录》及《纳兰性德手简》三十七件。

纳兰性德传记资料

《清史稿·文苑一》

性德，纳喇氏，初名成德，以避皇太子允礽嫌名改，字容若，满洲正黄旗人，明珠子也。性德事亲孝，侍疾衣不解带，颜色黧黑，疾愈乃复。数岁即习骑射，稍长工文翰。康熙十四年成进士，年十六。圣祖以其世家子，授三等侍卫，再迁至一等。令赋《乾清门》应制诗，译御制《松赋》，皆称旨。俄疾作，上将出塞避暑，遣中官将御医视疾，命以疾增减告。遽卒，年止三十一。尝奉使塞外有宣抚，卒后，受抚诸部款塞。上自行在遣中官祭告，其眷睐如是。

性德乡试出徐乾学门。与从研讨学术，尝裒刻宋、元人说经诸书，徐为之序，以自撰《礼记陈氏集说补正》附焉，合为《通志堂经解》。性德善诗，尤长倚声。遍涉南唐、北宋诸家，穷极要眇。所著《饮水》《侧帽》二集，清新秀隽，自然超逸。尝读赵松雪自写照诗有感，即绘小像，仿其衣冠。坐客期许过当，弗应也。乾学谓之曰："尔何似王逸少！"则大喜。好宾礼士大夫，与严绳孙、顾贞观、陈维崧、姜宸英诸人游。贞观友吴江吴兆骞坐科场狱戍宁古塔，赋《金缕曲》二篇寄焉。性德读之叹曰："山阳《思旧》，都尉《河梁》，并此而三矣！"贞观因力请为兆骞谋，得释还，士尤称之。

……清世工词者，往往以诗文兼擅，独性德为专长，仁和谭献尝谓为词人之词。性德后，又得项鸿祚、蒋春霖三家鼎立。

《清史列传》卷七十一

性德，原名成德，字容若，纳兰氏，满洲正黄旗人。康熙十五年进士，授乾清门侍卫。少从姜宸英游，喜为占文辞。乡试出徐乾学之门，遂授业焉。善

诗，其诗飘忽要眇，绝句近韩偓。尤工于词，所作《饮水》《侧帽》词，当时传写，遍于村校邮壁。生平淡于荣利，书史外无他好。爱才喜客，所与游皆一时名士。晚更笃意经史，嘱友人秦松龄、朱彝尊购求宋元诸家经解。后启于乾学，得钞本一百四十种，晓夜穷研，学益进。尝延友人陆元辅合订删补《大易集议萃言》八十卷、《陈氏礼记集说补正》三十八卷。又刻《通志堂九经解》一千八百余卷，皆有功后学。精鉴藏。书学褚河南，见称于时。尝奉使觇唆龙

诸羌。二十四年卒，年三十一。殁后旬日，适诸羌输款，上时避暑关外，遣中使祔其几筵哭而告之，以其尝有劳于是役也。著有《通志堂诗集》五卷、词四卷、文五卷、《渌水亭杂识》四卷，又有《全唐诗选》《词韵正略》。

徐乾学《通议大夫一等侍卫进士纳兰君墓志铭》（康熙刻本《通志堂集·附录》）

呜呼！始容若之丧，而余哭之恸也。今其弃余也数月矣。余每一念至，未尝不悲来填膺也。呜呼！岂直师友情乎哉。余阅世将老矣，从我游者亦众矣，

如容若之天姿之纯粹、识见之高明、学问之淹通、才力之强敏，殆未有过之者也。天不假之年，余固抱丧予之痛。而闻其丧者，识与不识，皆哀而出涕也，又何以得此于人哉？太傅公失其爱子，至今每退朝，望子舍必哭，哭已，皇皇焉如冀其复者，亦岂寻常父子之情也。至尊每为太傅劝节哀，太傅愈益悲不自

胜。余闲过相慰，则执余手而泣曰：惟君知我子，惠邀君言，以掩诸幽，使我子虽死犹生也。余奚忍以不文为辞。顾余之知容若，自壬子秋榜后始，迄今十三四年耳。后容若入侍中，禁廷严密，其言论梗概，有非外臣所得而知者，太傅属痛悼，未能殚述。则是余之所得而言者，其于容若之生平，又不过十之二三而已。呜呼！是重可悲也。

容若，姓纳兰氏，初名成德，后避东宫嫌名，改曰性德。年十七补诸生，贡入太学，余弟立斋为祭酒，深器重之，谓余曰：司马公贤子非常人也。明年，余忝主司，宴于京兆府，偕诸举人青袍拜堂下，举止闲雅。越三日，谒余邸舍，谈经史源委及文体正变，老师宿儒有所不及。明年，会试中式，将廷对，患寒疾。太傅曰：吾子年少，其少俟之。于是益肆力经济之学，熟读通鉴及古人文辞。三年而学大成。岁丙辰，应殿试，条对凯切，书法遒逸，读卷执事各宫咸叹异焉。名在二甲，赐进士出身。闭门扫轨，萧然若寒素。客或诣者，辄避匿。拥书数千卷，弹琴咏诗自娱悦而已。未几，太傅入秉钧。容若选受三等侍卫，出入扈从，服劳惟谨。上眷注异于他侍卫。久之，晋二等，寻晋一等。上之幸海子、沙河，及西山、汤泉，及畿辅、五台、口外、盛京、乌剌，及登东岳，幸阙里，省江南，未尝不从。先后赐金牌、彩缎、上尊、御馔、袍帽、鞍马、弧矢、字帖、佩刀、香扇之属甚夥。是岁，万寿节，上亲书唐贾至《早朝》七言律赐之。月余，令赋《乾清门》应制诗，译御制《松赋》，皆称旨。于是外庭金言上知其有文武才，非久且迁擢矣。呜呼！孰意其七日不汗死也。容若既得疾，上使中官侍卫及御医，日数辈络绎至第诊治。于是，上将出关避暑，命以疾增减报，日再三、疾亟，亲处方药赐之，未及进而殁。上为之震悼，中使赐奠，恤典有加焉。容若尝奉使觇唆龙诸羌，其殁后旬日，适诸羌输款，上于行在遣宫使拊其几筵哭而告之，以其尝有劳于是役也。于此亦足以知上所以属任之者非一日矣。

呜呼！容若之当官任职，其事可得而纪者止于是矣。余滋以其孝友忠顺之性，殷勤固结，书所不能尽之言，言所不能传之意，虽若可仿佛其一二，而终莫能而悉也，为可惜也。容若性至孝，太傅尝偶恙，日侍左右，衣不解带，颜色黝黑，及愈乃复初。太傅及夫人加餐，辄色喜，以告所亲。友爱幼弟，弟或出，必遣亲近兼仆护之，反必往视，以为常。其在上前，进反曲折有常度，性耐劳苦，严寒执热，直庐顿次，不敢乞休沐自逸。类非绮襦纨绔者所能堪也。

自幼聪敏，读书一再过即不忘。善为诗，在童子已出句惊人，久之益工。得开元、大历间丰格。尤喜为词，自唐五代以来诸名家词皆有选本。以洪武韵改并联属，名《词韵正略》。所著《侧帽》集，后更名《饮水》集者，皆词也。好观北宋之作，不喜南渡诸家。而清新秀隽，自然超逸。海内名为词者皆归之。他论著尚多，其书法摹褚河南，临本《禊帖》，间出于《黄庭内景经》。当入对殿廷，数千言立就。点面落纸，无一笔非古人者。荐绅以不得上第入词馆为容若叹息。及被恩命，引而置之珥貂之行，而后知上之所以造就之者，别有在也。容若数岁即善骑射，自在环卫，益便习，发无不中。其扈跸时，雕弓书卷，错杂左右。日则校猎，夜必读书，书声与他人鼾声相和。间以意制器，多巧倕所不能。于书画评鉴最精。其料事屡中，不肯轻为人谋，谋必竭其肺腑。尝读赵

松雪自写照诗有感，即绘小像，仿其衣冠，坐客或期许过当，弗应也。余谓之曰："尔何酷类王逸少！"容若心独喜。所论古时人物，尝言王茂弘阑阇阑阇，心术难间，娄师德唾面自干，大无廉耻。其识见多此类。间尝与之言往圣昔贤修身立行，及于民物之大端，前代兴亡理乱所在，未尝不慨然以思。

　　读书至古今家国之故，忧危明盛，持盈守谦，格人先正之遗戒，有动于中，

未尝不形于色也。呜呼！岂非大雅之所谓亦世克生者耶，而竟止于斯也，夫岂徒吾党之不幸哉。君之先世，有叶赫之地，自明初内附中国。讳星恳达尔汉，君始祖也。六传至讳养汲弩，君高祖考也。有子三人，第三子讳金台什，君曾祖考也。女弟为太祖高皇帝后，生太宗文皇帝。太祖高皇帝举大事，而叶赫为明外捍，数遣使谕，不听，因加兵克叶赫，金台什死焉。卒以旧恩，存其世祀。

其次子即今太傅公之考，讳倪迓韩，君祖考也。君太傅之长子，母觉罗氏，一品夫人。渊源令绪，本崇积厚，发闻滋大，若不可圉。配卢氏，两广总督、兵部尚书、都察院副都御史兴祖之女，赠淑人，先君卒。继室官氏，某官某之女，封淑人。男子子二人，福哥。女子子一人，皆幼。君生于顺治十一年十二月，卒于康熙二十四年五月己丑，年三十有一。君所交游，皆一时俊异，于世所称

落落难合者。若无锡严绳孙、顾贞观、秦松龄、宜兴陈维崧、慈溪姜宸英尤所契厚。吴江吴兆骞久徙绝塞，君闻其才名，赎而还之。坎坷失职之士走京师，生馆死葬，于赀财无所计惜。以故，君之丧，哭之者皆出涕。为哀挽之词者数十百人，有生平未识面者。其于余绸缪笃挚，数年之中，殆日以余之休戚为休戚也。故余之痛尤深，既为诗以哭之，应太傅之命，而又为之铭。其葬盖未有日也。铭曰：

天实生才，蕴崇胚胎。将象贤而奕世也。而靳与之年，谓之何哉。使功绪不显于旂常，德泽不究于黎庶，岂其有物焉为之灾。惟其所树立，亦足以不死矣，而亦又奚哀。

徐乾学《通议大夫一等侍卫进士纳兰君神道碑文》（康熙刻本《通志堂集·附录》）

侍卫纳兰君容若之既葬，太傅公复泣而谓余曰：吾子之丧，君既铭而掩诸幽矣，余犹惧吾子之名传之弗远也，揭而表诸道，庶其不磨，然非君无与属者。余固辞不可。在昔蔡中郎为人作志铭，复为之庙碑者不一而足；韩退之于王常侍弘中厚也，既志其墓，又为隧道之碑，情至无已也。况余于容若师弟谊尤笃，是于法为得碑，于古为无戾，乃更撰次其辞以复于太傅。惟纳兰氏旧著姓为金

三十一姓之一，望载图史，代产英隽。君始祖讳星恳达尔汉，据有叶赫之地二百余年，中国所谓北关者也。数传至高祖考讳养汲弩、曾祖考讳金台什。女弟作嫔太祖高皇帝，实生太宗文皇帝。而叶赫世附中国，当国家之兴，东事方殷，甘与俱烬。太宗悯焉，乃厚植我宗，俾续其世祀，以及其次子讳倪伢韩者则太傅之父，而君之祖考也。太傅娶觉罗氏一品夫人，生君于京师。钟灵储祉，既丰且固。君自髫龀，性异恒儿，背讽经史，常若夙习。十七补诸生，贡太学有

声，十八登贤书，十九举礼部试。

越三年，廷对，敷事析理，谙熟出老宿儒上。结字端劲，合古法，诸公嗟叹。天子用嘉，成二甲进士。未几授以三等侍卫之职，盖欲置诸左右，成就其器而用之。而上所巡幸南北数千里外，登岱幸鲁，君常佩刀鞬随从，虔恭祗栗。每导行在上前骑前却视恒不失尺寸，遇事劳苦必以身先，不避艰险退缩。上心怜之，其前后赍予重叠视他侍卫特过渥已，进一等侍卫。值万寿节，上亲御笔书唐贾至《早朝》诗赐之。后月余，令赋诗献，又令译御制《松赋》，皆称善久之。然君自以蒙恩侍从无所展效，辄欲得一官自试。会上亦有意将大用之，

人皆为君喜。忽以去年五月晦得寒疾卒，卒之日，人皆哀君，而又以才不竟用死为君深惜云：君自少无子弟过，天性孝友，黎明起趋太傅夫人所问安否，朝退复然。友爱二幼弟，与之嬉游，同其嗜好，恰恰庭闱间，日以至夜，暇则扫地读书。执友四五人，考订经史，谈说古今，吟咏继作，精工乐府，时谓远轶

秦柳，所刻《饮水》《侧帽》词传写遍于村校邮壁，海内文士竞所摹仿。

然君不以为意，客来上谒，非其愿交屏不肯一觌面，尤不喜接软热人，所相知心，款款吐心腑，倒困囊与为酬酢不厌，或问以世事，则不答，间杂以他语，人谓其慎密，不知其襟怀雅旷固如是也。当君始得疾，上命医数辈来，及卒，上在行宫，闻之震悼。后唆龙诸羌降，命宫使就几筵哭告之，以君前年奉使功故。君有文武才，每从猎射，鸟兽必命中，卒有成功于西方亦不为无所表见。殁时年仅三十有一。余既序而又系之以辞曰：

绵绵祚氏，著于上京。巍巍封国，叶赫是营。惟叶赫之祀，施于孙子。既绝复完，天子之恩。笃生相国，补衮是职。蓄久而丰，发为文章。宜其黼黻，为帝衣裳。帝谓汝才，爰置左右。出入陪从，刀鞯笔囊。匪朝伊夕，自天子所。亦文亦武，惟天子是使。生于膏脄，不有厥家。被服儒士，古也吾徒。何才之盛而德之静。我勒其封，谁曰不永。

姜宸英《通议大夫一等侍卫进士纳兰君墓表》（光绪勿自欺斋刊《姜先生全集》卷十八）

君姓纳腊氏。其先据有叶赫之地，所谓北关者也。父今大学士、宫傅公；母一品夫人，觉罗氏。君初名成德，字容若，后避东宫嫌名，改名性德。以今年乙丑五月晦卒。卒而朝之士大夫及四方知名士之游于京师者，皆为君叹息泣下。其哀君者，无问识不识，而与君不相闻者，常十之六七。

然皆以当今失君为可惜，则君之贤以才可知矣。君年十八九联举礼部，当康熙之癸丑岁。未几也，予与相见于其座主东海阁学士邸，而是时君自分齿少，不愿仕，退而学经读史，旁治诗歌古文词。又三年，对策则大工。时皆谓当得上第，而今上重器君，不欲出之外廷，置名二甲，久之，授三等侍卫，再迁至一等。自上所巡幸西苑、南海子、沙河及登医巫闾山，东出阁至乌喇，南巡上泰岱，过祀阙里，渡江以临吴会，君鲜不左橐鞬右橐笔以从。遇上射猎，兽起于前，以属君，发辄命中，惊其老宿将。所得白金绮绣、中衣袍帽、法帖佩刀、名马香扇之赐，前后委属。间令赋诗，奉诏即奏稿，上每称善。

二十一年八月，使觇唆龙羌。其地去京师重五六十驿，间行或累日无水草，持干粮食之。取道松花江，人马行冰上竟日，危得渡。仅抵其界，卒得其要领还报，上大喜。君虽跋涉艰险，归时从奚囊倾方寸札出之，叠数十纸，细行书，皆填词若诗，略记其风土方物。虽形色枯槁不自知，反遍示客，资笑乐。性雅好读书。日黎明间省毕，即骑马出，入直周庐，率至暮，虽大寒暑，还坐一榻上翻书观之，神止闲定，若无事者。诗萧闲冲淡，得唐人之旨，然喜为长短句特甚。

尝言："诗家自汉魏以来，作者代起，姓氏多渐灭。填词滥觞于唐人，极盛于宋，其名家者不能以十数，吾为之易工，工而传之易久。而自南渡以后弗论也。"其于词，小令取唐五代，宗晏氏父子；长调则推周、秦及稼轩诸家。以为其章法转换、顿挫离合之妙，正与文家散行体何异，而世故薄之，何耶？故即第左葺茅为庐，常居之，自题曰"花间草堂"。视其凝思惨淡，终合天巧，真若有自得之趣者。今年五月辛巳，君将从驾出关，连促予入城。

中夜酒酣，谓予曰："吾行从子究竟班马事矣，子谓我何如？"予笑曰："顷闻君论词之法，将无优为之耶？"是时，窃视君意锐甚。明日予出城，君固留，愿至晚。予不可。送予及门，曰："君此行以八月归，当偕数子为文字之游。如某某者，不可以无与，君宜为我遍致之。"

先是万寿节，上亲书唐贾至《早朝》诗赐君；月余，令赋《乾清门应制》

诗及译御制《松赋》，皆称旨。于是复挈予手曰："吾倘蒙恩得量移一官，可并力斯事，与公等角一日之长矣。"意郑重若不忍别者。

然不幸以明日得疾，七日，遂不起。年止三十一。以君之才与志，使假之天年，古人不难到。其终于此，命也。居闲素缜密，与人交，遇意所不欲，百方请之不可得谒。及其所乐就，虽以予之狂，终日叫号慢侮于其侧，而不予怪。

盖知予之失志不偶，而嫉时愤俗特甚也。然时亦以此视予，予辄愧之。君视门阀贵盛，屏远权速，所言经史外绝不及时政。所接一二寒生罢吏而外，少见士大夫。事两亲，退食必在左右。遇公事必虔，不避劳苦。尝司天闲牧政，马大蕃息。侍上西苑，上仓卒有所指挥，君奋身为僚友先。上叹曰："此富贵家儿，乃能尔耶！"其感激主恩深厚，思所图报，日不去口。然视文章之士，较长絜短，放浪山水，跌宕诗酒，而无所羁束，常恨不得身与其间，一似以贫贱为可乐者。

于世事如不经意，时时独处深念，则又怒然抱无穷之思。人问之，不答。以此竟死，其施不得见，其志未就也。而吾辈所区区欲为君不朽之传者，亦止于此而已。悲夫！君始病，朝廷遣医络绎，命刻时以状报。及死数日，唆龙外羌款书至。上时出关，即遣宫使就几筵哭而告之，以前奉使功也。赗恤之典，皆溢常格。

呜呼！君臣之际，生死之间，其可感也已。君所辑有《词韵正略》《全唐诗选》，著诗若干卷；有集名《侧帽》《饮水》者，皆词也。书行楷道丽，得晋人法。娶卢氏，继官氏。其中外世系，详载阁学昕撰墓志铭及顾舍人辈华峰所次行述。副室以某氏。生子二人，女子一人。子长曰福哥，次某。

《太清词》赏析

醉蓬莱·和黄山谷①

【原文】

看秋山万叠，晓日瞳昽②，参差相倚。

画栋珠帘，卷高空清丽③。

老桂香浓，洞箫声远④，作瑶池佳会⑤。

露缀花梢，风摇鬓影，夜来凉意。

此景人间，几曾得见，月拥寒潮，无边云水。

满酌天浆⑥，宴鸿都道士⑦。

秘诀长生⑧，沧桑变化，对绮筵罗袂⑨。

尘世纷纷，残棋一局，谁非谁是。

【注释】

①黄山谷（1045年~1105年）：字鲁直，号山谷道人，又号涪翁，名庭坚。

洪州分宁，即今江西修水县人。北宋著名诗人、词人。曾任校书郎及州县的地方官。黄山谷尤以诗著称，时人把他和苏轼并称为"苏黄"。两宋时期的江西诗派，把他当作鼻祖，他对宋诗的形成的确有很大的影响。诗作之外，还有词作一卷，收入他的《山谷内外集》中。和：和韵，这里指诗词唱和，要求用同一词牌和韵部。顾太清的这首词是和黄庭坚《醉蓬莱·对朝云瑗辚》一词。

②曈昽：由暗转明。

③珠帘：用珠玉串成的帘子。"画栋"两句意思是：清澈美丽的天空，被画栋珠帘所隔断。

④老桂：传说月中有很多桂树，月宫是由桂树建成，叫桂宫。洞箫：乐器，用竹子制成，分为单管和排箫两种，音质清越。春秋时，萧史与妻弄玉吹箫引凤，升天而去，《列仙传》中有记载。古人常用"老桂"来代表仙界的音乐。

⑤瑶池：古代传说中神仙居住的地方。

⑥天浆：仙界饮用的饮品。

⑦鸿都道士：古代传说中能沟通人间天上的一位道士。白居易《长恨歌》："临邛道士鸿都客，能以精诚致魂魄。"

⑧秘诀长生：祈求长生的秘密方法，也称作长生秘诀。

⑨绮筵罗袂：高贵的宴席和华丽的穿着。

【赏析】

和韵之作，要求除了词牌和韵脚与黄山谷的《醉蓬莱》相同外，也要求与原词在词意上有一些关联，可以是呼应，可以是题意的深化。这一首所和的黄庭坚的原作，原来含有天上人间的求索之意如"巫峡高塘，锁楚宫朱翠"，以及感慨人生之叹如"一身吊影，成何欢意"，顾太清的这一首紧紧扣住这一词意并加以深化。

词的上片从秋日破晓开始写起。"看秋山万叠，晓日瞳昽，参差相倚"。旭日东升的时候，层层叠叠的远山渐渐明朗起来，它们连绵相依、参差错落。这

些景象，都在女词人的眼帘之中，一个"看"字，尽收眼底。接下来，"画栋珠帘"，是词人身处之地的近景，一个"卷"字，将读者带到比远山还要虚无缥缈的辽远天空，任想象自由驰骋。词人好像到了"老桂香浓"的月宫，听到了寂静之中传来的仙界盛会上悠扬的旋律。"洞箫声远，作瑶池佳会"，是词人的潜意识在活动。然而人间，依旧是"露缀花梢，风摇鬓影，夜来凉意"。上片人间天上的遨游，充满了神奇又浪漫的奇想，天上是那般令人神往，而人间，露水打在花枝梢头，风儿摇动着人影，也是一片绮丽的美景。

秋之风韵，尽收词人眼底。

下片转为抒情。"此景人间，几曾得见"，难得的美感享受，但词人面对此良辰夜景，又陷入了矛盾之中。一方面，她觉得人间是很美好的，"月拥寒潮，无边云水"，天空又是那么静谧，充满诗意；但又想"满酌天浆，宴鸿都道士"去祈求"秘诀长生"。因为人们面对"绮筵罗袂"，不免就会产生"沧桑变化"的忧患。常言道，千里搭长棚，没有不散的宴席。人生就像是"残棋一局"，道出了词人内心的丝丝悲哀。

顾太清早年历尽沧桑，这首词表现了她内心的缕缕伤痛。面对当前的盛席华筵的富贵生活以及美好的人生，有解不开的沧桑之忧。表达出她内心的真切情感，词意极其深厚。上片着重写景，却融景于情；下片重抒情，而情依景生。其中包含视觉，如"晓日瞳眬"，嗅觉，如"老桂香浓"；听觉，如"洞箫声远"；有静态，如"秋山万叠"，动感，如"风摇鬓影"，交汇成一立体空间。

【附】

醉蓬莱

黄庭坚

对朝云叆叇，暮雨霏微，乱峰相倚。

巫峡高唐，锁楚宫朱翠。

画戟移春，靓妆迎马，向一川都会。

万里投荒，一身吊影，成何欢意！

尽道黔南，去天尺五，望极神州，万重烟水。

樽酒公堂，有中朝佳士。

荔颊红深，麝脐香满，醉舞裀歌袂。

杜宇声声，催人到晓，不如归是。

醉蓬莱

奕绘

正一轮明月，两袖清风，画栏同倚。

天上三星，照夜凉词丽。

锦瑟高张，金樽共酌，作风流高会。

对酒当歌，看花秉烛，谁知吾意？

老境侵寻，诗情豁落，忽忽流光，去如流水。

屈指而今，几美人高士？

醉把花枝，狂挥兔颖，任墨痕翻袂。

莫负良辰，明朝月出，约重来是。

念奴娇·和姜白石①

【原文】

湖亭依旧，记从吾游者，二三仙侣。

今日莲花开已遍，翠盖团团无数②。

荷露烹茶，碧筒吸酒③，

又听萧萧雨。

远山遮尽，片云应是催句④。

欲暮。白鹭成行，避人沙渚⑤，拍拍冲天去。

争忍西风容易落，怕见断烟寒浦⑥。

菰米随波⑦，红衣坠露，花里谁能住⑧？

明灯双桨，笙歌一派归路。

【注释】

①姜白石（约1155年~约1221年）：字尧章，饶州鄱阳，即今江西都阳县

人，名夔。因寓居吴兴，与白石洞天为邻，所以又号白石道人。南宋著名词人和音乐家。一生不曾做官，只是流连于江湖山水间，来往于江南各地，与杨万里、范成大、辛弃疾等人唱和。他的词倚声合律，都能被之管弦。现存八十多

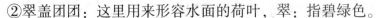

首，收于今人夏承焘编《姜白石词编年笺校》（修订本 1981 年上海古籍出版社出版）。顾太清的这首词是和姜白石的《念奴娇·闹红一舸》。

②翠盖团团：这里用来形容水面的荷叶，翠：指碧绿色。

③碧筒：也称碧筒杯。利用荷叶与它柄的天然形状制成的饮酒器皿。唐段成式《酉阳杂俎·酒食》："历城北有使君林，魏正始中，郑公悫三伏之际，每率宾僚避暑于此。取大莲叶置砚格上，盛酒三升，以簪刺叶，令与柄通，屈茎上轮菌如象鼻，传嗡之，名为碧筒杯。"宋苏轼《泛舟城南会者五人分韵赋诗》："碧筒时作象鼻弯，白酒微带荷心苦。"

④"片云应是催"句：片云在高空飘动，似乎是对词人创作的催促。这是想象之词。

⑤沙渚：水里的沙洲。

⑥断烟寒浦：断断续续的烟，凄冷的水岸。浦：水边的平地。

⑦菰米：菰即茭白，其果实像米，可食。茭白生长在湿地或浅水中，故曰"菰米随波"。

⑧住：停留。

【赏析】

奕绘的一首也是以初秋的荷花盛景为题，虽然也写出了"有翠禽白鹭，青鸥为侣"的人的愉悦心情，但重点还是在咏景，而顾太清的这首词紧紧扣住了白石道人追忆旧游的主题而作。然二者之间也存在不同之处。姜夔词："闹红一舸，记来时、尝与鸳鸯为侣。三十六陂人来到，水佩风裳无数。"是一首追述爱情的作品。

太清词："湖亭依旧，记从吾游者，二三仙侣。"却是在追忆闺阁密友。但都流露了繁花依旧而物是人非的怅惘，寄托着浓厚的抒情。在全词的写景中，处处流露出词人的伤感之情。"今日莲花开已遍，翠盖团团无数"，片片莲花应季盛开，荷叶团团簇成一片，令词人想起曾经的美好。女友们欢聚时，环佩丁当，热闹非凡，与当前的形单影只相对照。"荷露烹茶，碧筒吸酒"，写当日裙钗旧侣相聚的时欢乐时的情形。加上"片云应是催句"的吟咏唱和，一切都是那么令人怀想。

卜片，与姜夔的词有异曲同工之妙，在词人的情感世界中做了一大转折。姜夔词说："日暮。青盖亭亭，情人不见，争忍凌波去。"顾太清词则说："欲暮。白鹭成行，避人沙渚，拍拍冲天去。"姜词是把情人想象成凌波仙子，依依而别；太清词则把闺友们比作词人眼中无比高洁的白鹭，一时间直冲云天而去。"争忍西风容易落，怕见断烟寒浦。"词中一片孤寂凄冷，随着"西风""断烟"缕缕而出，而后娓娓道来的"菰米随波，红衣坠露"，更显得形影相吊。因此尽管繁花依旧绚烂，词主人公却反而唱出"花里谁能住"，也许只有循路而归才是最好的去处。

词的上下两片，上片虽已暗示惆怅之情，但表面呈现的依然是一派繁华的景象，与下片的满目凄凉之景形成鲜明对比。其中，除了上片的"荷露烹茶，碧筒吸酒"这样的透露心情的佳句，下片又以抓住极具特征的景物来表现词人内心的真情实感，如秋天的"西风"，随波的"菰米"等等，甚至给客观景物赋予主观情感色彩，如说烟为"断烟"，浦为"寒浦"，增厚了抒情效果，使全词更深切感人。

【附】

念奴娇

姜夔

闹红一舸，记来时尝与鸳鸯为侣。

三十六陂人未到，水佩风裳无数。

翠叶吹凉，玉容销酒，更洒菰蒲雨。

嫣然摇动，冷香飞上诗句。

日暮

青盖亭亭，情人不见，争忍凌波去。

只恐舞衣寒易落，愁入西风南浦。

高柳垂阴，老鱼吹浪，留我花间住。

田田多少，几回沙际归路。

念奴娇

奕绘

莲花开矣，有翠禽白鹭，青鸥为侣。

湖里三重楼接水，湖上碧山无数。

短棹迎凉，微阴却盖，泛入空濛雨。

雨声转急，冷香吹送新句。

薄暮

露满荷盘，珠垂柳线，雨过东南去。

一道长虹弓样现，艳艳落霞前浦。

万叶惊风，千花照影，好伴仙人住。

黄昏泊岸，明灯两两前路。

霜叶飞·和周邦彦《片玉词》①

【原文】

萋萋芳草②。

疏林外、月华初上林表③。

断桥流水暮烟昏，正夜凉人悄。

有沙际④，寒蛩自晓⑤。

星星三五流萤小⑥。

见白露横空，那更对、孤灯如豆⑦，清影相照。

昨夜梦里分明，远随征雁，迢递千里难到⑧。

西风吹过几重山，怅故人怀抱⑨。

想篱落⑩、黄花开了⑪。

尊前谁唱凄凉调⑫？

应念我、凝情处，听风听雨，恨添多少。

【注释】

①周邦彦（1056年~1121年）：字美成，号清真居士，北宋著名词人。钱

塘，即今浙江杭州人。周邦彦在元丰初年是太学生，曾受到神宗的赏识，但终其一生，都只是做了些校书郎、考功员外郎及州府一类的地方官，未曾成为达官显贵。他十分精通音律，曾在徽宗朝大晟府音乐机构任职。而他的文学成就主要是在词的创作方面。因为他精通音律，曾对词调的审定、搜求做了大量工作。所以自己作曲游刃有余，他自己的词在声调格律方面要求相当严格，而且对后代的格律化词风方面影响很大，从而奠定了他在词史上的重要地位。传世的词集有《片玉词》《清真词》二种。顾太清的这首和词所和的一首在他的《片玉词》中可见。

②萋萋：形容草本繁茂的样子。唐崔颢《黄鹤楼》有："晴川历历汉阳树，芳草萋萋鹦鹉洲。"

③表：外缘面。

④际：边缘。

⑤蛩：蟋蟀。

⑥流萤：萤火虫。星星三五：这里用来形容因为时已入秋，萤火虫十分稀少。

⑦豆：形容灯火十分微弱。

⑧迢递：遥远。

⑨ "西风" 二句：意思是说，西风吹过重山叠水，吹到故人怀抱，令之惆怅。

⑪黄花：这里特指菊花。

⑫尊：原是祭祀的用器，后代用来指酒器。

【词评】

太清词得力于周清真，旁参白石之清隽，深稳沉着，不琢不率，极合倚声消息。求其诣此之由，大概明以后词未尝寓目，纯乎宋人法乳，故能不烦洗伐，绝无一毫纤艳涉其笔端。

——况周颐《东海渔歌》序（西泠印社本《东海渔歌》卷首）

【赏析】

周邦彦的《霜叶飞·大石》，词学家俞陛云在《唐五代两宋词选释》中说："前段以清利之笔写秋色，已足制胜，后段言情，'秋风'、'玉匣'四句凄清欲绝。虽上阕写景，下阕写情，而'清辉'与'皓月'句相映带，非情景前后判

然，且句中复顿挫多姿。"这里，我们也可以大致用它来解析顾太清的这首词作。但两首词也有一些不同之处。周邦彦词的首句"露迷衰草"，将更多注意力放在秋天万木凋零的景象，顾太清则注意到了它的勃勃生机。"萋萋芳草"，是经过了漫长的春夏的滋养，初秋才达到了繁茂盛极的顶点。同一轮月亮，周词称之为"凉蟾"，而太清则称之以"月华"；一个说它"低下"，一个称其"初上"，词语感情色彩的不同，呈现出两种风采，周邦彦的词凄清，顾太清的

词流丽。虽然顾太清词中也不乏"那更对、孤灯如豆，清影相照"的孤独，然而在形容景色的语句中中，还有"断桥流水暮烟昏"，"有沙际、寒蛩自晓"，"星星三五流萤小"等，秋色的美尽现其中，这与词人所抒发的情感相得益彰。下片写情，周邦彦的词直接抒写主人公的所思、所见、所念，而太清的这首词把一切情思都寄予一个梦，通过这个梦的历程来完成，梦即是思念的深化与升华。词中那位女子，还"分明"记得前一天晚上的"梦"，随着远去的征雁，到达一个遥远的地方。但"迢递千里难到"，并没有见到那位故人，而是西风吹到了她的怀抱。这一波折，增加了词的款款情致。随后又说，眼前是满园的秋菊，故人是惆怅难以言表。她希望故人能想起自己对她的思念，念及她尊前的凄凉怀抱。用梦的方式来表现主人公的情思，更显得深切婉转。

【附】

霜叶飞

周邦彦

露迷衰草。

疏星挂，凉蟾低下林表。

素娥青女斗婵娟，正倍添凄悄。

渐飒飒，丹枫撼晓。

横天云浪鱼鳞小。

似故人相看，又透入、清辉半饷，特地留照。

迢递望极关山，波穿千里，度日如岁难到。

凤楼今夜听秋风，奈五更愁抱。

想玉匣、哀弦闭了。

无心重理相思调，见皓月、牵离恨，屏掩孤鼙，泪流多少。

壶中天慢·和李清照《漱玉词》①

【原文】

东风吹尽，便绣箔重重②，春光难闭③。

柳悴花憔留不住，又早清和天气。

梅子心酸，文无草长④，尝遍断肠味。

将离开矣，行人千里谁寄⑤？

帘卷四面青山，天涯望处，短屏风空倚⑥。

宿酒新愁浑未醒⑦，苦被鹦哥唤起。

锦瑟调弦，金钗画字，说不了心中意。

一江烟水⑧，试问潮信来未⑨。

【注释】

①李清照（1084 年~约 1155 年）：南宋杰出的女词人。号易安居士，济南章丘（今山东章丘）人。

②绣箔：刺绣的门帘。

③闭：锁住。

④文无：植物名，也就是中药当归，诗词中常用其谐音，暗指归家的意思。这里说它长得和草一样长，离人还没有归来。

⑤行人：漂泊在外的异乡人。谁寄："寄谁"的倒装。

⑥空倚：孤独地站立。

⑦宿酒：昨天饮的酒。

⑧一江烟水：一条大江上泛着如烟的轻雾。

⑨潮信：潮涨潮落有定时，所以称其为"信"。

【赏析】

顾太清的这首和词所和的是李清照《念奴娇·萧条庭院》一词。《念奴娇》别名《壶中天》，属于慢词，所以又加上"慢"字。李清照的词通篇咏春愁，上下片只是音律的分段，词意则接应而来，并没有隔断。顾太清的和词也与李清照的原词类似，层层深入。

它先是从外感写起，说："东风吹尽，便绣箔重重，春光难闭。"东风将春光一并吹来，无法锁闭。"柳悴花憔"的容颜即将"留不住"，春天终于还是来了。东风轻轻的吹拂，"梅子心酸"了，像"文无"一类的草儿，也开始繁茂

起来。但词人经历过那么多的春天，却勾起了伤心的回忆，所以反而说"尝遍断肠味"。"酸"，一语双关。这一相反的感受，并不是词人所独有的。李白在《春思》中也曾写过："燕草如碧丝，秦桑低绿枝。当君怀归日，是妾断肠时。"顾太清这里也是拟想着一位女子对意中人的思念，她回忆起曾经春天送别的场面："将离开矣，行人千里谁寄。"重山叠水的离别，信息难以相通，自己的相思之情，又去向谁倾诉呢？

下片接着写思君的女子，闺中的女子卷帘企盼，只见"四面青山"，将

"天涯望处"的目光阻隔，她只得失望地倚靠在短屏风旁。细腻的情态描写，更增添了几分词的感染力。因为这情态表现中，是那女子极度的失望和伤悲的

思绪。她在春天与男子别离，眼前的这个春天，不仅没有见到翘首以待的人归来，就连盼归的目光也被青山阻隔。所以她只有借酒浇愁，一睡未醒，又"苦被鹦哥唤起"。起身以后，拨弄琴弦，借以排遣郁闷的思绪，无聊之中，拔下头上的金钗画字，"说不出心中意"，只是重复着一种无意识的动作。词人用"锦瑟调弦，金钗画字"表明女子的情态，刻画入微，形象逼真，感人至深，最后的一句："一江烟水，试问潮信来未?"饱含了女子无奈的期盼以及词人的深深祝福，含意隽永，深远。

这首词，除了包含一些表现女子情态的佳句以外，还运用了语带双关和拟人的修辞，如"柳悴花憔留不住"，"梅子心酸，文无草长"等，不仅融情于

景，而且这里的"柳""花""梅子"等，无非就是词中女子指代。全词情景交融，回环往复，感人至深。

【附】

念奴娇·春情

李清照

萧条庭院，又斜风细雨，重门须闭。

宠柳娇花寒食近，种种恼人天气。

险韵诗成，扶头酒醒，别是闲滋味。

征鸿过尽，万千心事难寄。

楼上几日春寒，帘垂四面，玉阑干慵倚。

被冷香消新梦觉，不许愁人不起。

清露晨流，新桐初引，多少游春意。

日高烟敛，更看今日晴未？

飞雪满群山·梨花

【原文】

积雪魂轻，停云香腻①，朦胧酿作微阴②。

粉墙低覆，东风斜倚③，晚来丝雨沈沈。

梁间闻细语④，睡不稳、乌衣素襟⑤。

玉容寂寞，霓裳舞倦⑥，芳事者番深⑦。

增妩媚，二枝凝泪眼⑧，爱冰姿绰约⑨，特费清吟。

婷婷标格⑩，溶溶院落⑪，春宵一刻千金。

夜凉初过雨，阑干外，轻寒不禁。

月明人静，澹烟流水无处寻^⑫。

【注释】

①"积雪魂轻"二句：因词咏梨花。梨花初春早放，所以还残存积雪。香腻这里指香气浓郁。

②朦胧酿作微阴：形容天空由朦胧不明转为阴天。

③低覆、斜倚：这里都是在指梨树的姿态。

④梁间闻细语：梁上筑巢的燕子时而发出轻微的呢喃之声。

⑤乌衣素襟：睡眠的便装。乌衣，原意为贱民的服装。

⑥霓裳舞：霓裳羽衣舞，是指天宫的舞蹈。

⑦芳事：记忆中温馨的事。者番：这般。

⑧二枝凝泪眼：形容梨花，积雪融化，以泪形容。

⑨冰姿绰约：婀娜端庄的姿容。

⑩标格：风格。

⑪溶溶：和谐温馨。

⑪澹：淡泊。澹烟：即轻淡的烟雾。

【赏析】

《飞雪满群山》又名为《飞雪满堆山》《扁舟寻旧约》，属长调词牌名。用得虽较少，但宋代就已创制。

通常填词，上片写景，下片抒情，顾太清的这首词却是写景抒情同时进行。序称咏梨花，而词中只字未提"梨花"二字。

上片描述女子在初春时节一觉醒来的所见所感。"积雪魂轻，停云香腻，朦胧酿作微阴"，是从刚起身而尚未梳妆的慵懒情态中观察景致。所以景致描写中带着强烈的主观色彩。"魂轻""香腻"与"朦胧"，是透过女词人自己的感受而得来的景色。女子站在窗前，见到的梨树是"粉墙低覆，东风斜倚"的姿态，为什么会是这样的姿态呢？原来，是前一天的"晚来丝雨沈沈"造成的。景色中有女子忧郁的心绪，历历可见。既想起晚来的事，更连带想起昨夜梁上燕声阵阵。燕声原本并不恼人，然而此刻烦恼的声音令词人难以入眠。她甚至还记起了前一天晚上的轻歌曼舞，直到"霓裳舞倦"而罢，然而寂寞却更深了。这些记忆中的温馨的事，搅动得女子的纷扰思绪。

上片只是点到梨树，下片才开始真正的展开铺写，但也是透过此时此刻女子的目光中来写的。词人将树上积雪融化比之为"泪眼"，就带有女子这时的伤感色彩。形容梨花用"冰姿绰约""婷婷标格"，也带着浓厚的女性化色彩。词主人公沉浸在回忆美好夜色的赏花中，而且还想对花"清吟"，这位青春少女在花季中的苦恼、期盼也就在它的字里行间透露出来。她珍惜这一刻千金的春宵。词中女子在"夜凉初过雨"中，还禁受着"阑干外，轻寒不禁"。她伫立凝思、赏花似乎在经历了"月明人静"醒来后，在寻觅着什么，但是结句"澹烟流水无处寻"，为读者留下了淡淡的哀愁和一片空阔的大地。

这首词，名为咏梨花、实是借咏花、咏春来表现旧时代女性对爱情以及新生活理想的追求和迷惘。这样的主题，常在古代诗词中见到。但表现得如此美而细腻的却少见。它令我们不仅想起李清照《声声慢》中"寻寻觅觅，冷冷清清，凄凄惨惨凄凄"的描写。但李清照的《声声慢》是直抒胸臆，而顾太清的这首词是融和着景致来表现那千百年来积聚在受着礼教束缚的女性心中的"愁"。

【词人逸事】

顾太清既是多罗贝勒奕绘的侧福晋，因奕绘后来袭父亲荣恪郡王的爵位，所以他们就住在北京太平湖的荣恪郡王府邸，其地在今北京西城区新文化街

（石驸马大街）的西边。但是他们住在府邸的时候不多，大部分时间住在北京郊区永定河以西、大房山之东的南谷。奕绘是个酷爱山水田园的雅士，顾太清与之亦有同好，他们在南谷修建了大安山堂、霏云馆、清风阁、红叶庵、大槐宫、平安精舍等别墅，夫妇俩长时间在这些地方游山玩水、读书写作。

浪淘沙·偶成

【原文】

人生竟无休①，驿马耕牛①。

道人眉上不生愁③。

闲把丹书窗下坐④，此外何求。

光景去悠悠⑤，岁月难留。

百年同作土馒头⑥。

打叠身心安稳处⑦，顺水行舟。

【注释】

①竞：为生活而忙碌、奔走、竞争的意思。

②驿马：古代通邮的中途站称驿站，递送邮件用马，所以称为驿马。

③道人眉上不生愁：道家讲修炼飞升成为神仙，所以说"不生愁"。

④丹书：道家炼丹的书。

⑤百年：这里代指人的一生。

⑥土馒头：坟。

⑦打叠：安排、收拾。

【赏析】

这是一首咏怀之作。

上片中有对照人生的描写，一种像驿马和耕牛一样，忙忙碌碌，奔走竞争。另一种像道士一样，没有忧愁，炼丹修身，无所要求。下片转入自身的感叹。冉冉光阴，去而不返，终究还是会归于死亡这样一个共同的结局。因此词人说，不如收拾起所有凡尘俗念，使"身心安稳"，即养性净生，"顺水行舟"，以不逆流而动为安。

顾太清早年身世悲苦，经历过长期的异地飘零生活，都是因为文字狱牵连带来的无辜遗患，所以很早就受到道家思想的影响。道家把社会看成是一个危机四伏的世界，所以《庄子》的《养生主》篇教导人们如何保全自己，如何远离祸端，保全自己，躲避灾难。从现存的奕绘夫妇的诗词可以了解，顾太清与奕绘二人对于道家都有特殊的追求和爱好，与白云观道人张坤鹤密切交往。奕绘还曾自号太素道人，二人还分别请黄云谷道人为自己绘了一幅道装小像。顾太清在《自题道装像》一诗曾透露"人间未了残棋局，且住人间看弈棋"的冷眼看世界的人生观。这种消极悲观的态度，是她由世家贵族跌落下来而产生的思想。

定风波·水仙

【原文】

翠带仙仙云气凝①，玉盘金露泻金精②。

最是夜深人入定③，相映。

满窗凉月照娉婷④。

雪霁江天香更好⑤，缥缈。

凌波难记佩环声⑥。

一枕游仙轻似絮，无据⑦。

梦魂空绕数峰青。

【注释】

①翠带：指水仙的花叶。仙仙：舞姿。

②玉盘：月亮。金精：月光。

③入定：佛家打坐凝神而求得禅悟的一种方式，简称为"定"。这里引申

为人眠。

④娉婷：女子的姣好姿态。

⑤霁：雪雨停止的气象。

⑥凌波：传说中的凌波仙子，能在水面上行走。

⑦一枕游仙：睡在枕上做的游仙梦。因为是传奇，因此说"无据"。一枕，形容其短暂。唐传奇有《游仙窟》，记一书生梦中的艳遇。

【赏析】

水仙是在冬春之交开放。

上片是以夜为背景，首二句道出了水仙在风中摇曳的姿态，因为是在夜间，所以有"云气凝"之说。"玉盘金露泻金精"，月光倾泻在水仙身上。这样尽情地赞美和形容还远远不够，词人认为它开的最为绚烂的一段时间是在夜深人静的时候。词人眼中的水仙，之所以被称为水仙，是因为它像女子一样，如仙一般，不宜在尘世喧嚣中显示她的美，所以应是在夜深人静中，在有月、有花的

映衬下，那样寂静境界中水仙才能沉醉其中，大放异彩。接下来就是这一美好境界的体悟："满窗凉月照娉婷。"月的美，花的美，赏花人的美，在这里都十分和谐地融为一体。所以词学家况周颐曾经极为赞赏顾太清的咏花词，认为它是因为来自宋词的传授，才表现得"如此纯粹"。

下片以"雪霁江天香更好"做过片，转而抒写处在这一境界中的赏花人的感受。"雪霁江天"，是另一种境界，天气澄明，所以能更好地嗅到水仙的香飘四溢。能带来缥缈如仙的感受，像凌波仙子的降临，像做着游仙梦一般。赏花人还在做着"无据"的游仙梦，梦醒了，她还在寻觅着那香气，但香似乎消散了。"梦魂空绕峰青"，那徒劳的寻觅，使赏花人怅然若失。留给赏花人的，同时也留给读者的是余香犹存。

入塞·盆梅

【原文】

好花枝，正清香欲破时。

似《霓裳》一曲①，奏罢下瑶池②。

红也宜，白也宜。

小楼夜凉月影移。

短屏山③，衾冷梦迟④。

洞天深处护冰姿⑤。

蜂不知，蝶不知。

【注释】

①《霓裳》一曲：天宫的乐曲。

②瑶池：神话中神仙居住的地方。西王母曾在此举行过盛会，宴请群仙。"奏罢"即指其仙乐演奏。下：指舞者。

③屏山：这里指屏风。

④衾：被子。

⑤洞天：洞中的天地。洞天福地，是道家所说仙人居住的地方。这里指词人寻访的美好时光。冰姿：冰清玉洁的风姿，这里指梅花。

【赏析】

这首词咏的是盆栽的梅。"好花枝，正清香欲破时"。梅花有沁人心脾的幽香，但这里的早梅，还处在含苞欲放阶段，所以词人这里说的"香欲破"，具有诱人的品质。"似《霓裳》一曲，奏罢下瑶池"。词人形容梅的姿态，像是舞

霓裳舞的仙女舞毕的姿容，这里词人用极美的舞姿来形容梅，体现出词人的审美情趣。下面"红也宜，白也宜"，盆梅虽然尚未开放，但依其姿质，已让词主人公沉醉其中，所以，心存期待的花，一定会美好无比，浓妆淡抹皆所宜。

下片写夜，主人公夜里久不能寐，也许还在回味白天赏梅的感受。在夜凉的小楼中，词人眼看着月影缓缓移动。这里，词中不仅透露出空间的"夜凉"，还突出了被中的"衾冷"。"梦迟"，是总不得入眠的表现，而最让女子记挂的是夜凉中的梅花。"洞天深处护冰姿"一句，才托出女子护花、爱花的心态，其爱心不让蜂蝶。

况周颐曾经赞这首词为"极合宋词消息"的作品。写得清丽如画。词中的"红也宜，白也宜"，"蜂不知，蝶不知"是亮点语言。

玉连环影·灯下看蜡梅

【原文】

琐琐①，三五黄金颗②。

为爱花香，自起移灯坐。

影珊珊③，舞仙坛④，蜡瓣檀心⑤，小样道家冠⑥。

【注释】

①琐琐：这里用来形容花朵小。

②三五：三颗五颗，形容花少。黄金颗：蜡梅黄色，朵小，极为珍贵，所以以此称呼。

③珊珊：此处同"姗姗"，意为缓缓地移动。

④仙坛：仙子们翩翩起舞的地方。

⑤蜡瓣：蜡黄的花瓣。檀心：像檀木一样芬芳的花蕊。

⑥小样道家冠：道家之冠取黄色，称黄冠，因梅花朵小，所以比之为"小样"。

【词评】

咏花四阕，极合宋人消息。若多看近人词，一中其病，便不能如此纯粹。

——况周颐西泠印社本《东海渔歌》

【赏析】

这是一首短短三十一字的小令，活画出蜡梅的喜人之处。词人一改前人的风范，像古代许多咏梅的诗词那样去写蜡梅的傲霜雪的品格，这里只描绘它的形态姿质，就已够袭人的了。词首提到"琐琐，三五黄金颗"，稀疏而玲珑的蜡梅，如黄金般的颜色。词人因此还舍弃了睡眠，移灯伴坐。又看到那些影在舞动，像仙子一样曼妙的舞姿。细心观察，又看见它们蜡黄的花瓣；用心体味，还能闻到透人心脾的如檀木的香气，每一朵都像缩小了的黄冠道帽的花，令词人陶醉其中。写花，更是写出了这位爱花的人，词人活泼的情态、爱美的情操若隐若现。

鹧鸪天·九日①

【原文】

九日登高眼界宽，菊花才放小金团。

縠纹细浪参差水②，佛髻青螺大小山③。

人易老，惜流年④。

茱萸插帽不成欢⑤。

西风那管离情苦，又送征鸿下远滩⑥。

【注释】

①九日：九月九日重阳节，也称为重九。古诗词中单言"九日"，就是指重阳。

②縠纹：水面的荡起的细小波纹。参差水：波纹整齐的水。

③佛髻：盘在头顶就像头顶那样的一个个丫髻。青螺：盘如螺状的发髻。这里都是形容大大小小的山。

④流年：生年，这里指代流逝的岁月。

⑤茱萸：草本植物，有浓香。旧俗在重阳节插戴，可以祛邪避灾。王维《九月九日忆山东兄弟》："独在异乡为异客，每逢佳节倍思亲。遥知兄弟登高处，遍插茱萸少一人。"

⑥征鸿：鸿属高飞远徙的候鸟，古人常以它比喻人的远游或寄托信息的鸟。滩：水中或水边的低地。

【赏析】

这首词以重九登高为主题，抒发词人的人生悲欢。

上片四句重在写景，记述重九登高的感受。词人眼前所见，看似平静无奇，没有惊心动魄的景象。所见的只是菊花朵朵，就像刚开放的"小金团"，水面

波纹丝丝缕缕，远处有大大小小的像佛髻青螺的山。其实词人的心里波涛汹涌，因为重九登高，最能让人勾起岁月人生之想和思亲故乡之念。因此下片的抒情，就是词人内心思绪万千的袒露。首先是三十六岁的年华，不禁令词人感慨"人易老，惜流年"。光阴似箭，不经意间朱颜已衰。又因亲友离散或失去联络，所以又有"茱萸插帽不成欢"的哀戚。王维《九月九日忆山东兄弟》："遥知兄弟登高处，遍插茱萸少一人。"人们在秋天的苍凉景象中登高，远方的家人重九登高也必定会因兄长远游而不得团聚产生抱怨。"不成欢"三字，凝聚了词人胸中浓重的悲哀。登高远眺，可以令心胸开阔，解忧释愁，但词人这一刻登高，

内心的感受却完全不同。"西风那管离情苦，又送征鸿下远滩。"秋风是无情地吹动，征鸿也不顾而远离，完全没有理会此时此刻词人的悲伤。人生的悲苦，似乎就像这恼人的西风和远去的征鸿，带到更远更远，绵绵无尽。

词写得特别感伤，但对于顾太清来说，又十分真切。写秋景，能抓着特征。每一句都表现力极强，如"小金团"似的菊花，秋风吹拂下的微纹细浪等等，而人的情感也密切融于这些写景中，后边面对西风、征鸿而发出的感叹，也都是情境会的自然而然。

鹊桥仙·梦石榴婢①

【原文】

一年死别，千年幽恨，尚忆垂髫初会②。
眼前难忘小腰身，侍儿里，此儿为最。
悠悠往事，不堪回首，空堕伤心清泪。
夜深时有梦魂来，梦觉后、话多难记。

【注释】

①石榴：太清侍婢。石榴卒于上年六月七日，见太清甲午诗《哭石榴婢》：哀哉石榴婢，相随仅七年。十三初识面，问答两投缘。慧性深知我，痴心望学仙。略能探妙徼，亦解诵诗篇。才见优昙现，旋罹恶疾缠。游魂返寥廓，湛露散风烟。切切怜新鬼，茫茫葬薄田。赐衣同挂剑，送汝镇长眠。

②垂髫：头发下垂没有梳理，是童年的模样。陶渊明《桃花源记》："黄发垂髫，并怡然自乐。"

【词评】

太清有《鹊桥仙》词，为梦石榴婢作。余诗作谓'石榴可惜早升天'也。又曰："太素亦有悼石榴婢词三首，附录于此。"

——钝宦《天游阁诗集》

"太清僮名段入，婢名石榴，与此妪皆附骥传矣。"

——钝宦《天游阁诗集·戏答苏妪》

【赏析】

这首题为"梦石榴婢"，可知太清思念之情。

"一年死别，千年幽恨"，是词人怀念故人深情的直接表述。《哭石榴婢》

曾记太清与石榴的初次见面："十三初识面，问答两投缘。"石榴蕙心兰质，初次见面就已感到与自己投缘，所以留下了非常深刻的印象。因为这段往事记忆最深，所以这首词再次提到了"尚忆垂髫初识"的情景，而且石榴的"小腰身"的身形，也历历在目。在以后的日子里，相处也十分融洽。下片写词人醒后的怅然若失，失去了一位日夜陪伴的贴心人，空闺寂寞时与谁倾诉。所以说"梦醒后、话多难记"，词人在隐隐约约中还在久久地追寻那梦中的娓娓谈话，回忆温馨的画面。词中表现出的封建时代超越主仆关系的纯真感情，十分难能可贵。

【词人逸事】

顾太清因曾为奴仆养女，出身微贱，故于富贵后对仆佣十分爱护，以平等相待。她有一个侍婢石榴，一个老保姆苏妪，都曾在她的诗词中提到过。诗集中有《哭石榴婢》一诗，诗曰："哀哉石榴婢，相随仅七年。十三初识面，问答两投缘。慧性深知我，痴心望学仙。略能探妙徽，亦解诵诗篇。才见优昙现，旋罹恶疾缠。游魂返寥廓，湛露散风烟。切切怜新鬼，茫茫葬薄田。赐衣同挂剑，送汝镇长眠。"

　　诗中的"优昙"是无花果，是顾太清爱吃而由石榴婢亲手为之种植的果树。"赐衣同挂剑"是指石榴死后，顾太清以自己的衣履为之葬殓，并以佩剑为之随葬，以震慑野鬼恶魔的侵害，使死者得以安息。

定风波·拟古①

【原文】

花里楼台看不真，绿杨隔断倚楼人。

谁谓含愁独不见，一片，桃花人面可怜春②。

芳草萋萋天远近，难问，马蹄到处总销魂。

数尽归鸦三两阵，偏衬，萧萧暮雨又黄昏。

【注释】

①拟古：原为诗之一体，或模仿前代某首诗，或拟古人的情韵。此处移作词中拟古。

②桃花人面：出自唐代崔护的《游城南》诗："去年今日此门中，人面桃花相映红。人面不知何处去，桃花依旧笑春风。"常用来表达对旧日相逢的一位女子的相思。太清此处借用其意。

【词评】

"饶有烟水迷离之致。"

——况周颐西泠印社本《东海渔歌》

（顾太清）其词极合宋人消息，不堕庸俗一派。集中和宋人词甚多，不备录。录其小令数首以见一斑……《拟古定风波》云……（略）"

——王蕴章《然脂余韵》

【赏析】

词人选用拟古的方式，表现了词人对古代诗词境界的神往。

这里，描绘了"桃花人面"的春天，呈现出一幅盼望远游的意中人归来的情景，让人想到的是李白《菩萨蛮》："平林漠漠烟如织，寒山一带伤心碧。暝色入高楼，有人楼上愁。玉阶空伫立，宿鸟归飞急。何处是归程，长亭更短亭。"

这里"花里楼台看不真"，登楼眺望，急切地盼着身处远方的意中人归来的"倚楼人"，与李白词中早已描写过的那位痴情女子有异曲同工之妙！李白词中的急切盼归的目光被如织的云烟所遮断，到底没有盼到心上人的归来，正是顾太清词中表现的被"绿杨隔断"的"倚楼人"相同的失望的情思。李白词中那位女子的"愁"，与顾太清这里所表现的"含愁独不见"的女子胸中的"愁"，竟是一脉相通。它们表现出封建时代那些独守空闺的女子的悲哀与失落。

这首词的好处在于突出渲染了那烟雾迷离的境界中所表现的情致。如"芳草萋萋天远近"，"倚楼人"无奈的情思历久弥长，正如芳草凄凄绵延不尽。词人巧妙地借用了唐代著名诗人崔颢的《黄鹤楼》诗"芳草萋萋鹦鹉洲"中的境界。"马蹄到处总销魂"，是想象中的人归的欢欣。又暗用了一则传为宋徽宗为画院考试出的试画题的故事。那画题叫"踏花归来马蹄香"，所以马蹄之声在古代常用以暗寓归来之意。词中"数尽归鸦三两阵""萧萧暮雨又黄昏"，无论是写迷离烟水，还是写情致，都是极富表现力的佳句。李白写盼归女子的情态是随着目光远望中的"长亭更短亭"，一直望到长亭短亭都不见踪迹。而顾太清此处则是"数尽归鸦三两阵"，那女子用心记数天上归鸦的阵数，一阵一阵的归鸦飞过，却仍不见意中人归来。她一直数到"萧萧暮雨又黄昏"而看不清为止，情态毕露。

醉太平·闻雁

【原文】

长鸣短鸣，何来雁声？

翱翔律吕和平[①]，发炎方北征[②]。

人情物情，千年不更。

云中谁计邮亭[③]，趁东风去程[④]。

【注释】

①律吕：音乐的声律。音乐追求和谐，这里比喻大雁的和谐的鸣声，表现出融融和平之音。

②发炎方北征：自炎热的南方起，向北远征。炎方，指南方炎热之地。李白《古风》："怯卒非战士，炎方难远行。"

③邮亭：驿站，古代邮传途中设立的站落。

④去程：指大雁北飞的路程。去，离开。

【赏析】

这首词题序为"闻雁"，应是春季之作。由听到大雁北飞中的鸣声引发此人的心绪，词人便借这鸣声来抒发内心的情致。

"长鸣短鸣，何来雁声"，从听到雁声而惊问。大雁在奋飞起来后发出"长鸣短鸣"的声音，就像组合而成的一首和谐悦耳的乐曲，表现了音乐中的"律吕和平"。它们展翅翱翔向北方远征。词人的描写、赞叹，表现出她对某种生活理想的追求。大雁在努力奋飞，朝着一个远方的目标，互相配合，团结在一起，发出协调一致的美妙和声，这是多么和谐而美妙的群体。

下片，词人直接发出感叹，道出"人情物情，千年不更"，从大雁的生活中，就表现出了这种历久不变的生活的和谐。这里，词人并没有为生活中的不平而发出任何批判之音，而是单纯地借大雁的北征、翱翔中的鸣声对自己的生活理想进行憧憬。大雁有目标地长途远征和"云中谁计邮亭"的那种坚忍不拔、勇敢向前的精神。

醉东风·碧桃

【原文】

玉妃装卸①，天上琼枝亚②。

立尽东风明月下，露井初开昨夜③。

结伴阆苑飞仙④，上清沦谪尘寰⑤。

萼绿花来无定⑥，羽衣不耐春寒⑦。

【注释】

①玉妃：天宫里的妃嫔。装卸：卸装。此句形容碧桃花的素洁高雅。

②琼枝亚：这里指桃树的枝丫。琼：美玉。亚：通"掩"，掩闭，形容枝叶非常繁茂。宋蔡伸《如梦令》："人静重门深亚。"

③露井：原指没有加盖的井。这里指住宅中的天井，天井的建筑，多数都是三面环屋、一面对着照壁。

④阆苑：仙境。唐代李商隐的《碧城》诗："阆苑有书多附鹤。"

⑤上清：道家所说的三清仙境之一。《集说诠真》引《读书纪数略》云：

"三清者玉清圣境，元始居之；上清圣境，道君居之；太清仙境，老君居之。"

沦谪：贬官到一处地方。尘寰：人间世界。

⑥萼绿：花萼。

⑦羽衣：用羽毛制的衣服。这里指仙人所穿。

【赏析】

这是一首咏物词，所用对象为桃花。

小说《西游记》中有一节写西王母开蟠桃盛会，赏赐群仙。因此顾太清这首词用处处仙界来比喻、赞美她所见到的碧桃。一开始便以"玉妃装卸，天上琼枝亚"来赞美碧桃。说它是天上之物，又像天上的宫妃卸了装时的素洁高雅。

"立尽东风明月下，露井初开昨夜"。至此交代词人所咏的是"露井"中的碧桃，也就是家中庭院里的碧桃。它婷婷立在和风明月之下，已经花蕾初绽。下面仍想象它是一株仙葩，与阆苑飞仙为伴，它从仙界贬谪到人间。"萼绿花来无定，羽衣不耐春寒"。现在它的花萼已披上绿色，不知什么时候花蕾才能全部绽放，它穿着天宫的羽衣，心中挂念着经不住初春夜晚的寒冷！上下两片，天上人间交错着描写、空间转换，灵动飘逸，咏赞了碧桃的美，同时也抒发了词人欣喜的情致。

定风波·恶梦

【原文】

事事思量竟有因，半生尝尽苦酸辛。
望断雁行无定处，日暮，鹡鸰原上泪沾巾[①]
欲写愁怀心已醉，憔悴，昏昏不似少年身。
噩梦醒来心更怕，窗下，花飞叶落总惊人。

【注释】

①鹡鸰：鸟名。也作脊令。鹡鸰原上：表示兄弟有难。典出自《诗经·棠棣》："鹡鸰在原，兄弟急难。"顾太清有兄名鄂少峰，妹西林仙霞，当时都受到文字狱无辜株连，成为"罪人之后"。

【赏析】

这首词字字句句透露出词人的身世之苦。

上片开笔两句："事事思量竟有因，半生尝尽苦酸辛。"把词人二十年的漂泊生活，归结成为一个宿命的原因，表现了那个时代一个弱女子不能自己掌握自己命运的悲叹。她用"雁飞无定处"来为自己做写照。"望断"，白天远望天

上渐行渐远的雁行，思乡思亲之情油然而生，直至望到"日暮"。凄清的场景，愁苦的心情，令人生出无限同情。这里词人又用《诗经》中"鹡鸰在原，兄弟有难"的典故，写出"鹡鸰原上泪沾巾"，抒发词人对亲人的深沉怀念和悲痛、不安。短短一句，凝结着词人种种复杂的心绪。

上片主要是对梦的追忆，下片转而写梦后。"欲写愁怀心已醉"，"醉"，是

经历沧桑磨难，而又无法彻底忘记，时而回忆起的感情凝结。李白在《将进酒》中曾提道："钟鼓馔玉不足贵，但愿长醉不愿醒。"李白的醉，与这里顾太清词中写的醉是相通的。顾太清词说欲写愁怀都已难以言尽，或许是由于沉重的创伤，已使心灵麻木了。随后述出的"憔悴""昏昏"是这种"醉"的具体心态的描绘。从全词看，词人想写"噩梦"，但自始至终并没有进行具体的描写，二十年的经历，只用了"噩梦醒来心更怕"一句来表示。然而恰恰是这七个字，足以涵盖千言万语，情感细腻的人自会心领神会，而且词人在最后一句"花飞叶落总惊人"再加点染，胜过千言万语。梦，是词人早年生活的真切反映，它施加于受害人的苦难，令人不堪回首，如惊弓之鸟。这样的表现，比之怨诉，有过之而无不及。

高山流水·次夫子清风阁落成韵①

【原文】

群山万壑引长风②。

透林皋③，晓日玲珑④。

楼外绿阴深，凭栏指点偏东⑤。

浑河水，一线如虹⑥。

清凉极，满谷幽禽啼啸，冷雾溟蒙⑦。

任海天寥阔，飞跃此生中。

云容。

看白衣苍狗⑧，无心者、变化虚空⑨。

细草络危岩，岩花秀娟日承红⑩。

清风阁，高凌霄汉⑪，列岫如童⑫。

待何年归去，谈笑各争雄⑬。

【注释】

①清风阁：是奕绘营造的西山大南谷别墅的一处楼阁。道光十四年（1834年）初施工，本年此时清风阁落成。奕绘有《高山流水·南谷清风阁落成》一词庆贺。顾太清做此和韵。

②壑：两山之间的谷地。

③林皋：高处的森林地带。

④玲珑：空明。形容晓日，由于此时日光尚不强烈。所以可称为玲珑。

⑤偏东：东方尽头。

⑥浑河：即永定河。原名浑河，康熙时改名。源出山西，称桑乾河。

⑦溟蒙：幽暗模糊。

⑧白衣苍狗：也作白云苍狗，形容风云变幻。杜甫《可叹》："天上浮云如白衣，斯须改变如苍狗。"张元幹《瑞鹧鸪·彭德器出示胡邦衡新句次韵》："白衣苍狗如浮云，千古浮名一聚尘。"苍狗：原指黑色的狗。

⑨无心者，变化虚空：形容变化无穷的云。陶渊明《归去来辞》："云无心以出岫，鸟倦飞而知还。"

⑩日承红：在阳光的照耀下呈现红色。

⑪高凌霄汉：这里形容清风阁建在高处。霄：云。汉：银汉，银河。

⑫列岫如童：从清风阁上望去，一座座山像一个个童子。

⑬"待何年归去"二句：奕绘建造南谷别墅时，有死后归葬于此的打算，所以说"归去"。辞世以后，词人希望夫妇二人还要在此谈笑争雄，各论雄长。

【赏析】

顾太清的这首词境界开阔，它不仅写了一处楼阁，还注意到它被群山环绕的宏伟气势。

词一开始，就以"群山万壑引长风"打开读者的视野，表现清风阁所在的西山一带的气势雄浑。清风阁被群山环抱，周围沟壑纵横，它本身则居高临下，其境界相当开阔。"透林皋，晓日玲珑"，在这里，可以东望日出。透过郁郁葱葱的树林，迎来一轮缓缓升起的朝阳。关于此阁，奕绘在他的词中曾提到"直望尽海云东"，是依山面东的朝向。太清这里也说："楼外绿阴深，凭栏指点偏东。"关于南谷，奕绘《南谷七章》又说它处在"永定河之西，大房山之东"，那里面"深山绝壑多异材"，"翠阴深深障白日"，因此太清词描写："浑河水，一线如虹。清凉极，满谷幽禽啼啸，冷雾溟蒙。"登楼眺望，心旷神怡，顿生"任海天寥阔，飞跃此生中"之感。

下片紧承上片的描写，但从向远处眺望转入抬头仰望，说："云容，看白衣苍狗"，蓝天白云，组成千奇百怪的形状，变幻莫测，十分神奇。"无心者，变化虚空"，它不受驱遣地在虚空中开阖组分。再环视清风阁的四周，"细草络危岩，岩花秀娟日承红"，峻岩绝壁上攀缘着细草，山崖上一片秀丽的景色，山花承受着阳光照射，呈现出火红的一片。登临阁上，有"高临霄汉"之感，周围的群山，突出在云层之上，一座座山巅俨然是形色各异的童子。这一感官冲击，表现出词人审美愉悦已经达到了顶点，所以最后托出"待何年归去，谈笑各争雄"，就感到十分自然了。词人说，这里不仅是生前登临览胜的好去处，也希望他年夫妇共同长眠于此，让前生"谈笑各争雄"的闺房之乐得以继续。

这首词，把景物描写与抒发情感融于一体。它虽然说到了"待何年归去"，带来某种凄凉沧桑之感，但全词还是充满了登山临水的欢悦，而且气势开阔，在顾太清的作品中别具一格。况周颐曾经这样评论顾太清的词："纯乎宋人法乳，故能不不烦伐，绝无一毫纤艳涉其笔端。"又说："其佳处在气格，不在字句，当于全体大段求之，不能以一二阕论定，一声一字为工拙。"称她的词摆脱了"闺人以小慧为词"之风。这首《高山流水》甚至可以说是代表了以上的特色。

【附】

高山流水·南谷清风阁落成

奕绘

山楼四面敞清风。俯深林、户牖玲珑。

雨后一凭栏，直望尽海云东。

阑干外、影接垂虹。

夕阴转，满壑松涛浩浩。

花露蒙蒙。拥邺侯书架，老我此楼中。

从容。

启云窗高朗，微凉夜、秋纬横空。

襟袖拂星河，鸡三唱晓日通红。

同志者、二三良友，侍立青童。

问茫茫宇宙，屈指几豪雄。

醉桃源·题墨栀团扇寄云姜^①

【原文】

花肥叶大两三枝，香浮白玉卮^②。

轻罗团扇写冰姿^③，何劳腻粉施。

新雨后，好风吹，闲阶月上时。

碧天如水影迟迟，清芬晚更宜。

【注释】

①栀：一种常绿灌木，春夏交接之际开花，芳香洁白。墨栀，水墨点染的画，不用色彩。云姜，许云姜。

②卮：一种酒器。

③冰姿：因栀花洁白，故称。

【词评】

不黏不脱，咏物上乘。

——况周颐西泠印社本《东海渔歌》

（顾太清）其词极合宋人消息，不堕入俗套……小令如《题墨栀团扇寄云姜（醉桃源）》……

——王蕴章评《然脂余韵》

【赏析】

这首词，是顾太清为她的诗友许云姜所绘墨栀团扇而作的题咏。

小小扇面，虽然只是画了几朵栀子花，却得到词人的高度赞赏。两三伎花，说明画面大方简洁，但"花肥叶大"，又把整幅画的中心突出出来，这样表现出出栀子花怒放的姿态。但因为意态逼真，即使是绘画，词人好像也嗅到了它浓郁的芳香，所以词中有"香浮白玉卮"的比喻，仿佛画中也散发出来馥郁的香气，就像是从酒器中溢出的一般。小小一柄轻罗团扇，却表现了花的冰清玉洁，给人的整体感觉是没有用粉红黛绿敷饰的优美。这也是再次赞扬了绘画技法的高超。

词到下片，看似脱离了对画的欣赏，转为写人。实际丝毫没有脱离对画的赞美。词人写新雨过后，晚风轻拂，闲阶月上，碧天如水的怡然自得，实际正是由绘画美带出的，良宵美景的印象也是因技法高妙引起的，因为"清芬晚更宜"，画中片片栀子花吐露芬芳，把赏画人带到大自然中去。这恰恰是对画的进

一步赞赏。"花肥叶大两三枝"，花可爱的形态跃然纸上，词人巧妙的到此为止，不再作堆砌式的形容。这也就是况周颐评论中"不黏"的表现。"轻罗团扇写冰姿"，虽然也说到了花姿，但全句重点说的是扇画整体美，无意再写局部的花。虽"不黏"，但也"不脱"，句句勾连，尤其是下片写景，雨、风、月、天，共成一体，气韵相通。

珍珠帘·本意①

【原文】

蒙蒙未许斜阳透。荡参差、一片縠纹微绉②。

闲煞小银钩，度困人长昼③。

看尽落花飞尽絮，任几处、莺声轻溜④。

依旧。

此好景良辰，也能消瘦⑤。

多少苦雨酸风，障游蜂不入，晴丝难逗⑥。

云暗曲房深⑦，听辘轳银瓮⑧。

隔住红灯花外影⑨，清露下、香浓金兽⑩。

偏又。

到月照流黄⑪，夜凉时候。

【注释】

①本意：指此词歌咏的就是词牌所写的珍珠帘。

②荡参差：微风吹动帘子，使得帘子随风起伏动荡。縠纹微绉：像绉纱一样的波纹。

③银钩：帘钩。度困人长昼：夏日昼长使人困乏。

④溜：滑过去。喻黄莺的啼鸣掠过耳际。

⑤"此好景良辰"二句：意为即使季节景致很好，也会令人消瘦。是夏天的人体状况。

⑥晴丝：游荡在空中的柳絮，活着空中飘着的其他同类。

⑦曲房：曲折的房廊。

⑧辘轳：井上帮助提水的转移木轮。甃：用砖石砌成的井壁。银，是井中水波反射的光亮。

⑨花外影：被帘子遮挡的影子。

⑩金兽：铸有兽形的金属香炉。李清照《醉花阴》："薄雾浓云愁永昼，瑞脑消金兽。"

⑪流黄：褐黄色或褐黄色的物品。门帘穗子又称流苏，这里合为一词，指

褐黄的门帘穗子。

【赏析】

这是一首咏物词，顾太清在这里咏的对象是珍珠帘。

一帘挂起，使内外相隔，在斜阳蒙蒙中挡住了炎热的阳光。帘子时而飘动，银钩却十分悠闲，就是这帘子和银钩，陪着词人度过了炎炎长昼。接下来描写即使帘子挂着，却仍能看到帘外大片的落花飞絮，还能听到院中阵阵莺啼掠过。这真是"好景良辰"，然而仍然挡不住夏天里人的消瘦。

下片紧承上片说，帘子辛苦地承受了那么多酸风苦雨的侵袭，也挡住了乱飞的游蜂，飘荡的游丝也不让它在这里停留。"云暗曲房深"，庭院深深，房间里的人，只听到辘轳在井上转动的声音。"隔住红灯花外影"，帘子的阻隔，形成了里外两个世界。室外夜晚清露降落的时候，室内香炉里却飘散出袅袅清香，"偏又。到月照流黄，夜凉时候"。词人在这里赞叹着珍珠帘的妙处，让她真日整夜地享受着生活，从炎炎白日到月儿升起，照着帘子，天气转凉。

这首词，借咏帘，抒发生活的情趣，然而从中也反映出深闺女子的寂寞与孤独。女主人公的生活天地是如此狭隘，这般无奈。词中虽说她在欣赏着良辰美景，但仍能隐约聆听到词中透露于弦外的凄凉之音。

垂杨·秋柳

【原文】

秋凉乍到，便长条踠地①，柔丝萦绕②。

雾雨霏烟③，无情不绾章台道④。

梦回十二红楼悄⑤。

小桥外，夕阳遍照。

阅行人、一树弯腰，带六朝风调⑥。

经过春风多少。

任月白天空，惊鸟三绕⑦。

谢尽繁华，长堤落叶无人扫。

青蛾不是当初貌⑧。

更对着、断肠衰草⑨。

萧疏客舍，寒蝉声渐老⑩。

【注释】

①便：任便。长条，这里指秋天柳树的长长枝条。踠地：长得宛伏在地上。

②柔丝：柳条的细丝。萦绕：缠绕。

③霏烟：雾气。

④无情不绾章台道：据唐许尧佐《柳氏传》载：韩翃有爱妾柳氏，在安史之乱中离散。柳氏出家为尼。韩知道后便以柳为题，寄诗一首云："章台柳，章台柳，昔日青青今在否？纵使长条似旧垂，亦应攀折他人手。"后来柳氏又被番将沙吒利所劫，翃用计救回，终于重圆。章台，指唐代长安的章台宫。后世常把这个故事作为一典故运用。冯延巳《鹊踏枝》："杨柳堆烟，帘幕无重数。楼高不见章台路。"后世又把章台柳比作人人可以攀折的烟花女子，章台路则常比作追求所爱女子的道路。这里又变用这一典故，说柳树如果无情，就不会在这令人生情的章台道上扎根生长了。

⑤梦回十二红楼悄："十二"，指反复的梦。红楼：女子所住的地方。悄：指静。

⑥阅行人、一树弯腰，带六朝风调：行人，指路人。六朝：指金陵，即今南京。金陵为三国吴、东晋、宋、齐、梁、陈六朝偏安朝廷的都城，所以称为六朝故都。全句指金陵莫愁湖的一处历史景观。周邦彦《西河·金陵怀古》："断崖树，犹倒倚，莫愁艇子曾系。"这里凝结着顾太清对江南生活的回忆。

⑦惊鸟三绕：此典出自曹操《短歌行》："月明星稀，乌鹊南飞。绕树三匝，何枝可依。"形容鸟惊。

⑧青蛾：原意为女子的眉，后来扩展而指女子。古代女子用青螺黛画眉。

⑨断肠衰草：见衰草而断肠伤心。

⑩寒蝉声渐老：深秋时节，蝉声日渐嘶老无力。柳永《雨霖铃》："寒蝉凄切。"

【赏析】

这首词题为咏秋柳，实际也是咏秋，秋与柳融合在一起，浑然一体。

上片着重写景，但景中融有深深的情意。"秋凉乍到"点出时序。"便长条踠地，柔丝萦绕。"再绘秋天的景色，是点染。经过春与夏的滋育，柳枝恣意地生长，便出现了这种景象，也是深秋的典型景象。丝絮飞飞，柳条长长，绾着那"章台道"，直教人情迷意乱。词人觉得那柳枝柳丝，都是多情之物，这也是由章台柳的故事联想起来的。因此那些红楼里住着的女子，一定是在心存萦绕多情的梦，不能从中解脱！下面词人进一步渲染这令人着迷的秋景。此时此景，词人对早年江南生活的回忆。小桥、夕阳，还有那莫愁湖的"一树弯腰"的"六朝风调"。江南的秋光，是如此的迷人！那倒屈在水中的，一定也是柳树，它每天关注视着行人路过，而那过路的行人，必定也为它的折腰所倾倒。写景之中，融合着词人的款款深情，情与景相生，景与情相融，但词人并没有直接说明。

下片依然是借景抒情。词人写道："经过春风多少，任月白天空，惊鸟三绕。"皎洁的月光，澄明的天空，呈现在人们面前。"月白天空"仅四字，道出

了秋夜万里无云的美。但受惊的鸟儿起飞，打破了这一片寂静，而这被打破的寂静也使词人的内心起了波澜。词人是经历过人生沧桑的，秋色虽然美，但秋柳已到了极尽而衰变的时候，乌鹊惊飞打破了词人心中的平静，步入中年的她，眼前呈现出"谢尽繁华，长堤落叶无力扫"的衰景。"青蛾不是当年貌"，这里是词人的自譬，美丽的秋景已经变得一片萧条，而自己的青春也是渐渐远去。"衰草"，"寒蝉"，都是前辈词家用来表现萧条秋景的意象。词主人公面对这行将衰变的景色，剩下的只是无力地哀叹。

这首词从喜悦转入哀伤，情感历程随景色的变化而转变。名为咏物，实则是一首写得异常真切的抒情词作。词中引用的许多历史典故，也极为熨帖。

新雁过妆楼·闻雁

【原文】

冷入帘帏。

西风送、一行雁阵南飞。

碧天如水，去路远趁斜晖①。

云外长鸣浩荡，月中连翼影参差②。

共依依。楚江两岸③，霜点毛衣。

秋容三分过半④，正寒螀啼怨⑤。

画角声悲⑥，黄花消息，露华暗满东篱。

山程水程万里，动几处、离人双泪垂。

重阳近，听断鸿声里⑦，良夜何其⑧。

【注释】

①去路：离开原来的路。趁，借。

②连翼影：张开翅膀的整个身影。参差，有节奏地鼓翅飞翔的样子。

③楚江：泛指古代楚国的江河，这里指雁飞的去向。

④秋容三分过半：秋季分为初秋、中秋、晚秋。三分过半，因为作词时已过中秋，所以这么说。

⑤蜣：蝉的一种。

⑥画角：军中的号角。

⑦断鸿声：雁子飞过时听到的声音。

⑧何其：如何。

【赏析】

闻雁的词题，顾太清在同一年春时已填过一阕，但那是咏其北征。春去秋来，现在又该是咏其南下了。

词人在开篇提到"冷入帘帏。西风送、一行雁阵南飞"。点出时令，秋寒已至，西风不断催送，大雁不由自主地南飞。"碧天如水，去路远趁斜晖。"秋高气爽，晴空万里，是当时的天候。句末"斜晖"一词，把景色点染得如画，而且"趁斜晖"一语中，又寄予词人的深深祝福，祝远行的大雁趁着落日平安赶路。"云外长鸣浩荡，月中连翼影参差"。高空雁飞的美丽姿色尽收眼底。一行雁阵，带着嘶嘶长鸣和浩荡声势。月影掠过之时，还可看到它连翼成行，有节奏地鼓动双翅而展翅翱翔的身影。词人带着几分眷恋与对美景的欣赏，目送着它们。词人的心，好像已经和大自然的气息融合在一起了，用心体会着它们"共依依"的亲和精神。下面"楚江两岸"，是此人心驰神往的想象。词人想象着那些大雁南飞的目的地，到达时也许也早已"霜点毛衣"了。

雁群飞过，好像已无所可叙了，但它给词人留下了无尽的思绪。秋已深了，北方即将进入冰天雪地，"正寒螀啼怨，画角声悲"，用拟想中的"怨"和"悲"，来映衬自然界的事物，这是大雁过后，内心激起的一份凝重感。"黄花消息，露华暗满东篱"，满枝的菊花刚刚开放，却已经遭受到霜露的袭击。大地也许就要凝结，词人的伤感之情油然而生。菊花总是开在东篱旁，这一意象出

自陶渊明的诗句"采菊东篱下"。历代的诗人经常沿袭着使用。大雁远去了，这似乎寓意亲朋的分离。由此引发出了"山程水程万里，动几处、离人双垂泪"的离情别绪。这般思念，这般凄伤，在词人的生活中，是早有体验的。接下来诉"重阳近"，王维的诗《九月九日忆山东兄弟》中有"每逢佳节倍思

《太清词》赏析

亲"，登高就会让人不由得思亲。想到这里，所以说，"听断鸿声里，良夜何其"，大雁飞过时最后的一声鸣叫依然在耳际回荡，想到亲故别离，这样的夜晚将会如何度过呢！结拍"良夜何其"，给读者留下了一个悬念。

这一首"闻雁"词，睹物思人，抒发内心深处的感情，也可以用况周颐所说的"质而拙，却近宋人。正复不俗"来评价它。但注重处，不惜笔墨，着重点染。如雁南飞的过程，"秋容三分过半"的特征，通过寒蛩、画角、黄花、露华等多角度描写，达到浓重的深度。词由雁转写人，过渡得也十分自然。

鹧鸪天·冬夜听夫子论道

【原文】

冬夜听夫子论道，不觉漏下三矣。盆中残梅香发，有悟赋此①

夜半读经玉漏迟②，生机妙在本无奇③。

世间莫恋花香好，花到香浓是谢时。

蜂酿蜜，蚕吐丝，功成安得没人知。

恒沙有数劫无数④，万物皆吾大导师。

【注释】

①夫子：古代对丈夫的尊称，这里指顾太清的而丈夫奕绘。漏，玉漏，古时计时的器具。此处指击更。夜间共五更，三更表示夜已深。

②经：此处指道家经典，也称道藏，数量甚多。《老子》《庄子》亦被奉为

道家经典，称《道德经》《南华经》。

③生机：即道家所说的玄机，意思是深奥玄妙的道理。

④恒沙：佛家"恒河沙数"的简称。以恒河的沙数来比喻佛世界的广大无边。见《金刚经》。劫：佛教认为，从天地形成到毁灭是一劫。此处指人生遇到的劫难。

【词评】

过拍具大彻悟。

——况周颐西泠印社本《东海渔歌》

【赏析】

词首小序称"冬夜听夫子论道……有悟赋此"，道家主张超尘出世、返真归朴的觉悟，顾太清通过这首词阐发自己的感受。

开篇"夜半读经玉漏迟"，只此一句便道出了这次读经论道的闺房乐事，点出"夜半""玉漏迟"的时间，谈至深夜，表明谈得十分投契。"生机妙在本无奇"，是说道家的经义深奥玄妙，但深奥玄妙的道理通常是存在于平常生活中的，可以用习见的现象来说明。随后的"世间莫恋花香好，花到香浓是谢时"就是其具体例证。词人认为其中就有至"妙"的玄理在内。词人举这一现象，是想说明类似《老子》"祸兮福所倚，福兮祸所伏"，还有"物极必反"的哲理，《老子》一书在认识论的唯心主义中，也包括方法论上的朴素辩证法。词

人当然并不是在这里一味地阐述哲理，而是表明自己"有悟"中的叹服。词人以花开花谢为例，或许就是她小序中所说，由"盆中残梅香发"而生发的感悟，所以顺手拈来的一例，上下片顺承而下，词人又继续这种"生机妙在本无奇"的具体阐释，接着词人又举了"蜂酿蜜，蚕吐丝"的习见现象为例，蜂辛

勤地酿蜜，蚕默默地吐丝，它们虽不能言语，但能看得见，摸得着，"安得没人知"。忙忙碌碌之后，最终还会功成而去，无影无踪。所以道家以超然物外，放弃功名，无所追求作为最高境界，达到所谓洞达通透、大彻大悟的人生。这里，词人借用了佛家的一种说法来解释这一现象，说"恒沙有数劫无数"，意思是万物都有劫数，有生必有死，有存就有灭。不用孜孜以求。结句说"万物皆吾大导师"，阐释了从万事万物的生死，存灭中无处不蕴含道家的玄妙之理，所以要从中获得觉悟。词人从客观世界的观察中看到了事物的千变万化，得出了关于人生的理解与感悟。

浪淘沙·冰灯

【原文】

宝塔十三层，楼观飞惊。

清凉世界住飞琼①。

藐姑射仙冰雪貌②，玉佩垮琤③。

巧制太轻盈，细缕（镂）坚冰④。

六鳌⑤海上势财峻嶒。

看到雪消明月夜，万点寒星。

【注释】

①飞琼：许飞琼。据《汉武帝内传》记载，许飞琼是天上西王母的侍女，

所以说住在"清凉世界"。

②藐姑射：神话中的仙山，在北海中。藐姑射仙，指这座山里的仙子。《庄子·逍遥游》："藐姑射之山，有神人居焉。"

③玉佩玎玎：仙女身上的佩玉互相碰撞而发出的声音。

④缕：应为"镂"之误。镂，雕刻，这里指凿冰成形。

⑤鳌：鳌山。也是传说中的山。旧俗元宵节堆叠彩灯像山一样，称为鳌山。这里指用冰凿成的山。六，泛指多。峻嶒：重重叠叠的高山。

【赏析】

这首词将咏物咏景，巧妙地融为一体。冬天凿冰为戏，是北方的一种传统的风俗文化。

开篇描写用冰雕凿成的灯，"宝塔十三层，楼观飞惊"，刻画出冰灯逼真的造型，巍峨耸立，像十三层宝塔，高高在上，惊心动魄。古代的楼观，角呈飞檐，像燕飞的形状，所以说它令人"飞惊"。这里是从观赏者的内心反应的角度说的。下面又作赞叹，说那些冰灯如神仙世界一般："清凉世界住飞琼。藐姑射仙冰雪貌，玉佩琤琤。"里面住着神仙。这里，词人巧妙地结合冰的特征说神仙的住所为"清凉世界"，是神话中的藐姑射之山，她们的容貌是"冰雪貌"，佩饰为"玉佩琤琤"，冰清玉洁。

下片以"巧制太轻盈"的赞叹作为过渡，说经过"细镂坚冰"的精雕细刻，又成为形态各异的灯，堆成重重叠叠的鳌山，高高的，形成峻嶒的形状。看不胜看，一直"看到雪消明月夜，万点寒星"。寒冬时节，在冰雪世界赏冰灯，直至夜深，不畏寒冰，词人兴致之浓，由此可以想见。整首词透露出闺阁女子走出户外的愉快而奔放的心情。

江城子·记梦

【原文】

烟笼寒水月笼沙①，泛灵槎，访仙家②。

一路清溪双桨破烟划③。

才过小桥风景变，明月下，见梅花。

梅花万树影交加，山之涯，水之涯④。

澹宕湖天韶秀总堪夸⑤。

我欲遍游香雪海⑥，惊梦醒，怨啼鸦。

【注释】

①烟笼寒水月笼沙：这是杜牧《泊秦淮》一诗中的诗句："烟笼寒水月笼沙，夜泊秦淮近酒家。商女不知亡国恨，隔江犹唱《后庭花》。"这一句描写了南京秦淮河上轻烟笼罩，月照岸沙的美景。顾太清袭用了这一诗句。

②灵槎：仙船。槎，原是指一种木船。西晋张华《博物志》："年年八月，有浮槎来去不失期。"因此后世有浮海寻仙求道之说。诗词中常用作典故。

③清溪双桨：清溪，也作青溪，是金陵源出于钟山的一条著名的溪水。南朝乐府清商曲辞（民歌曲辞）有《青溪小姑曲》。

④涯：边。

⑤宕：流动。湖天：这里应是指太湖。苏州与太湖相邻。

⑥香雪海：苏州郊外有邓尉山，以盛植梅花著名，花季香飘千里。清康熙时江苏巡抚宋荦题"香雪海"三字刻石于此，因此得名。

【赏析】

这是一首题为记梦的抒情词作。

开篇"烟笼寒水月笼沙"，是唐人杜牧名作《泊秦淮》中的首句。描绘了南京秦淮河上水月江南的美丽夜景，诗情画意，传诵古今。词人身处北方，梦到江南，联想到名作所描写的江南美景。由于它是梦境，"泛灵槎，访仙家"，梦中的经历，就像是一次到仙境出游，隐隐约约，模糊其中。"一路清溪双桨破烟划'，双桨划船于清溪中，是江南一景。《莫愁乐》："莫愁在何处？莫愁石城西。艇子打双桨，催送莫愁来。"这里，词人驾着小船，荡起双桨，冲破水面的烟雨一路前行。词人在梦中，又一次地体验了六朝故都开心的游历。小舟前行，风景却渐行渐远。"才过小桥风景变，明月下，见梅花。"小船已渐入姑苏境，苏州的邓尉山，遍植梅树，扬名天下。游者在小船上早已遥望到远处"梅花万树影交加"。邓尉山面临太湖，左近名山天平山，所以说"山之涯，水之涯。澹宕湖天韶秀总堪夸"。词人沉醉于江南烟雨秀丽的景色中，怡然自得。然而正当词人发誓"我欲遍游香雪海"时，不料"惊梦醒，怨啼鸦"，自己的好梦被

恼人的乌鸦叫声惊醒了。原来这些美景都是在梦中。从金陵到姑苏，是梦，也是词人梦魂萦绕的深情厚谊，它以梦的形式来表现。"明月下，见梅花。"月色朦胧的境界中，表现了一片惊喜之情。在山边、水边徜徉，"梅花万树影交

加"，赞叹之情，油然而生。"澹宕湖天韶秀总堪夸"，湖水中映有梅花，又描绘出了宁静夜色中的湖光山色，令人心驰神往。"惊梦醒，怨啼鸦"，好梦即使被惊醒了，但留下的让人回味的意蕴是无穷的。

太清此词说是"记梦"，但这个梦做得十分奇特，她为什么对江南——金陵、苏州如此梦牵魂萦，特别是对于秦淮荡舟、邓尉山赏梅写得如此亲切如见？这必定是有缘由的。原来，太清本经历过"半生尝遍苦醉辛"，其中有过"多少飘零踪迹"。对于儿时和青少年时代的经历，那些回忆历久弥新，另此人难忘，并因此而做梦的追寻。《四十初度》诗可以为证。诗中"那堪更忆儿时候，陈迹东风有梦否"，就这一思绪的表现。这首词，便是她的梦的记录。

水调歌头·谢古春轩老人见赠竹根仙槎①

【原文】

蓬莱渺何许②，仙侣泛仙舟③。

海天寥阔，千里万里御风游④。

左右青童玉女⑤，上下霓旌翠盖⑥，花雨散中洲⑦。

合奏钧天乐，王母驾灵蚪⑧。

松为蓬，桂为楫⑨，破云流。

翔龙矯凤⑩，盘曲古节几春秋⑪。

恍若轻身遐运举⑫，泛览十洲三岛⑬，对此可忘忧。

欲借长风便，吹我到杭州。

【注释】

①古春轩老人：梁德绳，字楚生，钱塘（今杭州）人，为兵部主事许周生妻。生女二人，长女云林，字延礽，适休宁贡生孙承勋；次女云姜，字延锦，适大学士阮元之子阮福为妻。二人后来都成为顾太清的闺中密友，诗词唱和很多。竹根仙槎，用竹根雕刻而成的一只船。

②蓬莱：海中仙岛。

③仙舟：即指根雕仙槎。

④御风游：驾风而行。《庄子·逍遥游》："夫列子御风而行，泠然善也。"

⑤青童玉女：仙界的童男童女，仙人的侍者。

⑥霓旌翠盖：仪仗用的物品。旌，旄牛尾或彩羽装饰的旗帜。霓是上面的云霓图纹。翠盖，青翠色的车盖。

⑦中洲：同神州，中国大地。

⑧钧天乐：天上奏的仙乐。虬，龙。

⑨蓬：舟帆。楫，桨。松为蓬，桂为楫，形容这是一只仙舟，不一定是用松桂做的。如同屈原《湘君》所说的湘水之神所驾舟的"桂棹兮兰枻"。

⑩翥凤：高空中飞翔的凤。指仙槎上的雕刻。

⑪盘曲古节几春秋：指所用的树根树龄之长。

⑫遰举：远行。屈原《远游》："泛容与而遰举兮。"

⑬十洲：神话中的海中仙界。三岛，海中的三座神山，是古代方士所说的神仙居住的地方。

【赏析】

这是一首咏物词。古春轩老人曾经赠词人一件用竹根雕刻而成的根雕工艺品，像仙槎一样的船。赏玩之余，因作词咏赞。

　　开篇见仙槎，而陷入遥远的遐想，说仙侣驾起这仙舟泛海而游，可是蓬莱仙山究竟在何处呢！传说有人乘槎浮海寻找仙人，词人立刻联想到这一古老传说。词人又提起《庄子》一书上说列子能够御风而行，"旬有五日而后反"，大约仙槎远行也有那样的迅速吧。接下来对这件根雕仙舟进行描绘，"左右青童玉女，上下霓旌翠盖"，赞叹它雕刻得精致灵巧之极。然后再进行想象，它或许是西王母驾乘的"灵蚪"，她的鸾舟出来，天上一定散着花雨，奏着段段仙乐。随后的"松为蓬，桂为楫，破云流"，虚虚实实，蓬和楫，是这只仙舟上存在的，但"松"和"桂"的材料，却是虚的描绘。因为古人都说仙家的用品是与凡俗不同的。屈原写湘君所驾的舟上，也是"桂棹兮兰枻"！可是这制作的材料——竹根，想来一定已经"盘曲古节几春秋"了。总之，词人面对这件友人送的工艺品，欣赏并大加赞叹。由观物而产生遐想，联想到古代的神话传说和方士们编出来的故事，虚实相间，相互穿插。下面，面对这只仙舟，想象着自己也借着仙舟遨游，飘飘然就像神仙一样："恍若轻身遐举，泛览十洲三岛。"这样，尘世间所有的烦恼、忧愁，都可以借此忘却。词人本来就受到道家超然物外思想的影响，面对这只仙舟，自然而然地沉入遐想就不足为怪了。词人并且还借此要驾着这只仙舟，借着长风，"吹我到杭州"，去完成当面致谢那位古春轩老人的希望。

全词虚虚实实的描写，恍惚之间，好像带领着读者进入一个神仙的世界遨游。让我们既对这件根雕工艺品的精巧制作有所了解，也领略了它所带来的愉悦。浪漫与现实两种描写方法融为一体，是这首词的艺术表现。

鹧鸪天·荠菜①

【原文】

溪上星星小白花，也随春色斗豪奢②。
绿波渺渺天边水，细草盈盈一寸芽。
春有限，遍天涯，千红万紫互交加。
野人自有真生趣③，桃叶携筐亦可夸。

【注释】

①荠菜：一年或多年生草本植物，叶子羽状分裂，裂片有缺刻，花白色。

嫩叶可以吃。全草入药。

②斗豪奢：与繁华争胜。

③真生趣：靠采野菜为食的生活，与城市的生活方式不同，是一种返璞归真的乐趣。

【赏析】

此词自始至终生机勃勃，将荠菜形象生动的呈现在读者面前。

词首"溪上星星小白花，也随春色斗豪奢"，一种溪边田野里的野菜，开着很多细小的白花，居然也和春天里姹紫嫣红的百花一起争胜，看似有些不自量力。然而它自有诱人的魅力，它不选择外在环境，不择地而生，遍布野地，并且以其甘美的味道吸引着人们去采食，所以在这大自然百花园中，荠菜足以与各种植物争奇斗胜。两句夸赞，流露出词人的喜爱。接下来两句又直接予以形容："绿波渺渺天边水，细草盈盈一寸芽。"上面说"星星小白花"，这里又说其"盈盈一寸芽"，一副娇嫩可爱的样子，但它长在浩渺的水边，数量很多，与养在花圃庭院中，靠人工培植的花卉有所不同。下面继续据此做对比，一边是"春有限，遍天涯，千红万紫互交加"，吸引着游人去踏青欣赏千红万紫的花，一边却是"野人自有真生趣，桃叶携筐亦可夸"。山野民间一定会真正懂得生活的乐趣的人，他们返璞归真，在自然的谋食中得到快乐，不去追求奢靡与豪华的生活。他们在漫山遍野里携筐采摘荠菜，自是别有乐趣的生活方式，也是值得赞美欣赏的。一位生活在城市的上层妇女，在对于一种野蔬的品尝之后，禁不住大加赞赏，并因此赞扬普通百姓的懂得自然的生活乐趣。

全词通过两种情趣的对比，突出了荠菜的可爱。

【附】

鹧鸪天·荠菜

奕绘

惊蛰先开荠菜花，一年春事渐繁奢。

相思河畔青青草，独秀溪边嫩嫩芽。

闲意态，野生涯。

盈筐荐饭美无加。

世间一种甜滋味，留与高人仔细夸。

鹧鸪天·傀儡①

【原文】

傀儡当场任所为，讹传故事惑痴儿。

李唐赵宋皆无考②，妙在妖魔变化奇。

驾赤豹，从文狸③，衣冠楚楚假咸仪。

下场高挂成何用，刻木牵丝此一刻。

【注释】

①傀儡：木偶戏中的木偶，由人牵引表演。还有用不同材料制作的，如布袋木偶等。

②李唐赵宋：唐朝君主姓李，宋朝君主姓赵。此处用唐宋来代表各朝。都不可考，意思说戏是假的，即使指明是什么朝代，也不能从中查证的。

③驾赤豹，从文狸：说傀儡戏里出场的阵势。文狸，指有花纹的狸猫。

【赏析】

这首词是咏"傀儡"这种表演的。词首说"傀儡当场任所为",意思说傀儡是受他人控制的，由人在幕后牵引操纵，随他人的意志而活动。它所表演的故事，都是流传下来的，不可信，只有不懂事的痴儿才会信以为真。即使已经说明是演李唐或赵宋什么朝代，但皆是无法查考的虚构，然而它妙就妙在在妖魔神怪的幻虚变化。

上片重在介绍傀儡的表现形式，点明了这种表演的特点和一直以来盛行不衰的原因，其中也流露出词人的主观偏向，认为它是一种低俗的表演而已。然而这样的表演却引发了她的富有人生哲理的思考，以及对某些社会现象的议论。词人说，傀儡戏里常有某些神仙鬼怪的大人物出场，他们摆出一副具有神威的架势，"驾赤豹，从文狸"，用赤豹驾车，跟从着一群有彩色花纹的狸猫之类的动物，居然还一幅衣冠楚楚的样子，摆着仪仗，前呼后拥，极为气派。但是他只是被人牵引随人摆布的傀儡而已，等到"下场高挂成何用，刻木牵丝此一刻"。演戏结束后，就把它们搁置一边，毫无用处，不过是木头雕刻，场上表演一番而已，犹如昙花一现。这是对官场以至某种社会绝妙的讽刺和深刻的批判，鞭辟入里。

浪淘沙·春日同夫子游石堂

【原文】

春日同夫子游石堂，回经慈溪，见鸳鸯无数，马卜成小令[①]

花木自成蹊[②]，春与人宜。

清流荇藻荡参差[③]。

小鸟避人栖不定，飞上杨枝。

归骑踏香泥[④]，山影沉西。

鸳鸯冲破碧烟飞[⑤]。

三十六双花样好[⑥]，同浴清溪。

【注释】

①慈溪、石堂：奕绘的西山南谷别墅附近的风景和建筑。

②蹊：小路。

③荇藻：又名荇菜，茎可食用。《诗经·关雎》："参差荇菜，左右流之。"语出此。

④归骑踏香泥：宋徽宗时画院考画生，曾亲自出题曰："踏花归去马蹄香。"有一学生画几只蝴蝶追逐马蹄而得名。事见《百川学海》。

⑤碧烟：指水面上的笼罩着的雾气。

⑥三十六双：泛指成双成对之多。

【词评】

太清之倚声……巧思慧想，出人意外。……（如）《浪淘沙·春日同夫子慈溪纪游》……（词文略）。

——沈善宝《名媛词话》

【赏析】

"花木自成蹊，春与人宜"。春天来了，万物复苏，花木开始发芽、呈现蓬勃之势，踏春的人渐渐多了起来，所以下自成蹊，呈现出一派适意宜人的景象，到此地游历的词人顿生心旷神怡之感，于是春和人交融在一起。"清流荇藻荡参差，小鸟避人栖不定，飞上杨枝"。慈溪的水流中荡漾着错落的荇菜，鸟儿在空

中飞来飞去，或许是被人惊扰了！一路的美景，目不暇接，美不胜收，欢快之情，洋溢在字里行间。下片继续这一写法，词人觉得春天的花落在土地上，泥土都是芳香的，所以骑着马儿却有"归骑踏香泥"之感。太阳渐渐落山，词人不言日影沉西，而说"山影沉西"，是因为词人彼时正处在山中，沉西之时难以见到，只觉天色渐渐昏暗下来，没有亲历者，不会有如此亲切的感受。近处依然能看到溪水中活泼的鸳鸯"冲破碧烟飞"，或许是受到惊扰了！夫妻联骑

同游，见到成双成对的鸳鸯，自然产生一番幸福的联想，所以对于这里戏水的鸳鸯，词人更是特意作了重复的点染："三十六双花样好，同浴清溪。"禽鸟尚且懂得同栖同飞，互相依偎。这溪水中戏游鸳鸯的描写，融入了人间爱情的幸福，同时也流露出此人的美好愿望。

这首词，从一路归途写来，描绘了幽美娴静的西山春色，又陆续出现小鸟、鸳鸯，静中有动。日色西沉，又出现了明暗相间的变化。尤其是赏游者的抒情，更是真切感人。

探春慢·春阴

【原文】

九十韶光①，清明过了，一年春色将尽。
雨洒芳田，烟霏深院②，偏是轻阴惹困③。
燕子来时候，已辜负、几番花信④。
海棠零落闲庭，风飘万点成阵⑤。
懊恼留春不住，算只有陌头⑥，杨柳勾引。
漠漠情怀，恹恹天气⑦，况又阴晴无准。
多少伤心处，奈岁月，暗催双鬓。
对酒当歌，回头往事休论⑧。

【注释】

①九十韶光：九和十，将近满数。这里说春光明媚，尽情展现。

②烟霏：烟雾纷飞的样子。

③惹困：指春困。

④花信：花开的信息。

⑤风飘万点成阵：形容花瓣被风吹得纷纷吹落。

⑥陌头：田间。陌是田间纵横的小路。

⑦恹恹：无精打采的样子。

⑧对酒当歌：出自曹操《短歌行》："对酒当歌，人生几何？"

【赏析】

此词题为"春阴"，又是"春色将尽"，极易勾起惜春伤春之绪。词中形容季候："雨洒芳田，烟霏深院。"零落的雨，使得深院里烟雾霏霏，这种天气常常引发人的春困。词人惜春，在这里用了两种物象。一是燕子，说它归来迟了，几次花开花落的"花信"，也没有见到燕子的身影。一是海棠，它也开得有些晚，待它开放的时候，春天已快过去，此时纷纷飘落在"闲庭"——寂寞的庭院。雨、烟霏、轻阴、闲庭，这些意象引起词人的伤感，词人借助于这两种物象和词语，营造出一种特定的伤春惜春的意境。

下片以"懊恼留春不住"做过片，引发词人赏对人生的感叹，而以杨柳为引。杨柳是寄托离情别绪之物，从古至今，已经成为一种特定的意绪符号。《诗经·小雅·采薇》："昔我往矣，杨柳依依。"王维的《送元二使安西》："渭城朝雨浥轻尘，客舍青青柳色新。"还有王昌龄的《闺怨》诗中，有极其哀伤的"忽见陌头杨柳色，悔教夫婿觅封侯"等等，都是古代表达离愁别绪之情的名句。因此，后世就有《折杨柳》的曲子专门表达这种依依惜别之情。难怪这里，词人见陌头杨柳，就会"勾引"传春、惜春的情绪。而且，这种"漠漠情怀"中还增添了"恹恹天气"中的"阴晴无准"，似乎又起到推波助澜的作用。

下片自抒情怀说，自己胸中本已积累了"多少伤心"，可是"奈岁月、暗催双鬓"，岁月不待人，日益沧桑的容颜，使这种伤心又加重了一层，而那些前半生飘零的"回头往事"，还不算在其中。由此可见心情的沉重。曹操《短歌行》有"对酒当歌，人生几何"。词人于无奈之中，也就只能以"对酒当歌"的人生态度来求得解脱。词尾的思绪以及情感是消极的，却也表现出封建社会里受闺阁禁锢的妇女的悲叹。她们也拥有对美好生活的追求和理想，但因为在那个社会，理想难以成为现实。这恐怕也是古代许多伤春惜春的诗歌咏叹绵绵不绝的原因。

金缕曲·咏白海棠

【原文】

洞户深深掩。

笑世间、浓脂腻粉，那般妆点。

认取朦胧明月下，不许东风偷贴[1]。

偏触动，词人系念。

昨日微阴今日雨，好春光有限无余欠[2]。

肯为我，一时暂[3]。

冰绡雾縠谁烘染[4]？

爱依依[5]、柔条照水，靓妆清艳[6]。

墙角绿阴栏外影，印上芸窗[7]冰簟。

隔一片、清阴暗澹⑧。

不是封姨情太薄⑨，是盈盈树底魂难忏⑩。

春欲暮，易生感。

【注释】

①飐：风吹颤动。

②好春光有限无余欠：春光是有限的，但现在，它却尽情地表现出来。

③暂：停下脚步。

④冰绡：透明如冰的绡纱。绡，生丝织成的薄绸子。雾縠，阵阵的雾气。縠是一种纱绉形状，此处用来形容雾。

⑤爱依依：依依可爱。指柳树之类的"柔条"。

⑥靓妆：美丽的装扮，光彩照人。

⑦芸窗：即窗子。芸是形容它有香气。

⑧澹：同淡。

⑨封姨：古代神话中的风神。也称"封家姨""十八姨""封十八姨"。唐天宝中，崔玄微在春季月夜，遇美人绿衣杨氏、白衣李氏、绛衣陶氏、绯衣小女石醋醋和封家十八姨。崔命酒共饮。十八姨翻酒污醋醋衣裳，不欢而散。明夜诸女又来，醋醋言诸女皆住苑中，多被恶风所挠，求崔于每岁元旦作朱幡立于苑东，即可免难。时元旦已过，因请于某日平旦立此幡。是日东风刮地，折树飞沙，而苑中繁花不动。崔乃悟诸女皆花精，而封十八姨乃风神也。见唐谷神子《博异志·崔玄微》。

⑩盈盈：满。魂难忏，魂系梦绕地留恋春光。忏，忏悔。

【赏析】

这首词作，由咏花逐渐扩展到爱春、惜春的抒情。

上片开首，词人采用对比的手法说："洞户深深掩。笑世间、浓脂腻粉，那般妆点。"描述白海棠的可爱，它素洁的淡妆，不以浓妆艳抹取胜。这里还用了拟人化的口吻，同时也影射、批评了现实世界中浅俗的审美。随即又赞美它"取朦胧明月下，不许东风偷飐"。说它不想于白日中在春风地拨动下搔首弄姿，招惹成群的蜂蝶。在朦胧明月下，自然地展示了它的美。桃李无言，下自成蹊，它"偏触动，词人系念"。词中对白海棠的赞美，表现了词人与世俗大众的审美倾向的不同。词人同时还感叹就像观赏到白海棠的开放一样，"好春光"是不可多得的。"昨日微阴今日雨"，希望天公能给我多一些明媚的时光，哪怕是片刻的"一时暂"也好。这是词人对春的无限留恋。

下片，词境进一步扩展开来，以"冰绡雾縠"句为过渡。这里用丝绸织品的美丽，来反衬白海棠开放时的美丽。问"谁烘染"，简洁的疑问赞叹了花被烘染得更美。这春光就像一幅优美的画。接下来就是这画面的描述："爱依依，柔条照水，靓妆清艳。"岸边的柳条，映照在水面上，一片光彩美丽。还有"墙角绿阴栏外影"，这影子照射在芸窗上，映射到床席上。中间，还有被一些东西隔开的一片"清阴暗澹"，等等。这里解答了过片"谁烘染"的疑问。词人对于"烘染"着白海棠的片片春花，作了充分的渲染。当然，这些都是词人审美欣赏的体现。作为同时也擅长绘画的词人，在这首词中，体现出词中有画的特点。最后，词人又极其感伤地说："不是封姨情太薄，是盈盈树底魂难忏。"白海棠于晚春开放，这时，树木已枝繁叶茂，花魂却难以挽留，不要责怪是封姨吹折了它。对于词主人公来说，也是"春将暮，易生感"。不免触景生情，词人面对即将失去的景致，自然会产生缕缕伤感。

这首咏物词以抒情的文笔娓娓道来，是其突出的特点。

念奴娇·木香花①

【原文】

柔条细叶，爱微风吹起，一棚香雾。

剪到牡丹春已尽②，又把春光勾住③。

琐碎繁英④，零落小朵，枝上摇清露。

飞琼何事⑤，羽衣似斗轻絮⑥。

昨夜入梦香清，晓来香已透、碧窗朱户。

蝶浪风憨无检束⑦，绕遍深丛处处。

璎珞垂珠⑧，绿云蔽日，谁忍攀条去⑨。

来年春日，愿教香雪盈树⑩。

【注释】

①木香花：酴醾花的别名，也写作荼蘼，因为此花有酴醾酒的芳香，所以以此称呼。木香花不是中药木香，属晚春花卉。

②剪：指东风吹落。

③勾住：留住。

④繁英：密密的花朵。

⑤飞琼：这里用来形容被风吹落的露珠。琼，玉。

⑥羽衣：木香摇动的姿态像羽衣舞。唐时有霓裳羽衣舞。轻絮，杨花柳絮。

⑦浪：放纵。憨，放任酣畅。

⑧璎珞垂珠：用珠子串起来的帘子。璎珞，古代用珠玉串成的装饰品，多用为颈饰。

⑨攀条：折花。

⑩香雪盈树：木香花开满枝头。香雪，形容花。

【赏析】

这是一首咏花词，上片写爱花，下片写惜花。

"柔条细叶，爱微风吹起，一棚香雾"。从花的形态，香气，写木香花的柔嫩可爱。"柔""细"言花；"微"，写风。表现出词人赏心悦目的感觉，一派秀美景色，让人留恋。所以词人爱怜地说："剪到牡丹春已尽，又把春光勾住。"东风无情地依次把花吹落。等到牡丹花开的时候，眼看春光就将逝去，然而木香紧随其后开放了，凭这木香能把春挽留住吗？一花独放，独擅春光，进一步写木香花的可爱可贵。接下来依次铺写这花的可爱之处。"琐碎繁英，零落小朵"。描述繁密而细小的花朵，布满枝头，也有的飘落在地上的。突出它的小而繁多的可爱，此为静态。"枝上摇清露"，为动态。风儿吹来，枝上的露珠被摇得四处飘散。接着又不无惊讶地说："飞琼何事，羽衣似斗轻絮。"摇散的露珠、翩翩起舞的花儿，散在空中的杨华柳絮，在东风的吹动下，像是在争奇斗胜。自然界充满了生命的色彩，词人也随着此景而产生愉悦之情。

下片惜花。词以"昨夜入梦香清"做过片，赏花、爱花、惜花的余情留在了梦中。因有梦而挂念着户外的花儿，醒来以后，还没有来得及去园中察看，已获得了"晓来香已透、碧窗朱户"的感受。所以十分高兴。待走到庭院之中，出乎意料地发现"蝶浪风憨无检束，绕遍深丛处处"。一重担心油然而生，狂蜂浪蝶，不会把花摧折吧！还有一重担心则是怕有人随意攀折。可是"璎珞垂珠，绿云蔽日，谁忍攀条去"，如此美妙的春光，这般可爱的花儿，难道真会

2475

有人忍心去攀折呢！词末又表心愿，希望来年的这个时候，木香花仍然枝头繁茂。

　　顾太清的有很多咏花诗词，她常常在作品中融入闺中女子特有的善良和爱美心态，从而抒发自己对美的理解，和追求美的理想。这首词，表现着美、真与善达到和谐统一。有的词语，还史无前例地用得恰到好处。如形容东风折花，用"剪"，有顺次而来的感觉。用"勾"，写木香花将春光挽留，极为形象、生动。一字之用，就这样境界全出，妙处无穷。如王国维《人间词话》赞宋祁《玉楼春》"红杏枝头春意闹"中用"闹"字的好处一样。顾太清在此处，可说达到异曲同工之妙。

金缕曲·红拂①

【原文】

世事多奇遇，快人心、天人合发②，英雄侠女、阅世竟无如公者③，决定终身出处④。特特问，君家寓所⑤。

逆旅相依堪寄托⑥，好夫妻、端合黄金铸⑦。

女萝草⑧，附松树⑨。

尸居⑩余气何须惧？

问隋家、驱鱼祭獭⑪，为谁辛苦？况是荒荒天下乱，仙李⑫盘根结固。

更无奈⑬、杨花自舞。

悔不当初从嫁与。

岂留连⑭、一妓凭君取。

达人也，越公素。

【注释】

①红拂：我国古代传奇故事中的人物。事见五代前蜀杜光庭《虬髯客传》。传说书生李靖以平民百姓的身份去见越国公杨素。正赶上隋炀帝巡游江南，杨素留守。当时杨素骄横跋扈，不可一世。李靖被召见时，侍婢环立，其中有一个执红拂者钟情于李靖。后来随李靖私奔，并一起与侠客虬髯公同赴太原投靠李世民。世称风尘三侠。

②天人合发：这里指代隋朝的气数已尽，天和人的意志相同，隋朝的灭亡已经出现了征兆。

③阅世：看看世界。公：这里指李靖。

④出处：走出家门或不出家门做事的两种态度或处境。

⑤特特问，君家寓所：《虬髯客传》载"执拂者临轩指吏曰：'问去者处士第几，住何处？'"红拂特意询问李靖的住所。

⑥逆旅：到李靖住的旅舍。

⑦端合：真的符合。黄金铸：这里指代值得赞美、值得珍视的一对夫妻。

⑧女萝：地衣类的植物，依物而生长。《诗经·小雅·頍弁》："茑与女萝，施于松柏。"

⑨附松树：指女萝攀附松树而生长。

⑩尸居：活僵尸的称呼。《虬髯客传》"（红拂）曰：'彼（杨素）尸居余

气，不足畏也。'"

⑪驱鱼祭獭：传说獭捕得鱼后陈列水边，就像祭祀一般。此处说帮助隋朝，等于驱鱼祭獭，徒劳而不能成事。

⑫仙李：李指李树。赞美为天上的仙李，喻指李唐将兴。盘根结固：隋大业间，李渊担任太原留守时，已拥有了强大的势力。

⑬"更无奈"句：说红拂后悔当初没有择夫从嫁，只好以妓女（"杨花"）的身份去与李靖私奔了。

⑭"岂留连"句：此说杨素侍婢很多，不计较一个侍姬让李靖取去。总算是一个通达的人，没有再去追究。

【赏析】

这首词，从歌颂红拂开始，融入了词人主观的爱情观。

上片说："天人合发，英雄侠女。"赞颂了红拂主动追求李靖，促成英雄配侠女的美好姻缘，这也是时势造英雄的机遇。词人同时还赞扬李靖"阅世竟无如公者，决定终身出处"。李靖因为此时的英明决定，所以后来来干出一番事业，此人觉得，纵观世上没有人比得上他。他们的姻缘，虽然与因缘际遇有关，但也需要有胆有识的勇气。像红拂那样，胸中拥有谋略，所以"特特问，君家寓所"，留意打听着李靖的住处，夜晚就投奔而去。用"端合黄金铸。女萝草，附松树"来赞颂他们的姻缘。他们各自都表现了"良禽择木而栖"的勇气和智慧。

上片重在赞扬红拂与李靖的有识有胆，下片则着重赞扬红拂。词人据《虬髯客传》的描写，赞扬红拂劝李靖的一席话："尸居余气何足惧？问隋家、驱鱼祭獭……"表扬她虽然沦落风尘，但依然有洞察天下的眼光。"更无奈"以下二句，是词人对红拂的同情与褒扬。红拂当初未能成为人妻，别无他法，只能以风尘女子的身份"杨花自舞"，用卑微的身份私奔自荐。而对于杨素，词人也给以自己的评价。杨素姬妾成群，"岂留连，一妓凭君取"，所以对红拂的私奔，最终没有去深究，在骄宠跋扈中，杨素还可称得上"达人"，通达大度。这也是红拂与李靖成就姻缘的一个有利因素。

古诗中有咏史诗，词中咏史较为少见。这首词借对红拂的咏赞，展示了词人的史识，也可视为一篇咏史之作。其中的思想境界有两方面值得注意：一方面，承认一姓的天下并不是万世不变的。在"天人合发"一语中，可看出词人对世道人心的注重。这对于顾太清来说难能可贵，因为她是统治地位的重要成员，又处在皇室家庭地位，表现出她的超越和客观的态度。另一方面在对红拂的赞扬中，表现出词人进步的妇女观和对自主婚姻的认同。而且这一婚姻还突破了"好女不事二夫"的礼教束缚。

前调·红线①

【原文】

技也原非幻。

入危邦②、床头盗合③，身轻如燕。

甲帐风生申夜警④，悄过兰堂深院⑤。

好趁取、灯昏香断⑥。

太乙神名书粉额⑦，挂胸前、匕首龙纹粲⑧。

奇女子，字红线。

功成岂为求人见⑨，慰君忧，感知酬德，免他争战。

遁迹云山游世外，酒海花场谁恋⑩？

劳主帅、中庭夜饯⑪。

野鹤翩然随所适⑫，冷朝阳、特赋《菱歌怨》⑬。

乘雾去，碧天远。

【注释】

①红线：红线的故事出自传奇小说集《甘泽谣》中的《红线》篇。《甘泽谣》被普遍认为是唐人袁郊所撰。红线是其主人公。此后曾改编为话本小说《红线盗印》和《薛嵩重红线盗阮》，还有人将其改编为戏曲。故事大意是：唐

潞州节度使薛嵩的婢女红线身怀绝技而薛嵩丝毫不知。她在魏博节度使田承嗣打算入侵薛嵩辖地而焦虑不安时自告奋勇，到田承嗣驻地的中军帐中偷偷取出床头金盒，并在田承嗣的卫兵和使女身上留下有人来过的印记，使田承嗣大为恐慌，知薛嵩手下有高人，于是遣使谢罪，并承诺不再侵犯，红线解救了潞州之危。

②危邦：险恶的地方。这里指魏博。

③合：同"盒"。《红线》传说："合内书生身甲子与北斗神名，复有名香美珍，散覆其上。"即盒内有田承嗣的生辰八字和神像，覆盖着异香珍物之类的东西。

④甲帐：即田承嗣的军帐，实际是下面所说田的驻地庭院。

⑤兰堂：华贵的厅堂。指田承嗣的卧室。

⑥趁取：趁其熟睡的时候盗取。灯昏香断：指熟睡以后。

⑦太乙神名书粉额：红线额上写着太乙神的名字。太乙，也作太一，是道教的尊神。这是依据小说描写而来的。

⑧挂胸前、匕首龙纹粲：小说描写红线："前佩龙文匕首，额上书太乙神名。"粲，同璨（灿）。

⑨见：同"现"，显扬声名。

⑩"遁迹云山"句：意思说，红线完成这项功业以后，打算隐姓埋名，云游世外，不贪图"酒海花场"的享乐。

⑪主帅：指薛嵩。中庭：据小说，红拂大功告成后去告辞，薛嵩在大堂上为她设宴庆功饯别。这里指薛嵩设宴的大堂。

⑫野鹤：古代形容云游世外，不求功名的生活为"野鹤闲云"。适：安居。

⑬冷朝阳：人名，金陵人。他曾在唐大历年间中进士，但不等授官就远离长安，是一个不求荣达富贵的人。《菱歌怨》是冷朝阳作的一首自明心迹的诗。诗中说："采菱歌兮木兰舟，送别魂消百尺楼。还似洛妃乘雾去，碧天无际水长流。"小说中说饯别红线时，冷朝阳也是座客之一。

【赏析】

顾太清借这首词赞咏唐代传奇小说中的一位名叫红线的奇女子。是《金缕曲》所写的三位以"红"字为名的"三红"的第二首。"前调"是指与前一首用同一词牌。

此词，上片赞咏红线的特立独行的侠义行为。历来的故事，多数侧重于写红线的超群武艺，有些贴近于幻术。而太清在此批评说："技也原非幻"，突出她只身闯入敌营的无畏勇敢，虽然有"入危邦、床头盗盒"的惊险，但红线依然"身轻如燕"，体现了她来去无踪影的技艺。词中突出描述了她一身侠女的打扮，是一名"奇女子"。

下片主要赞颂红线的高尚品德。开句就说她"功成岂在求人见"的无私。她决定独闯敌营，一是为报答主人的浓浓恩情，为主人解开日夜忧愁；二是为自己的国土避免一场战乱。"士为知己者死"，是我国古代侠士一脉相承的思想。从先秦时期的专诸刺王僚、荆轲刺秦王的故事就贯穿了这种精神，这是古代一种狭隘的报恩思想。但许多著名的故事，往往贯穿着除暴安良，扶弱济困的内容，有特别的积极性。在红线的英勇行动中，贯穿着她所说的"两地保其城池，万人保其性命"的话。在唐代，经历了安史之乱后，整个社会需要休养生息。红线的行动，有其值得肯定的一面。顾太清的词，赞扬了一位鲜为人知的女子，同时也赞扬了她"免他争战"的思想，又赞颂了她"遁迹云山游世外，酒海花场谁恋"的功成身退，不求功名利禄的人生态度，同样也是值得肯定的。接下来写到红线功成后的"野鹤翩然随所适"，渗入着道家的逍遥物外的追求，也反映了词人自己的人生态度，这是词人身历坎坷以后悲观处世的反映。词末还以"乘雾去，碧天远"终结全篇，这里面渗透着词人自己的主观意识。使整首词的境界，宏远而开阔。

前调·红绡①

【原文】

赫赫威权者②。

锁金闺、名姝十院，花台月谢③。

何必绯桃延佳士④，此是君侯自惹。

又何必、乌龙守夜⑤！

一面菱花云记取，好良期、三五清辉射⑥。

花阴底，月光下。

潭潭院宇人皆怕。

越重垣⑦、金钉半敛⑧。

云鬟初卸⑨。

空倚玉箫愁不尽，蓦地人来迎迓⑩。

问何术？

仙乎神也。

磨勒奇谋人不识，莽昆仑、能使红绡嫁⑪。

百年偶，本无价。

【注释】

①红绡：红绡故事最早见于唐裴铏《传奇》一书中的《昆仑奴》篇。大意是说，唐代大历年间，有公子崔生代父至一勋戚一品家中探病。勋戚命歌舞伎红绡前去招待他。又在临别时命红绡送他出宅门。令人意想不到的是，红绡对崔生一见钟情，悄悄地爱上了他，给他暗示前来约会。崔生回家后意迷神夺。后来靠家中的一名昆仑奴磨勒凭借高超的神技把崔生送进勋戚院中，与红绡在她的住处约会，后来这位昆仑奴又把崔生和红绡先后背负出有重重把守的勋戚院外，无人知晓，促成了红绡与崔生的美满姻缘。

②赫赫威权者：指小说中的权贵勋戚。

③名姝十院：小说说"一品宅中有十院歌姬"。红绡便是其中之一。姝，

容貌秀丽的女子。榭，本指高台上建造的房屋。花台月榭，指勋戚家中的亭阁楼台。

④绯桃延壮士：《昆仑奴》载，崔生到一品府后，一品命红绡等"居前以金瓯贮含桃而擘之，沃以甘酪而进"。意思是让红绡等人用蜜渍樱桃上面浇上甘酪等物的名贵食品来招待崔生。绯：红色。延：请，招待。

⑤乌龙：一种狗的名字。传说晋朝张然养狗名乌龙。张妻与其仆私通，仆欲杀然，赖乌龙救主而伤仆。事见《搜神后记》。又据《昆仑奴》载，一品也养了一只猛犬守卫。昆仑奴先把那只狗杀死后才把崔生送到红绡的住处。"又何必、乌龙守夜"，意思是说，如果不是你一品让红绡接待崔生，红绡怎会有机会爱上崔生，出现昆仑奴与乌龙的搏斗呢？

⑥菱花：即菱花镜，古代妇女用的铜镜，背刻菱花。据《昆仑奴》载，崔生临别时，红绡对崔生暗做手势，并指着胸前小镜，说"记取"。红绡暗示自己的住所与约他前来约会的时间是明月如镜的十五日那天。词中"一面菱花镜"云云，就是指他们的约定。

⑦垣：院墙。

⑧钆：照明用的灯。一般用银制成，称银钮。金钮指铜制。半敛：半明半暗的样子，这里指等待的时间已经很久了，心里烦闷，连灯也懒得去挑了。

⑨云鬓：挽起的发型。初卸，刚刚卸妆。

⑩"空倚玉箫"二句：描绘出红绡在房中握着玉箫等待崔生的样子。迎迓：迎接。

⑪莽昆仑：据《昆仑奴》说，磨勒是昆仑人，即佛经中所说南海洲岛中的夷人。莽：原意是粗鲁，冒失，这里形容磨勒豪爽，是他帮助红绡嫁给了意中之人。

【赏析】

此词是《金缕曲》咏红拂、红线、红绡的"三红"的第三篇。

词的开篇："赫赫威权者。锁金闺、名姝十院，花台月榭。"一开始便就对被锁闭深闺的受屈辱、没有人身自由的红绡寄予了深切的同情，对依仗权势、荒淫享乐而剥夺了众多女性幸福的恶势权豪也是一种谴责和批判。红绡被救出后，词人不无讽刺地说："何必绯桃延佳士，此是君侯自取。"即使有猛犬守护也是徒劳。与这位"赫赫权威者"的愚钝相比，则是红绡的聪明机智。红绡凭着几个手势，当着主人的面与崔生预定约会的日期。"花阴底，月光下"，花前月下，私订终身，这是封建社会里那些追求自己幸福爱情理想的终点。上片在对冲破禁锢的爱情的歌颂同时，还写了磨勒这位英勇的救助者，这位侠义相助的人物，如同《西厢记》中的红娘一样，成为至关重要的一角而受到词人的赞扬。

上片着重咏红绡的智慧，预约佳期，下片则以"潭潭院宇人皆怕"为过渡，着重写红绡与崔生的秘密幽会。"潭潭院宇""重垣"，突出一品府的戒备森严，像一个堡垒一般，这样突出渲染了救助的障碍，然而红绡的执着等待，更是令人动容。"金钮半敛"，忘记挑灯，是内心烦闷的表现。直至夜深，从希望，到"云鬟初卸"的失望，正当"空倚玉箫愁不尽"的时候，突然柳暗花明，"蓦地人来迎迓"，红绡的惊喜情态跃然纸上。词人在此予以衷心的祝福："百年偶，本无价。"结拍一句，又是对红绡的自主、勇敢的婚姻选择的由衷赞美。

秋风第一枝·桂

【原文】

碧丛丛、金粟飘香①。

乍染衣裾②，风露生凉。

蟾影三更③，广寒万里④，谁酌天浆⑤？

秋将半、丹砂细量⑥。

夜深沉，仙姝澹妆⑦。

听彻清商⑧。

罗幬云屏⑨，梦也难忘。

【注释】

①粟：北方通称谷子，去皮后称为小米。这里指谷穗。

②乍：初始。衣裾：衣服的前襟。

③蟾影：指月亮。神话中说月亮上有蟾蜍，因此月宫又称为蟾宫。

④广寒：传说月亮上有广寒宫，嫦娥居住于此。

⑤天浆：仙酒。

⑥丹砂：是道家炼的丹药。细量：仔细称量。

⑦仙姝：仙女。这里指嫦娥。

⑧清商：即商调，古代划分的五音之一。这里泛指歌曲。听彻：透彻清楚地听见。

⑨罗幬云屏：丝罗的帐幔，饰有云纹的屏风。

【赏析】

这首词的主题是北方八月开放的桂花，但是全词没有写一句桂花，不过全词却因桂花而作。由于在神话传说月亮上有月桂树，而当时正值中秋将临，于是以月亮为题，描写月中的仙境，发挥了词人浪漫的想象。

词从现实中写起，"碧丛丛"以下四句，描写的是秋天的色彩、作物以及秋天的凉意，调动了视觉、嗅觉与感觉，来感知这秋光万里的迷人景象。之后转笔描写秋夜，直接写月亮蟾影。将读者一下子带入到了万里之遥的广寒宫，仿佛看到了广寒宫中正在举行盛宴，问"谁酌天浆"？

下片"秋将半、丹砂细量"，说道家炼丹药，中秋快到了而需要仔细地称量。此句读起来颇有些突然，同月宫又有什么关系呢？其实词人又联想到了嫦娥奔月的传说。《淮南子·览冥训》高诱注："姮娥（即嫦娥），羿妻。羿请不死之药于西王母，未及服之。姮娥盗食之，得仙，奔入月中，为月精。"后世道家又认为这"不死之药"是后羿炼就的丹砂，嫦娥因误吃而升天成了月亮上的仙女。嫦娥是因为吃了丹砂而飞到月亮上的。"秋将半"是中秋即将到了，使词人联想起了这个浪漫、美妙的传说，并且浮想到这时月宫中的嫦娥也已卸妆了。月宫中一派仙乐又仿佛隐隐的传到了词人的耳中。词中所描写的虽然都是有关嫦娥和月亮的事情，但是给人一种一个片段一个片段，互相没有衔接的印象，词末尾说"罗幛云屏，梦也难忘"，才知道词人原来是在记梦。这些浮想都是因桂树引起的梦。但是它的每一个复句，都代表了一组很美的镜头，也代表了词人的美好梦想。

蝶恋花·黄葵①

【原文】

小院钩帘人睡醒，曲角栏干，移过重重影。

似水天光云叶净，微凉略觉风儿劲。

不卷轻罗花态胜②，慢卷轻罗，一片斜阳冷。

浅淡衣裳妆束靓③，比肩惟许芙蓉并④。

【注释】

①黄葵：指向日葵。结实如盘，周边的花叶为黄色。

②不卷轻罗花态胜：罗，是一种轻软透薄的丝织品，这里指帘幔。胜：美

好的景象。全句的大意是不卷起帘幔，隔着帘子欣赏花态会更好看。

③浅淡衣裳：指葵花。

④比肩：比美。

【赏析】

这首词咏赞了很普通的向日葵。词人一觉醒后，透过窗子，看到了曲角栏杆那边"移过重重影"。这是因为向日葵的茎很高，这个词境来源于生活中的真实体验。深秋时节，天光云净，微微风吹来了一阵凉意。"似水天光云叶净，微凉略觉风儿劲"，写出了美好的秋境，这是词主人公的真实感觉，同时也是向日葵成熟的季节。上片这五句意态娴然，不滞不黏。

下片"不卷轻罗花态胜，慢卷轻罗，一片斜阳冷"，句中"不卷"和

"慢卷"这两个动作透露出词主人公矛盾犹豫的意态。不卷帘慢，隔着帘子赏花，会有雾里看花的感觉，有"花态胜"的朦胧美，将帘慢慢卷起来就能够清晰地见到花，但是也会透进"斜阳冷"。其实这是主人公极其爱花的表现。词末尾表达了主人公对向日葵的赞美。先是描写葵花姿色的美丽："浅淡衣裳妆束靓"，之后是与其他花比较："比肩惟许芙蓉并"，想象中，仅有出水芙蓉，即荷花，能够与向日葵相媲美，由此可见，词主人公对向日葵的极其喜爱。

极为普通的向日葵，在秋高气爽，心情也好的主人公眼里，也产生了很美好的感受。词人将向日葵比做是靓妆的少女，又说它只有出水的芙蓉可比美。花态人态相互融为一体。该词在写作上，表现出了词人对生活观察很细，描写很真切，有真情实感。词人从刚睡醒的朦胧中开始写，从葵花的"重重影"，写到"天光云叶"，再写到它的"不卷轻罗"和"慢卷轻罗"的两种意态，不黏滞，且又不脱节，刻画出了别有诗意的境界，给人以可喜灵动之感。

太常引·玉簪①

【原文】

凉生花径报新秋，粉墙下、几枝抽。

白玉琢搔头②，禁不住、西风暗飕③。

碧云院宇，碧纱窗户④，碧水更清柔。

斜日过妆楼，早又是、珠帘上钩⑤。

【注释】

①玉簪：玉制的簪子，用以簪发髻用。

②白玉琢搔头：即玉簪，又称为玉搔头。琢：雕琢。

③飕：刮。也可形容风声。

④碧纱：指绿色的窗纱。

⑤上钩：此处指用帘钩挂起帘子。

【赏析】

这首咏玉簪的词，实际上是咏秋之作。开篇描写秋天来了，"凉生花径报新秋"，首先是凉意报道了秋天来到的消息。然后是视觉，"粉墙下、几枝抽"。

凉凉的秋风还引导词人看到了秋花抽芽。再写玉簪，说"白玉琢搔头，禁不住、西风暗飕"。玉簪是用以挽发的，现在再把青丝挽上去簪住，明显感觉到飕飕的秋风吹灌脖颈，凉意逼人。此外没有过多的描写这玉簪形状如何，有多珍贵，却把它说成是多余之物，构思新颖，表现了词人不凡的艺术表现力。

下片描写院宇、窗户和水，"碧云院宇，碧纱窗户，碧水更清柔"，都是一片碧色，非常突出，新秋迷人的景象全都融化在了这一色的碧绿中。词人用欣喜惊异的文笔写出，令人神往，一直到"斜日过妆楼"，而且没感觉到时间过得如此之快。末句"早又是、珠帘上钩"，表现出一种没有欣赏够的惋惜。在整首词中，只是稍微提了一下玉簪，并没有用过多的笔墨去渲染玉簪，但它在词中却起到了穿针引线的作用，词人借此抒发新秋中的欢快心情。

浪淘沙·梦游一处

【原文】

梦游一处，曰天籁寺。壁间有词，牢记半阕，醒即笔之于简，盖《浪淘沙》也，足成一首①

楼外雨初晴，人倚云屏②。

月华如水照吹笙③。

多事夜寒添半臂④，春也无情。

残烛尚荧荧⑤，好梦初惊。

纱窗晓色已平明⑥。

天籁不知何处寺，一片虚灵⑦。

【注释】

①简：指竹简。战国至魏晋时代的书写材料，但这里代指纸张。足成一首的意思是说梦中的词只记得一半，醒来后补足了另一半，才成了一首完整的词。

②云屏：上面雕饰着云纹图案的屏风，在古代一般是皇家或富贵人家所用。

③月华：指月亮。

④多事夜寒添半臂：因为夜间风凉，半只手臂受了风寒。

⑤荧荧：形容光亮微弱。

⑥平明：天刚刚亮。

⑦天籁：大自然造化的声音，如风声、鸟声、流水声等，相对于地籁、人

籁而言。这里是指天籁寺。虚灵：虚幻空灵的美。

【赏析】

根据词的小序记述，词人梦游天籁寺，看到了寺庙墙壁上有首词，但只记住一半，醒来后补足了另一半。这是虚幻的说法，其实梦中的词，也是词人大脑活动的结果，也是她自己的创作，同样是反映了词人的某些生活体验。词的

开篇说"楼外雨初晴，人倚云屏"，楼外雨后初晴，楼上一位女子倚着绣有云纹图案的屏风正在欣赏着楼外的美景。她仿佛刚从梦境中醒来，还记得昨夜"月华如水照吹笙"的美景。睡梦中，由于夜间风凉，露出的半只手臂也受了风寒。这是一个乍暖还寒的春夜，词人梦中的境界是美的，她清楚地记得了词的这上半片。

下片描写好梦初醒时，"残烛尚荧荧"，"纱窗晓色已平明"，此时天已快亮了。词人不免追忆着这个梦，特别是梦中读到的那首绝美的词。词竟是出自女子的口吻，它为什么留在了寺院的墙壁上。"天籁不知何处寺"，更不知道这个天籁寺在哪，是一所怎样的寺庙？歇拍"一片虚灵"，只留下了这虚幻美好的记忆。如同庄周梦蝶，不知是人梦蝶，还是蝶梦人。正如李商隐诗所描写的："此情可待成追忆，只是当时已惘然。"

这首词记述了一个梦，梦境很美，但最终还是幻灭了，这也是人生无奈的反映。其中所寓的人生哲理，令人玩味。

木兰花慢·瓶花论

【原文】

瓶花论，效刘克庄体①

瓶花千百样，要好是，在人为。

或冷淡相兼，疏疏密密，转侧相宜。

或苍秀艳丽，似洞天②，幽谷态离奇③。

或是粗枝大叶，恍然羽葆云旗④。

铜觚瓦甒古军持⑤，风月好良期。

绝妙处微微，半窗月影，荡荡风丝。

不同丁香结子，也不同、红豆寄相思⑥。

那怕游蜂戏蝶，任他青女封姨⑦。

【注释】

①瓶花：瓶中养花。此处说的是插花艺术，故说"瓶花论"。刘克庄（1187年~1269年）南宋人，字潜夫，号后村，谥文定。官至龙图阁直学士，擅长作诗词，其词更为著名。著有《后村集》。考查《后村集》"木兰花慢"无此韵。

②洞天：仙界。

③幽谷：幽深的山谷，指人迹罕至的地方。

④羽葆：帝王仪仗中以鸟羽联缀为饰的华盖。云旗：饰有云纹的旗帜。都是古时地位显赫者的仪仗队伍中举着的东西。

⑤觚：古代酒器，青铜制，盛行于商代和西周初期，喇叭形口，细腰，高圈足。甍：一种盛水或酒等的陶器。古军持：古代行军必备。军持，源于梵语，即澡罐或净瓶，僧人游方时所携带，贮水以备饮用及净手。后来亦指形略扁，双耳可穿绳，能挂在身上的陶瓷水瓶。根据清人陶炜《课业余谈·器》载："军持，净瓶也。"在这里觚、甍、军持都指插花的瓶。

⑥红豆：相思豆。

⑦青女：传说中掌管霜雪的女神。封姨：古时神话传说中的风神。

【赏析】

这首"瓶花论"词，以其独特的艺术鉴赏来赞咏插花艺术。上片描写了词人对插花艺术的见解。词的开篇"瓶花千百样，要好是，在人为"。词人首先认为插花姿态万千，要达到绝美的表现，在于个人的审美鉴赏。词人认为插花是一门审美艺术。紧接着她列举了有代表性的几种艺术表现：一种是"冷淡相兼，疏疏密密，转侧相宜"的和谐之美。一种是"苍秀艳丽，似洞天，幽谷态离奇"的奇艳之美。还有一种就是"粗枝大叶，恍然羽葆云旗"的豪壮之美。

　　下片重点是比较插花艺术与自然风光的特点与好处。以"铜觚瓦瓿古军持"做过片，这里觚、瓿、军持都指插花的瓶，形容花瓶式样繁多，且很精美，再配上"风月好良期"，艺术的鉴赏，至此是完整的了。词人说它的"绝妙处"在"微微"，是园林艺术的微缩景观，是种凝聚的美。它在"半窗月影"的室内，也能呈现其"荡荡风丝"的秀美姿态。"不同于丁香结子"，它的审美价值与世俗的多子多福的愿望不同，并且"也不同、红豆寄相思"的传递爱情信息。插花是一门室内装饰艺术，供室内观赏，与自然风光相比有很多的好处，它不怕"游蜂戏蝶"的侵害，也不惧"青女封姨"的摧残。

顾太清以诗词来表达插花的理论，并运用形象表现的方法。她列举了插花的几种有代表性的艺术表现，也可以作为不同的艺术境界，给人以不同的审美欣赏，且理在其中。宋词富有理趣，与唐诗的风采和个性不同，这点曾受到了讥刺，甚至被批评为"以书为诗"。但是也不能一概否定在词中发表议论。作为一种特殊的词体，就像古人常写的论诗论文一样，这也是一种艺术的探索。

步蟾宫·至日①

【原文】

黄钟律吕吹葭管②，渐风日、阳和向暖③。

诗书相对坐晴窗，看野马、纷纷过眼④

五纹谁计丝长短，且图个、昼长一线⑤。

自知不共世人妆，何必问、画眉深浅⑥。

【注释】

①至日：指冬至。此处是指十一月十五日。

②黄钟：黄钟宫。古代将音乐分为十二律，黄钟宫是乐律十二律中的第一律，是最响亮的一律。律吕：即十二乐律。此处是指古代为了预测节气，将葭莩灰放在律管内，到某一节气，相应律管内的灰就会自行飞出。黄钟宫和冬至

相应，时在十一月。葭管：乐器，即笛，因由西域传入，故又称为胡笛，一种吹奏乐。此处是指装有葭莩灰的玉管。全句的意思是说填在律管中的葭莩灰从黄钟管中飞出以应节候，说明冬至来了。

③阳和：晴朗天气。

④看野马、纷纷过眼：野马，这里是指田野间蒸腾游动的雾气。出自《庄子·逍遥游》："野马也，尘埃也，生物之以息相吹也。"

⑤五纹：指五种彩纹。以刺绣比时间，说只要刺绣的彩纹好看，不用计较用丝线的长短。人们只希望昼日长些，就像刺绣的用线，延续不断。

⑥何必问、画眉深浅：意思是说，年岁大了，自知化妆不合适了，何必要问眉画得深浅合不合时髦呢。出自唐代朱庆余《闺意》诗："洞房昨夜停红烛，待晓堂前拜舅姑。妆罢低声问夫婿，画眉深浅入时无？"

【赏析】

时光荏苒，冬至届临，词人抒发了一番感叹。词的开篇描写"黄钟律吕吹葭管"，黄钟管中的葭莩灰已飞出，说明冬至已到来了。这一日天气很暖和，词人面对着诗书坐在窗前，陷入沉思："看野马、纷纷过眼"，不由得感叹时间过得好快啊！时间仿佛是这过眼云烟一样。这是词人现实的感受。

下片描写词人的内心之情，以"五纹谁计丝长短"为过渡。意思是说时间既然这样容易流逝，人生就该好好把握住美好的时光，同刺绣一样，只要绣出的彩纹美丽，就不应去计较耗用了多长的丝线，"且图个、昼长一线"，如冬至昼日最长一样，生命的活力就表现于白日，这样才能绣出人生最美丽的画面。词人认为，人生不该去做无谓的追求，虽然自己年岁已大，"自知不共世人妆"，"画眉不必问深浅"，但也应把握属于自己的美好时光，绣出自己生命的美丽图画。

这首词是冬至节诸多诗词中颇为动人的一篇，词人真切地抒发了内心的感叹，但最后仍然表示要乐观地珍视、把握生命，对待未来，奏出生命美妙的音符。词中用了一些语义双关的词语，如"野马"，表示雾气，同时又表示时间。"黄钟律吕"，是最响亮的音律，又兼寓时间的概念。同一个词语，负载了多重的文化信息。又如"五纹谁计丝长短"，以刺绣做比喻，导出"且图个、昼长一线"，不辜负人生，表现了词人的乐观、奋发有为的积极人生观。

惜分钗·看童子抖空中①

【原文】

春将至，晴天气，消闲坐看儿童戏。

借天风，鼓其中，结彩为绳，截竹为筒②。

空！空！

人间事，观愚智，大都制器存深意。

理无穷，事无终。实则能鸣，虚则能容。

冲！冲！

【注释】

①空中：即空竹，一种民间游乐物品，以竹木为材料制成，中空，因而得名，俗称响葫芦，一头圆形扁平中空，一头按柄，可以牵引旋转发出鸣声，叫"抖空竹"。"抖空竹"是中国传统杂技，在古时候年轻女子玩空竹被视为高雅之举。

②"借天风"以下：具体描写抖空竹的情形。"鼓其风"，写抖动空竹时，风穿入高速旋转的空竹能发出呜呜的声音。空竹是用竹木制成的，所以称为"截竹为筒"。

【词评】

太清之倚声，有《东海渔歌》四卷，巧思慧想，出人意外。（如）《惜分钗·咏空冲》云……

——沈善宝《名媛词话》

【赏析】

词人通过观看儿童抖空竹游戏，进而抒发了一番人生处世的哲理。词开篇就交代了抖空竹的时间场景。"春将至，晴天气，消闲坐看儿童戏"，春天来临，天气晴好，人们开始到户外活动了，一些儿童正在抖空竹，词人悠闲的观赏着这一幕，这是一种令人高兴的事。接下来具体描写抖空竹的情形。"借天风，鼓其中，结彩为绳，截竹为筒"。说抖动空竹时，借助风力穿入高速旋转的空竹，就能发出呜呜的响声。空竹是"截竹为筒"做的，能发出响声是因为里面是"空"的。

下片词人大发议论，从空竹能发出响声因而产生人生处世的哲理联想。她说制造任何器物，制器的设计大多都蕴藏着某种深意，这虽然有点牵强附会，但词人由此抒发的人生处世的哲理也能令人深思。她认为"风"（实际是空气）穿入到旋转的空竹中，就能发出响声，这是因为空竹里面是空的，故能容纳"风"进入。词人这里阐述的，是谚语"谦受益，满招损"的哲理。事物的道理大致都如此。"理无穷，事无终"。结句"冲！冲"，我们看到了空竹借助抖动者的动作技巧，被抛向了高远的空中，这里又蕴含着另一种含义，即人若具备同样的修养，终有一天也将会飞黄腾达，前途无限。

顾太清此词受到了宋人词中阐理的影响，联想奇妙且富于理趣，在词中别具一格。

鹧鸪天·元日咏荠菜

【原文】

元日咏荠菜，用去年荠菜韵①

鲜荠登盘乍吐花②，嫩苗争长傲春奢③。

已知草色迎年绿④，略有新黄发柳芽。

山之罅⑤，水之涯⑥。

风丝日影暖相加，岁朝图上应添写⑦，小白微青最可夸。

【注释】

①元日：指正月初一。用去年荠菜韵：是指去年丙申年词人曾经填有同一词牌同韵的咏荠菜的词，但这个词在今本的《东海渔歌》里没有收录。在奕绘《南谷樵唱》卷三《鹧鸪天·荠菜》一首后附有顾太清和作的一首《鹧鸪天·荠菜》，正是《东海渔歌》中所缺的那首。奕绘的词作于丙申年，所以顾太清和作的词也应是丙申年。

②登盘：指荠菜已做成菜肴，放在盘中。

③奢：形容草木脆嫩繁多的春天。

④迎年绿：去年岁末时草色已经泛绿，好似是为了迎接新年的到来。

⑤罅：隙缝、裂缝。

⑥涯：指水边的土地。

⑦岁朝图：庆贺新年的年画。

【赏析】

这是一首咏荠菜的词，从序中可知，词人于去年写了一首同词牌的咏荠菜的词，今年于正月初一又作一首，也表明词人很喜欢荠菜。词从"鲜荠登盘"发表感想，虽然奇特，但也合乎逻辑。入口后才能知道味美，于是才有咏赞。荠菜味美鲜嫩，是一种野菜。据《诗经·邶风·谷风》记载："谁谓荼苦，其甘如荠。"我国早有采食的习惯，先民们已说它的味道甘美。词人描写荠菜此时"乍吐花"，形容荠菜非常的鲜嫩、味美。"嫩苗争长傲春奢"，说荠菜开在百花竞相绽放的春天，它虽只是一种野草，竟然也能与群芳"傲"然争美。"已知草色迎年绿，略有新黄发柳芽"，荠菜在早春时节就已泛绿发新芽了，好像是为了迎接新年的到来。

下片赞扬了荠菜的顽强。说它生长在"山之罅，水之涯"，荠菜不择地而生，可生长在山缝中，也可生长在水边湿地，可以适应各种环境，具有顽强的生命力。词人的赞咏中，也蕴藏着对于某种精神品格的赞美。另外词人还认为，荠菜不仅使人们享受到了丰盛的美味，它还具有顽强的精神品格，在迎接新年的时候，在"岁朝图"中应有它的一席位置。岁朝图是我国民俗为了庆贺春节，预示吉祥美好的年画，有动物，有植物，动物如象征"吉庆有余"的鱼之类，植物如象征"长寿"的松柏，所以词人希望年画中也有荠菜，用这种方式赞美它。结句又说"小白微青最可夸"，描写了荠菜嫩美的姿容。实际上，自然界中的事物，受到人们的喜爱、夸赞，从而产生美感，根本原因在于它给人们的生活带来了物质或精神上的享受。从中我们可以领会到这种野蔬为什么会受到咏赞的原因。

浪淘沙·正月廿七闻雁忆云姜①

【原文】

别后计行邮②，将到扬州。

相思一日似三秋③。

恼煞雁行天上字，字字离愁。

回首忆春游，花底勾留。

奈何岁月太悠悠④，数至海棠开日近，不见归舟。

【注释】

①闻雁：听到了天空雁归的鸣叫声。我国古代有鸿雁传书的传说，所以当词人听到了雁归的鸣叫便回忆起了朋友云姜。

②计行邮：计算来往的日期。

③三秋：一秋为一年，三秋即三年。

④悠悠：长久、遥远。

【赏析】

词上片描写对友人许云姜的相思，以雁点题。开篇便说词人对好友云姜的想念："别后计行邮，将到扬州"，别离后词人仔细推算好友的行程，认为此时好友应该抵达扬州了。紧接着又加上一句："相思一日似三秋"，一日不见，如隔三秋，可见对好友的思念是多么的深切。但为何要在今天特别写一首词来表达这一思念呢？以雁点题，因为她听到了天空雁归的鸣叫声，我国古代有鸿雁传书的传说，故鸿雁被认为是传书的使者，它从南方归来，应该捎有好友的消息，但落空了，所以词人"恼煞""愁"。

下片回忆与好友昔日的友谊，特别是携手春游，"花底勾留"，她们常在一起春游、赏花，这些日子，词人留下了深刻的印象。许云姜走后，上片说"相思一日似三秋"，这里又说"奈何岁月太悠悠"。"悠悠"，指时间的长久、遥远。词人反复地感叹时日的漫长，更显出郁积在胸中的无可奈何的深情。许云姜是扶其婆母谢太夫人的灵柩固扬州的，计划是要返回来的。没有得到友人抵达扬州的消息，反而又计算起她的归期。但词的结尾又说："数至海棠开日近，不见归舟。"恐怕又是不见归来的踪影，怀念之情就更深了一层。

【词人逸事】

在道光十七年（1837）的正月初七，顾太清饯别好友许云姜。许云姜是为扶其婆母谢太夫人灵柩回扬州，顾太清当时还做了首词《满江红·人日观音院饯云姜南归》，当时曾多次叮嘱"报平安两字书频寄"，要多多来信报告平安的消息，可是已经二十天了，尽管南北路途很遥远，但词人推算好友已到达扬州，该有音讯了，但词人并没有收到许云姜的来信，她因十分思念好友，作了这首词。

金缕曲·自题《听雪小照》①

【原文】

兀对残灯读②。

听窗前、萧萧一片，寒声敲竹。

坐到夜深风更紧，壁暗灯花如菽③。

觉翠袖、衣单生粟④。

自起钩帘看夜色，压梅梢万点临流玉⑤。

飞雪急，鸣高屋⑥。

乱云暗暗迷空谷。

拥苍茫、冰花冷蕊，不分林麓⑦。

多少诗情频在耳，花气薰人芬馥⑧。

特写入、生绡横幅。

岂为平生偏爱雪，为人间留取真眉目。

栏干曲，立幽独⑨。

【注释】

①顾太清自绘《听雪小照》，1983年，根据启功先生《顾太清集序》称："纪鹏宗叔曾以夫人听雪小照摄影见赐。夫人头绾真发，两把头髻，衣上罩长背心，俱道咸便装旧式，惜其图后题跋无存。今经浩劫（按指十年浩劫），并前图亦无从再觅矣。"由此可知此图在"文革"前还存于世，现在下落不明。仅存有摄影一幅，载于《词学季刊》第二卷第四号。画家潘絜兹根据《词学季刊》又重新绘制了一幅，李一氓同志于生前曾珍藏。张璋同志又据此新绘摄成

彩照，载于他所编的《顾太清奕绘诗词合集》卷首，刊出时为黑白版。

②兀对：古代诗词戏曲中常用指示词。"兀对残灯读"，是对着那残灯读书的意思。

③菽：豆类的总称。此处是指灯光如豆的意思。

④生粟：俗称起鸡皮疙瘩。

⑤万点临流玉：指压在梅树上还没有融化的晶莹的雪团。临流玉：形容雪的晶莹。

⑥鸣高屋：风刮过高屋形成的呼啸声。

⑦林麓：树林和山麓。麓：山脚下。

⑧芬馥：芬芳。馥：香气。

⑨立幽独：站立一个孤独冷清的人。

【赏析】

"听雪小照"是顾太清的自画像，随后她又填了这首词。这幅画像现在下落不明，只能从20世纪30年代的《词学季刊》上看到它的摄制品，以及根据这个摄制品由画家潘絜兹先生的重绘画作，因而可以一睹这位近二百年前的女词人的风采。词的意想与内容，可以说是完全根据"听雪小照"的画面而来。上片细节纷呈地交代了像主所立身的周绕环境，"兀对残灯读。听窗前、萧萧一片，寒声敲竹"。闺房的桌子上摆着书，词人正面对残灯夜读，被窗外一阵阵萧萧的风声惊动。她放下书，站在窗前仔细聆听，原来是凄冷的寒风吹动竹叶而发出来的声音。寒而有声，打通了听觉与感觉，这是诗词当中常见的"通感"，使我们感到寒冷的冬天就连声音也都带着一丝寒意。画面就是这一瞬间的写照。听雪的悠然意境也在这寥寥数语中表现了出来。"坐到夜深风更紧，壁暗灯花如菽。觉翠袖、衣单生粟"，是进一步的点染。描写像主穿着单衣，被寒风吹的起了很多鸡皮疙瘩，她的右后方有一盏灯光如豆的小油灯，夜已深因而灯火渐暗，这是实景，风紧身寒是感觉，使画境充满了空间感，进一步地表现了像主的凝神专注。"自起钩帘看夜色"，钩起帘幕眺望夜色，欣赏着窗外"压梅梢万点临流玉"，还谛听着"飞雪急，鸣高屋"。至此，画题中的"雪"才出来，晶莹的雪团压在梅梢上，又被寒风刮起飘荡在空中，发出响声。"听雪"的意境也随之全出。

由雪景充满的视觉听觉开始，勾起她下片一连串寒夜苍茫的想象。像主，也就是词人站在窗前，欣赏着窗外"压梅万点临流玉"的景象，由此词人的联想驰入了更宽广的大自然境界，想到雪必然是"乱云暗暗迷空谷"的一片苍茫景象。但这在夜色中是看不到的，是词人"诗情"的想象。"多少诗情频在耳"，是无声的听。像主独自一人倚着栏杆，画像中，像主的"听雪"，包含了丰富的意识流活动。"听雪"是画中人物的意态，而由此词来阐发这一意态所包含的精神意绪。因此，这一幅由"生绡横幅"自绘的"听雪小照"，不仅画出了像主的"真眉目"，而且表现了词人的高雅情操和非凡气质。顾太清的题咏，既是对这幅画的阐释，也是她的咏怀之作。词人纤腻敏感，长于空灵中的倾听，细听窗前寒雪敲竹，整首词充满着诗情画意，是典型的才女闺阁画像的实例。

杏花天·同游南谷

【原文】

同游南谷，云林妹先返，怅然赋此①

倚楼目送人归去②，望不尽、杏花深外。

香车转过山前路③，苦被垂杨遮住。

方七日、唱予和汝。

匆匆返，去而不顾④。

虽云小别愁难诉，彼此相思情互。

【注释】

①南谷：也写作"南峪"，是奕绘在北京西山的别墅。冒广生在顾太清《游南峪天台寺二诗》后附注说："南谷在永定河之西，大房山之东，后为太清葬处。"（风雨楼刊本《天游阁集》诗后注。）可知南谷在北京郊区永定河和大房山之间，是顾太清和丈夫奕绘的合葬之地。

②倚楼：南谷别墅有清风阁、霏云馆，都是依山而建，可登楼远眺。

③香车：妇女的座车。

④去：离开。

【词评】

情深乃尔，是亦独觭。

——况周颐西泠印社本《东海渔歌》

【赏析】

词的开篇："倚楼目送人归去，望不尽、杏花深处。"首先交代了友人许云林游南谷后先返的事情，表现了词人依依不舍的惜别之情，直至"香车转过山前路，苦被垂杨遮住"，古人常用这种目随物尽表示送别的方法，这也是生活真实的体验。如刘禹锡在《再授连州至衡阳，酬柳柳州赠别》诗中送柳宗元说："归目并随回雁尽。"大雁是有情物，目随大雁而尽，此处顾太清则说目被垂杨遮住了，借物寓情，表达了深深的送别之情。杨柳代表了送别之情。如刘禹锡的《杨柳枝词》："惟有垂杨管别离。"杨柳依依，它的形态就好似有情之物。词中除了描写不舍的送别之情外，还赞美了南谷的一片秀美风光。南谷有望不尽的杏花林，崇山峻岭和缘山而延伸的小路等等。

下片描写回思，显得更加缠绵。"方七日"，描写欢快同聚的日子，"方"，表示仅有的含义，言外之意嫌愉快相聚的日子太短暂。"唱予和汝"，描写词人曾同友人云林共同赋诗吟唱，十分的欢乐，但友人突然"匆匆返、去而不顾"，友人匆忙地离开了，留下了一片怅惘。"虽云小别"是一跌宕，但"愁难诉"，牵人更深切不尽的情思。结句"彼此相思情互"才稍做宽解。这首词是词人怀念友人的真情的表露。

更漏子·忆云林（其一）

【原文】

雨<u>丝丝</u>，风细细，尽是消魂滋味。

风细细，雨<u>丝丝</u>，相思十二时[1]。

我忆君，君忆我，两意一无不可[2]。

君忆我，我忆君，愁肠似转轮[3]。

【注释】

①十二时：古代计时单位。古代以地支计时：子、丑、寅、卯、辰、巳、午、未、申、酉、戌、亥，共十二时辰，每一时辰相当于两小时，即二十四小时。

②一无不可：缺一不可。

③转轮：形容相思如车轮转动不绝。

【赏析】

这是首思念好友许云林的词。此词用了《更漏子》词牌，《更漏子》始于唐代温庭筠的词："柳丝长，春雨细，花外漏声迢递。"此词牌宜于表达离别相思的声情。顾太清在词中运用了雨丝风细的词语，且前后反复回环，相互搭配，物与情相互交融，物即情，情即物，描写缠绵不断的相思之情，"相思十二时"，日夜相思，此情可"消魂"，通俗流畅，情致缠绵。借风雨表情，运用了比兴的手法，婉转含蓄。

下片则直接引出"我忆君，君忆我"，且前后回环反复，的确是"愁肠似转轮"，相思好似车轮转动不绝，写出了词主人公对闺友云林的深切想念。

更漏子·忆云林（其二）

【原文】

柳烟柔，花影细，谁解个中滋味①。

乱愁绪，万千丝，春光能几时？

奈何君，惆怅我，有甚云为不可。

惆怅我，奈何君，流年快似轮②。

【注释】

①个中：其中。

②流年：指如水般流逝的光阴、年华。

【赏析】

这也是首思念好友许云林的词。词开篇是写景"柳烟柔，花影细"，从而构成一种词的境界。王国维在《人间词话》中说词的境界分为"有有我之境，有无我之境"。"有我之境，以我观物，故物皆著我之色彩"。此处词主人公看见"柳烟"而"柔","花影"成"细",是词主人公观物赋予的主观色彩,寓情于景,这是词中常用的手法。在我国古代文学中,经常运用这种借景抒情的手法。如汤显祖的《牡丹亭》:"袅晴丝,吹来闲庭院,漾春如线。"下面"乱愁绪,万千丝",虽然说的是内心的愁绪,但与前面的景相互催发,愈来愈深而

不可解。故有"谁解个中滋味"和"春光能几时"的连续两个疑问和感叹。人生时常会有各种不解的愁悲,在古代文学中,经常会见到这样的提问,如《红楼梦》:"都云作者痴,谁解其中味?"愁苦的滋味到底谁能解?词中作者也不免发出了同样的疑问和悲叹。

下片,"奈何君",犹如口语中的"把你怎么办呢",是嗔,是爱,是怀念却无法相见的缘故。大概是因为好友许云林有事缠身,所以词人则说:"有甚云为不可。"由于愉快团聚,机不可失,最后一句"流年快似轮",是词人的人生态度。但这并非是悲观和消极的人生态度,因为即使是一代雄杰如曹操者也唱出过"对酒当歌,人生几何"的慷慨之歌。

词与诗不同，词贵在自然，语言通俗易懂，反复回环，符合词可以用来歌唱的特点。顾太清的这首词便保留了词的这些特点，语言自然含蓄而又富有生活情趣，营造出了一个充满相思离愁的意境，将词人心中蕴藏的深深相思之情表现得婉曲细腻，感人肺腑。

乳燕飞·挽许金桥呈珊枝嫂①

【原文】

日暮忽闻讣②。

蓦传来③、金桥厌世④，痛心惊仆。

三日云何成长往⑤，莫是庸医耽误。

廿八岁、摧残玉树⑥。

母老家贫情特惨，况安人年少娇儿孺⑦。

伤心事，竟难诉。

箪瓢陋巷安其素⑧。

最难忘，音容笑貌，翩然风度。

断简残篇零落散，渺渺钱塘归路⑨。

何日葬、半山坟墓⑩。

哭不成声心已醉⑪，挽斯人未尽斯人苦⑫。

权当作，招魂赋⑬。

（自注：许氏先茔在杭州半山）

【注释】

①许金桥：名谨身，顾太清义兄许滇生的儿子，钱塘（今杭州）人。珊枝：姓石，是许金桥的妻子，吴县（今苏州）人。顾太清的诗友。

②讣：讣告，报告死讯的通知。

③蓦：突然，刹那。

④厌世：弃世，去世之意，死的婉辞。

⑤三日：三天，这里指病程。

⑥玉树：仙树，此处指代许金桥。

⑦安人：封建社会给具有相当功名身份的人的妻子封赠的名号，后来成为了对他人之妻的尊称。这里指珊枝。娇儿孺：指许金桥、石珊枝所育的孩子，珊枝此时正怀着身孕。

⑧箪瓢陋巷安其素：箪，指盛饭用的竹器。瓢：舀水工具，多用对半剖开的葫芦制成的。陋巷：偏僻、狭窄破败的小巷。这里用来赞扬许金桥的简朴生活。出自《论语·雍也》，孔子曾赞扬他的弟子颜渊（名回）有安贫乐道的精神，说："一箪食，一瓢饮，在陋巷，人不堪其忧，回也不改其乐。"

⑨断简残篇：指许金桥留下的未完成和未经整理的文章。简，竹简，书写用。因为许金桥是钱塘人，所以认为他的遗体和"灵魂"都要回到原籍的。

⑩半山：杭州的地名，指坟墓的位置。

⑪醉：疑是"碎"字的误写。

⑫挽斯人未尽斯人苦：斯人，指许金桥。未尽：词人哀痛之情一时说不完。

㉛招魂赋：人死之后为了招其灵魂归来所写的文章。楚辞中有屈原的《招魂》一篇。此处意为用这首词权当是为许金桥作的招魂赋。

【赏析】

这是一篇以词的形式，为石珊枝的丈夫许金桥之死写的挽文。顾太清与许氏是通家之好，两家交情特别深厚，珊枝是顾太清义兄许滇生的子媳，太清应长于珊枝一辈，但她们同时又是诗友，用晚一辈的称呼"嫂"也符合习俗。

词开篇描写突然收到许金桥逝世的噩耗，"日暮忽闻讣"，当时天色已晚，"蓦传来"，说明得到消息时的意外惊愕。许金桥之死，必定是一急症，词人先是惊愕讣闻来得如此突然。之后又是一阵惊愕，"三日云何成长往"，短短几天就这样"走"了，"莫是庸医耽误"，词人甚至怀疑是庸医耽误了病情。词人深替死者感到惋惜，"廿八岁、摧残玉树"，金桥仅二十八岁就离开了人世，词人"痛心惊怵"。紧接着写金桥死后，家里一片悲惨，用了层层增重的写法。"母老"，是一重，"家贫"又增了一重，"安人年少"，指金桥的妻子珊枝还很年轻，再增一重，最后又增"娇儿孺"，指珊枝还怀着身孕，因而"情特惨"就具体可感了。词人以感同身受的心理，悼慰珊枝，字里行间表达了对珊枝遭遇的同情。

下片由表彰金桥的道德情操到慰其亡灵。前面说他"家贫"，此处又进一步说他"箪瓢陋巷安其素"，用了孔子赞美其弟子颜渊的话来赞美许金桥。这一句赞扬，表明金桥的精神也是很可贵的。接着词人又回忆起了金桥的令人难忘的"音容笑貌"，接着又说他遗留下了"断简残篇"的文章诗词，一是可敬，再则是词人对文稿"零落散"的惋惜。最后表达了词人对死者的沉痛哀悼，"哭不成声心已醉，挽斯人未尽斯人苦"，将词人心中的哀伤之情表现得淋漓尽致，感人肺腑。

词人借词表示自己的挽念，愁肠婉转。因词人与死者生前友谊深厚，且与死者的妻子珊枝又有闺友之情，故词作真切感人，不同于一般的应酬之作。

江城子·题孙子勤《西溪纪游图》①

【原文】

西溪溪水拍长天②，放游船，足留连③。

一片芦梢飞雪满前滩④。

仙侣同舟归去晚，夕阳下，起寒烟。

乘流欲上白云间，小桥边，浪花圆。

只有忘机鸥鹭对人间⑤。

回首茅庵红叶里，僧送客，倚栏干。

【注释】

①孙子勤：生平不详。西溪：在诗画中常作泛指。此处不详是否有所特指。

②拍：击打。苏轼《念奴娇》："乱石穿空，惊涛拍岸。"

③留连：同流连，留恋停步，舍不得离开。

④滩：水边泥沙积成的平地。

⑤忘机：指无所思虑。忘机鸥鹭对人间：鸥鹭生活在大自然中，自由自在，对人类毫无戒心。

【词评】

不烦色泽，渐近深稳。

——况周颐西泠印社本《东海渔歌》

【赏析】

此词是山水画《西溪纪游图》的题作。秀美的画面随着赏画者，也就是词人欣赏视角的转移而逐层展现，从平面到空间，从图画到想象，完美地融为了一体。画面的意境十分开阔，映入眼帘的首先是一泓清澈的溪水，即"西溪"，由溪水切入到画面，描写"西溪溪水拍长天"，溪水在画面中占有主体的位置，溪水愈远而愈朦胧、宽广，直至水天相接。词中用"拍"来形容其波涛澎湃，以"长"来比喻溪水的蜿蜒无尽。在溪水中漂有一叶小舟，"放游船，足留连"，有人正在溪水中纵情游玩，点出了画题中提到的"游"。"一片芦梢飞雪满前滩"，溪水中的那叶扁舟向前荡行着，舟的前方是茫茫一片的水滩，滩头的上空飘舞着胜雪的芦花。舟中的游者放情纵游于这水天相接的辽阔溪水中流连忘返，好似仙侣一样陶醉，直到"夕阳下，起寒烟"，才归去。

下片过拍"乘流欲上白云间"，描写小舟并未返航，却继续向前方驶去，前方是水连天，天连水的白云间。这显然只是词人自己在欣赏画时所产生的想象，由于画中的境界实在是太美了，深深地感动了赏画者，即词人。实际上绘画中的纪游，并不一定完全是实景，也可以驰骋想象，表达写意，词也可融入想象，挖掘美的深境。请看："小桥边，浪花圆。"一派水乡的秀美景色。"只有忘机鸥鹭对人间"，这里连鸥鹭也都无所思虑、自由自在，忘却了一切玄机，因为这里没有人会伤害它们。当人们进入这一境界时也会同忘机的鸥鹭一样，忘却了尘世的愁苦和烦恼。但归舟最终还是返航了，"回首茅庵红叶里，僧送客，倚栏干"。画面中有一茅庵，词人浮想，当那叶扁舟归去时，茅庵前一定会有僧人出来送客，待客人乘舟已远去时，他仍然倚着栏杆目送远去的小舟，而小舟中的游人，也必定会"回首"再望这一片红叶中的茅庵，同送客的僧人，依依不舍的分别。

全词造句自然，语不雕琢，将西溪的美景以及游者的陶然怡悦生动的表现了出来。

贺新凉·夏日余季瑛招饮绿静山房作①

【原文】

小宴神仙宅②。

坐苍茫、回廊曲折，高槐如幄③。

海上荔支枝头杏④，玉斗香斟云液⑤。

爱雪藕、冰盘清洁⑥。

卜筑山房成大隐⑦，羡主人潇洒能留客。

尽一日，花间酌⑧。

地偏心远无尘迹⑨。

倒清樽⑩、群贤咸集，骋怀游目⑪。

西下夕阳云乍起，一霎雷电交作。

风过处、新凉如沐。

雨后沿阶芳草色，映冰绡雾縠衣裳碧⑫。

归未晚，不须烛。

【注释】

①余季瑛：是顾太清的诗友。名庭璧，季瑛是她的字，钱塘（今杭州）人。根据冒广生的注释"为许青士夫人"可知她是许青士的夫人。绿静山房：是许宅书斋的名字。

②神仙宅：指许宅。形容许宅不俗，好似神仙住的地方。

③高槐如幄：形容槐树高大，它的树冠像一顶账幔。幄：帐幕。

④海上：此处指闽广沿海。荔支：即荔枝。

⑤玉斗：指酒器。云液：酒。

⑥冰盘：指洁白如冰、典雅的果盘。

⑦卜筑：我国古代具有迷信色彩的建筑术语，即在建屋前要占卜风水，选择幽静舒适之地建屋。

⑧花间酌：在百花丛中饮酒。

⑨地偏心远：出自陶渊明《饮酒》诗其中之一："结庐在人境，而无车马喧。问君何能尔，心远地自偏。"大意是说，只要心地高远，即使是住在闹市中，心境也会很宁静，不会听到闹市的喧哗。

⑩樽：古代盛酒的器具。

⑪群贤咸集，骋怀游目：咸：都。骋怀：放开心怀。出自王羲之《兰亭序》："群贤毕至，少长咸集……纵目骋怀，洵可乐也。"

⑫冰绡：绡是生丝织成的薄纱，适合在夏天穿，感觉冰爽，所以称为冰绡。雾縠：縠是薄薄的绉纱，因为很薄，所以用雾来形容。

【词评】

不必以矜炼胜，饶有清气，扑人眉宇。

——况周颐西泠印社本《东海渔歌》

【赏析】

这首词记叙了顾太清的诗友余季瑛邀约她到许宅中做客的事情。词开篇就咏赞许宅"小宴神仙宅"，好似神仙住的地方。当词人走进宅院，对比宅院内外，令人感到惊喜。这个宅院，像似坐落在苍茫的世外。宅院里有"回廊曲折，高槐如幄"。曲折的回廊，高大如幄的槐树，在这繁华喧闹的京城，这里就如同神仙般一样的境界。主人招待好友的果品同样也不一般："海上荔支枝头杏"，"爱雪藕、冰盘清洁"。果品有闽广出产的荔枝，从枝头刚摘下的杏子和那洁白雅致的果盘中盛着的雪藕，"玉斗香斟云液"，还有醇香的美酒等。词人通过此

慢词尽情地做了详细的介绍，也表现出了自己的喜悦和兴奋。一阵欣赏和宴饮后，词人好像有些陶醉了。认为居然能在这繁华喧闹的城市中"卜筑山房成大隐"，这是奇迹。大隐是指深深隐居的人。要想做到大隐，就只有在僻静的深山中才能做到，但主人竟能在喧闹的京城里建立了这处像大隐者隐居的地方，自己被主人邀请到这里观赏、宴饮，令人美慕。词人欢喜地在这宅院中尽一日之欢。此词写法上，观赏与宴饮，写景与咏赞相互错落。

下片感叹这个地方"地偏心远无尘迹"，是说只要心地高远，即使是住在闹市中，心境也会很宁静，不会听到闹市的喧哗。接下来继续描写宴饮的热烈

场面。"群贤咸集，骋怀游目"的畅饮，此句紧扣词小序中所说的"招饮"。紧接着又转笔描写在宴饮过程中遇到了突然袭来的风雨雷电。"西下夕阳云乍起，一霎雷电交作"，令人惊心动魄。当然，这在夏天是很正常的景象。但词人描写这风雨的目的是要衬托出此处有着与宅外闹市不同的特殊景观。说雨过天晴后，这里霎时"雨后沿阶芳草色，映冰绡雾縠衣裳碧"，院中芳草更加翠绿了，庭院似乎具有了田园风光的景色，突出这里的世外桃源之感。最后，下片又写"归未晚，不须烛"，同上片"尽一日，花间酌"的尾句对照，重复了尽日之欢的描写，由此可知这次友情的邀请给词人带来的快乐和令人难忘的印象。整首词语言自然、明快，少雕琢，有令人喜爱的清新之感。

【词人逸事】

许青士的宅院坐落在繁华喧闹的京城，但却是一个雅静的小园，隔断了城市的喧闹，因此这个宅院命名为"绿静山房"，显示出了其幽静的特点。许青士的夫人余季瑛邀请顾太清以及众多诗友前去做客，雅静的小园给客人留下了美好的印象。顾太清也因此作此词深情咏赞了这次友人的邀请留下的令人难忘的记忆。

碧芙蓉·雨后由三官庙同云林

【原文】

雨后由三官庙同云林、纫兰过尺五庄看荷花作①

一带小红桥，同倚画栏，池面荷靓②。

飐飐芦梢③，立蜻蜓不定。

新雨过、琼珠万点④，荡流霞⑤、妙莲香冷。

听垂杨岸，几树鸣蝉，催起游人兴。

虚亭萦曲沼⑥，望不尽、绿叶千柄⑦。

隔水盈盈，似美人临镜。

冰雪藕、凉生罗袂⑧，泛清樽、风吹酒醒。

断云残照，渐花外，天光向暝⑨。

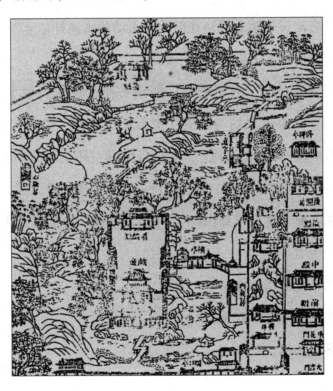

【注释】

①三官庙：旧京有多处三官庙，这里是指南城冰窖胡同的一座庙。过：过访。意思是到该地去。尺五庄：位于北京南城。根据顾太清与奕绘同时所做的

纪游词《金明池·尺五庄》："停车访、荒庄乔木，下马叩、芜园尺五。"尺五庄应是一座废弃旧园的故址。又根据王士禛《过祖氏废园》诗："记得城南天尺五，绿芜红药水村边。"（《渔洋诗文集》）以及陈廷敬《重游祖园》诗："世事五侯新第宅，桑田几废旧人家。将军做啸风烟外，帐底歌钟阅岁华。"（《尊闻堂集》）此座旧园应为明末总兵祖大寿所有。祖氏投降清朝之后仍然当总兵，祖大寿去世后亭园渐渐都废弃了。

②靓：艳丽。

③飐飐：风吹摇曳的样子。

④琼珠：形容雨过天晴之后留在荷叶上滚动的水滴好似珠玉。

⑤荡流霞：雨停之后天空飘动的云霞。

⑥虚亭：指空亭。是尺五庄废弃后所余一亭，根据杨钟义《雪桥诗话三集》卷十一记载："小有余坊为尺五庄废后所余一亭，沿河构屋数间，周曲，设以苇篱，饶有野趣。"宋芷湾诗："小有余坊酒一杯，水边亭子塌莓苔。黄鸡白菜寻常味，一到村头便好来。"张南山诗："出城顿觉碧天宽，矮屋疏篱当画看。一辆小车如小艇，好风吹到白蘋滩。"萦：环绕。全句的意思是说亭子被一带弯曲的池沼环绕着。

⑦柄：量词，此处指荷株。

⑧凉生罗袂：凉气透入衣服。

⑨暝：日落、天黑。

【词评】

清隽沈著，恰到好处。

——况周颐西泠印社本《东海渔歌》

【赏析】

这首词记叙了词人同许云林、纫兰到尺五庄赏荷的经历。词开篇说"一带小红桥，同倚画栏，池面荷靓"，词人专注观赏园中仍然留有的秀美的自然景色，她特意地表现小红桥、画栏以及池沼中盛开的艳丽荷花所构成的一幅美丽

画面，却没有关注蜘蛛网、纱窗之类的残破景象，表明这次游玩词人的心情是欢快的，词的基调是欢愉明快的，而没有感时伤今、凭吊沧桑，再加上芦梢在夏风中摇曳，以及那点水的蜻蜓，雨过天晴后，荷叶上滚动的如珠玉般的点点水珠，池边杨柳树上的蝉鸣等等，由这些一连串的生动描写可知，词人的心陶醉了，被大自然的美所深深吸引而无暇旁顾。

下片继续描写词人所观赏到的这一片秀美风景。园中有座"虚亭"，虽然没有人看上去略显有些荒凉，但此亭却被曲折的池沼环绕着，向池沼水面望去，呈现在眼前的又是"绿叶千柄"的艳丽荷花，荷花"隔水盈盈，似美人临镜"，

词人这种不由得赞美是她心中愉悦之情的自然流露。这次观赏，直到"凉生罗袂"，"天光向暝"，天渐渐变凉了，天色也暗淡了下来，可以说尽一日之欢。词中又提到"泛清樽"，表明女友们在愉快的赏花同时又饮酒助兴。"风吹酒醒"，表明她们甚至醉了，其实这与欧阳修《醉翁亭记》中的名句"醉翁之意不在酒，在乎山水之间也"阐述的意境一样，女友们本来就不太能喝酒，稍微喝点就会醉，再加上这迷人的景色，更令她们陶醉了。

伊州三合·七夕夜雨

【原文】

七夕夜雨，次日立秋戏题①

秋声先到芭蕉，阶下秋虫细号。

生受鹊填桥？

渡银河，夜凉路遥②。

洗车丝雨飘萧③，冷落星娥翠翘④，

云气湿轻绡，愿来年，莫同者遭⑤。

【注释】

①戏题：点明创作心态是戏作，意是游戏之作，无关宏指。

②"生受"以下三句：说的是牛郎织女于鹊桥相会的神话传说，传说鹊桥是由喜鹊搭架起来的，故说成"鹊填桥"。生受：指无奈地承受。

③洗车：指雨。

④星娥：织女。翠翘：古代妇人首饰的一种。形状像翠鸟尾上的长羽，故名。出自白居易《长恨歌》："花钿委地无人收，翠翘金雀玉搔头。"全句的意思是织女被雨淋湿了。

⑤者遭：这一回。

【赏析】

词开篇描写"秋声先到芭蕉，阶下秋虫细号"。芭蕉是阔叶植物，秋天来临时，最先听到了雨拍打芭蕉叶的清晰声音，故首先通报了"秋声"的到来。庭院中秋虫唧唧，此时秋虫已开始蛰伏了，这也是秋天的特点。引用了这两个很有特点的信号，编织成入秋的景象。七夕节的夜晚，牛郎与织女是否能如愿相见呢？即使有好心的喜鹊都忙搭桥，但是"渡银河、夜凉路遥"啊！妇女们依据自己的人生经验，认为相爱的人要想在一起，需要好事多磨。牛郎和织女在秋天将要来临时相会，夜晚天很凉，路途又那么遥远。词人为他们担忧，并为他们深深的祈祷。

下片根据秋天来临这个季节的特征，词人对牛郎织女的美好、浪漫相聚设想了很多种障碍。"洗车丝雨飘萧"，在丝丝泛凉的秋雨中，他们艰难地向前行，车也被飘萧的秋雨淋湿了。"冷落星娥翠翘"，织女在冷落的秋雨中，她用碧玉翠簪挽起的漂亮发髻，也被雨水打湿了。"云气湿轻绡"，织女微薄的衣衫也被云雾浸湿了。真是好事多磨，这幸福、美好的相会，是多么艰难啊！人间不也是这样么！词末，词人表达了美好的祝愿："愿来年，莫同者遭。"希望来年不要再遇到像这回的遭遇，美好的祝愿，也表现了词人对人性的同情。

牛郎织女的美丽传说，是在我国封建社会不合理的婚姻制度下产生的，它象征着青年男女对爱情的幸福、自由追求。这首词名为"戏题"，其实表现的却是一个很严肃的主题。词人即景为题，又根据"夜雨""立秋"的特点，联想出了这样一个多难曲折的过程，用以祈祷、祝福人间幸福的真正实现。通过词人的描写，使牛郎织女的传说更加绚丽多彩。

传言玉女·雪夜不寐

【原文】

一夜风威，灯晕疏窗微照①。
云母屏风②，护罗帏寒峭③。

黄花影④，数尽更筹多少⑤。

新愁旧闷，竟难忘了。

多病何堪，纷绪乱、萦怀抱。

茶铛药裹⑥，扬轻烟香杳⑦。

棱棱瘦骨，顾影翻然成笑。

游仙有梦，也成颠倒。

【注释】

①灯晕：烛亮形成的一团光圈。

②云母屏风：指用云母薄片制成的屏风，可透光，是富贵人家常有的东西。

③罗帏：用丝罗做成的帐幔。峭：形容山势又高又陡，此处形容刺骨的寒冷。

④黄花影：形容人的瘦影。黄花，指菊花。出自李清照《醉花阴》："帘卷

西风，人比黄花瘦。"

⑤更筹：更次。古时夜间敲更以报时辰。

⑥茶铛：用以煎茶的壶。药裹：被药包裹，意指服药之多。

⑦杳：渐远渐灭。可用来形容声音、气味或是轻烟。此处用以形容轻烟。

【赏析】

这首词描写了"雪夜不寐"的一个夜境。开篇讲"一夜风威"，整夜寒风呼啸，使词中的主人公无法入睡。由于主人公没有入睡，整夜都燃着蜡烛，故照见"灯晕疏窗微照"，一团灯晕，映照在了疏落的窗格上，光线很昏暗。屋外有"风威"，闺室中，只有依赖"云母屏风，护罗帏寒峭"了。这些都是在描写冬夜不眠的境界。紧接着转笔描写主人公。也许是由于睡不着，主人公干脆披着衣服起来了，灯晕照见了她的"黄花影"，她因为不能入眠而愁苦，以至"数尽更筹多少"。没有入眠的她听到了屋外一遍遍的打更声，勾起了她很多烦乱的回忆。但具体的"新愁旧闷"，有的"竟难忘了"。此处形象生动地描绘出了主人公无法入眠的意态。词人经历了许多的坎坷，有很多的"旧闷"，这点人们都知道的，但是词人的"新愁"是指什么呢？词中并未说出，也许是因为下片讲的"多病"，但是也有可能反过来，是"新愁"加上"旧闷"，导致积郁成疾。总之，词人的愁闷感已很沉重了，甚至不堪承担了。

古代词人常用"黄花"寓瘦，黄花即为菊花。

下片继续描写主人公不能入眠的愁闷，"多病何堪，纷绪乱、萦怀抱"。寒夜已深，人却未寐，新愁旧闷，再加上多病，很多因素，相互影响，使主人公陷入了这种无法解脱的愁闷境地。上片提到了"黄花影"。此词出自李清照的《醉花阴》词："帘卷西风，人比黄花瘦。"顾太清借李清照的词隐隐点出了她"瘦"且多病，下面紧接着继续做点染，竟将自己说成是"茶铛药裹"的药囊袋了。但词人仍然不由得自我解嘲说："棱棱瘦骨，顾影翻然成笑。"结句又说："游仙有梦，也成颠倒。"纵然做了游仙好梦，也不知道是游仙梦，还是人间梦了。诙谐和戏说，表明词人还是清醒的。经历了人生的各种历练，她养成了坚韧不拔的性格，即使有千万种烦恼，她仍然能够振作，奋进向上。

浣溪沙·游仙体（其一）

【原文】

游仙体，用"遥知杨柳是门处，似隔芙蓉无路通"，成此小令二阕①

碧落茫茫秋水斜②，朱门深被绿杨遮③。

隔溪听尽晚蝉哗。

无可奈何人怅望，难通消息树交加④。

能忘情者是仙家。

注释

①游仙体：指游仙题材的诗词，这些作品大多是抒写对现实不满，鄙弃功名利禄，追求神仙境界以求解脱，意境缥缈，词采瑰丽。有的还写了神仙与凡人之间的恋爱。以游仙为题材的诗词最早的应数晋代郭璞的十四首《游仙诗》。后人于是纷纷效仿，其中效仿最多的是唐代曹唐，《大游仙诗》共有五十篇，《小游仙诗》百余篇，现存九十九首，古近体均有。"遥知杨柳"二句，是唐代刘威《游仙诗》中的两句。刘威，中唐人，大约于844年前后在世。有诗作一

卷,《全唐诗》收录其二十七首诗。

②碧落: 又为碧汉、碧霄, 指天空。出自白居易《长恨歌》: "上穷碧落下黄泉, 两处茫茫皆不见。"

③朱门: 古代王公贵族的住宅大门漆成红色, 表示尊贵。

④树交加: 树的枝杈相互纵横。

【赏析】

这是一首以游仙为题材的词。词序中引用了刘威《游仙诗》中的两句: "遥知杨柳是门处, 似隔芙蓉无路通。" 这首词的命题便是仙境与凡世之间 "无路通"。故词开篇就描写 "碧落茫茫", 不知道求仙的路到底在哪里, 且 "朱门深被绿杨遮"。"朱门" 在这里代表了词人居住的王府, 它却偏偏又被绿杨遮挡住了。无可奈何, 词人只好深居闺房, "隔溪听尽晚蝉哗"。词中的 "秋水" 以及 "晚蝉", 点明了当时正值秋天。"哗" 描写了蝉的鸣叫, 其实也表现出了词人心中的愁苦、烦乱无绪。在人世间有烦愁，可是"碧落"又不可通。

下片坦陈了这一烦愁思绪，说"无可奈何人怅望，难通消息树交加"，此处"树交加"同上片的"朱门深被绿杨遮"相呼应，由于树枝相互交叉纵横，词人愁烦的消息很难通知到神仙世界，表现了词人无法去神仙世界的惆怅、茫然。结句"能忘情者是仙家"，终于点出了游仙的主题。

浣溪沙·游仙体（其一）

【原文】

开遍芙蓉叶叶凉，天成锦障护银塘①。

伊人宛在水中央②。

十二栏干人不见③，三千世界路何长④。

空教秋雨洗红妆⑤。

【注释】

①芙蓉：指荷花。

②伊人宛在水中央：典故出自《诗经·秦风·蒹葭》："蒹葭苍苍，白露为霜。所谓伊人，在水一方。溯回从之，道阻且长。溯游从之。宛在水中央。"表达的是对意中人的想念和追求。此处形容荷花，也寓有相同的含义。

⑧十二栏干：很多排列的曲栏。"十二"指多而遍。此处说很多的栏杆都在那里倚遍，景色很美，令人流连。

④三千世界：佛教所谓的三千大千世界的说法。佛教中把世界分为小世界，小千世界，中千世界以及大千世界。大千世界是由一千个中千世界组成，大千世界共有三千个，是广袤无垠的世界的总称。

⑤红妆：指妇女的梳妆。这里以荷花代女子。

【赏析】

这是一首以游仙为题材的词，主题是爱情。词中描写了一位男子正在倾心爱恋着一位女子，非常想见到她，可是没能如愿。

词开篇描写湖塘的芙蓉，说"开遍芙蓉叶叶凉，天成锦障护银塘"。湖塘中开满了秋水芙蓉，这满塘盛开的芙蓉成了湖塘的一重天然锦幛，景色十分秀美。男子因看到芙蓉而想念起了心仪的女子，说"伊人宛在水中央"，想象着她仿佛就在那片出水芙蓉之中。此句的典故出自《诗经》，原诗中已将男子对心爱女子的相思与追求描写得很美了，词人此处以出水芙蓉来指代心爱的女子，且以秋水作为背景，描写得更加美极了。

古人常将心目中美丽出众的女子称为出水芙蓉。

下片继续描写男子人间天上的追寻着心爱的女子，"十二栏干人不见"，他又追到一座花园长而曲折的栏杆尽头，但仍是没有寻到。他失望了，只好去仙界寻找，使词富有了浪漫的色彩，可是"三千世界路何长"。男子到底有没有追寻到他的意中人呢？词中没有交代，结尾只是说"空教秋雨洗红妆"。以男子内心中的爱恋和担忧作结，令人驰想。这里的红妆，指代了女子，同时也照应了上片提到的水中芙蓉。朦胧凄美的爱情追求，缥缈如仙的意境，给读者以美的享受。

菩萨蛮·西观音洞①

【原文】

朝阳初上岩头树，清晨步入蚕丛路②。

云隐小红墙，钟声发上方。

高碑书故事，苔藓侵碑字③。

大士坐莲台④，莲花何处开？

（自注：碑记初为"莲池"，今已无）

【注释】

①西观音洞：旧京有多处观音洞，这里指的应当是西山山麓玉泉附近的观

音洞。朱彝尊《日下旧闻》卷二十二引用明代诗人景旸《前溪集》的记载："循玉泉而西二里为观音寺。寺依山，入门有洞，深广二寻。出洞拾级而上，亭曰'望湖'。山后有小洞可坐二人。洞北有大洞方阔，两旁石榻可坐。傍刻字曰：'玉泉观音洞'。剔藓辨之，下三字乃后人续刻者。相传金章宗避暑于此。上有芙蓉殿，漫不可寻，但荒榛碧瓦而已。出洞寻旧路而西，有废庵，又一洞，亦曰观音洞。山麓有吕公祠。"

②蚕丛路：传说蚕丛是古蜀国的先祖，教人养蚕，后来借指蜀地。"蚕丛路"则指蜀道崎岖、艰苦难行。出自李白《送友人入蜀》："且说蚕丛路，崎岖不易行。"

③侵：侵蚀。

④大士：指观音菩萨。大士是佛教对菩萨的通称。莲台：观音菩萨的莲花宝座。

【赏析】

　　这首词记叙了词人游览西观音洞的经历。词开篇描写"朝阳初上岩头树，清晨步入蚕丛路"，指出观音洞位于偏僻深幽的地方，并表现出了词人寻幽探奇的浓厚兴趣。"云隐小红墙，钟声发上方"，走了很多蜿蜒曲折的山路，费了好大的精力，终于看到了上方"云隐"深处的寺院，谛听到了悦耳的寺庙钟声。此处提到的"上方"，实指的是上面寺庙中的钟声，但是也很可能是虚指"上界"天上的音乐，根据历史记载，观音洞上面的寺庙早已荒废了，所以此处的"上方"很可能是虚指。

　　下片描写词人发现了一座石碑，"苔藓侵碑字"，石碑上长满了苔藓，上面的字迹也早已被侵蚀。"高碑书故事"，碑文上记述了这个洞的历史。根据顾太清词后的自注说"碑记初为'莲池'"，可知碑文原有"莲池"二字已被侵蚀，又根据明代诗人景旸在《前溪集》中的记载，说观音洞的石楣旁有"玉泉观音洞"的石刻，但此石刻的后面三个字是后人补刻上去的。不知道指的是否是同一个碑刻，如果是的话，那么碑文原来应是"玉泉莲池"四字，说明观音洞位于玉泉山水形成的一个水池之上。结句"大士坐莲台，莲花何处开"，"大慈大悲"的观音菩萨，她能够普度众生脱离苦海。可是观音洞中的莲台是由石头砌成的，台上的莲花也都是假的，词人发出了这样的莲花何时能盛开的疑问，同时也是感叹人间的苦难难以解脱。

浪淘沙慢·久不接云姜信

【原文】

久不接云姜信，用柳耆卿韵①。

又盼到、冬深不见，故人消息。

况当雪后，几枝寒梅，绿萼如滴。

对暗香疏影思佳客②。

细思量、两地相思。

怕梦里、行踪无准，各自都成悲戚。

无极③。

九回柔肠，十分幽怨，不啻海角天涯，难寄伤心泪。

虽暂成小别，也劳心力。

回首当初，在众香国里花同惜④。

最无端⑤、寒来暑往，天天使人疏隔。

问何时、共倚栏干曲，坐西窗剪烛⑥，

千言与万语，叨叨不尽，说从前相忆。

【注释】

①云姜：即许云姜。柳耆卿：指柳永。柳永（约987年—约1057年），北宋著名词人。原名三变，字耆卿，由于排行第七，又称柳七。崇安（今属福

建）人。他早年科考失败后，流连京师，纵情声色，为歌妓乐工们填词，他的词作流传极广，有"凡有井水饮处，皆能歌柳词"的说法。他自己也有"忍把浮名，换了浅斟低唱"的自解。但是他后来还是中了进士，官至屯田员外郎，故世称柳屯田。他的词通俗易懂，多是表达对下层妇女追求自由生活的同情。很多词传诵千古。此词用其《浪淘沙·梦觉》词韵（见附）。

②此句"暗香""疏影""思佳客"都是词牌。"暗香""疏影"词牌专咏梅。用"暗香"来形容梅的芬芳，最著名的如宋代林逋《梅花诗》："疏影横斜水清浅，暗香浮动月黄昏。"这里词人以梅花的"暗香""疏影"这些特征专指梅花。

③无极：没有边际。

④众香国：指繁花盛开的林园。源于佛经的传说。《维摩诘经》下《香积佛品》十："有国名众香，佛号香积。"

⑤无端：无缘无故。端为事物的开首。

⑥共西窗剪烛：出自李商隐《夜雨寄北》名句："何当共剪西窗烛，却话巴山夜雨时。"后人概括成"西窗夜话"之类的词语，表达好友之间的亲昵夜话。

【词评】

朴实言情，宋人法乳，非纤艳之笔、藻绩之工所能梦见。

——况周颐西泠印社本《东海渔歌》

【赏析】

此词用《浪淘沙慢》词牌。此词牌最早见于柳永的《乐章集》。共三叠，并且须押入声韵，很少有人用此词韵，在顾太清词中也只见这一首，且比较成功。

词的小序中说"久不接云姜来信"，故一叠主要是抒发了对诗友云姜地想念。开篇描写"又盼到、冬深不见，故人消息。"简单一个"又"字，表明这并非是词人偶然想念云姜。此时已深冬了，可仍没有收到好友的来信，"况当雪后"，且面对"几枝寒梅"，多层原因，层层推动，使怀念之情愈发深重。梅花已经绽放，这表明将冬尽春来，自然容易感发对久别的人的想念。姜夔自创词牌《暗香》《疏影》来咏赞梅花，有"叹寄与路遥，夜雪初积。翠尊易泣，红萼无言耿相忆"，"昭君不惯胡沙远，但忆江南江北"的佳句。姜夔词中咏梅花为"红萼无言"，而顾太清词中赞梅花为"绿萼如滴"，显得梅花更可爱娇嫩。姜夔词中说："江南江北"，顾太清词则为"两地相思"，魂牵梦萦。

　　梅花已经绽放，该是冬去春来之时，友人也该回来了吧。

　　二叠，描写平日中对云姜的想念。由于一叠中已经说是"又盼"，这里则为回叙。词中充分表现出了女性的婉转柔肠。有现在的怀念，还有曾经相聚的美好回忆，说是"众香国里花同惜"。表现出了古代女子们相聚时的欢快自由，这也是她们不能够参加公开的社会活动的补偿。

　　三叠，描写词人想象来日的重聚。首先描写分离的烦恨，"最无端，寒来暑往"。一寒一暑，经过了一年，表明分别的时间很长。"天天使人疏离"，是说长时间的别离之后的忧伤孤独。紧接着转笔描写来日重聚的想象。"问何时、共倚阑干曲，坐西窗剪烛。""西窗剪烛"一词，出自李商隐《夜雨寄北》："君问归期未有期，巴山夜雨涨秋池。何当共剪西窗烛，却话巴山夜雨时。"李商隐在诗中回答了盼归的妻子而不能说出归期，但却想象重聚时与妻子的亲昵夜话。顾太清在词中恰当地引用了这个典故，想象同好友许云姜重聚时，也能有如此亲昵的夜谈，更说"千言与万语，叨叨不尽，说从前相忆"。经过此处的铺叙，更加娓娓动人，好似一幅美丽的图画。与前面"暗香疏影"一样，典故运用得极其生动、贴切，妙笔天成，更加增添了词作的深厚感。这是我国古典诗词显著的一个审美特点。

这首词通篇全是抒发相思离别之情，但却不同于男女之情，此词语言不像柳词那样纤艳。其中虽然有女性的婉转柔肠，但都是发自肺腑的情感，没有矫揉造作。全词描写细腻，曲折婉转，柔媚多姿，字里行间流露出词人对好友的深深想念。

【附】

浪淘沙

柳永

梦觉、透窗风一线，寒灯吹息。

那堪酒醒，又闻空阶，夜雨频滴。

嗟因循、久作天涯客。

负佳人、几许盟言，

便忍把、从前欢会，陡顿翻成忧戚。

愁极。

再三追思，洞房深处，几度饮散歌阑，香暖鸳鸯被。

岂暂时疏散，费伊心力。

殢云尤雨，有万般千种，相怜相惜。

恰到如今，天长漏永，无端自家疏隔。

知何时，却拥秦云态，愿低帏昵枕，

轻轻细说与，江乡夜夜、数寒更思忆。

蟾宫曲·立春

【原文】

畅晴和、好是立春。

律转青阳①，冶叶昌条②。

暖人屠苏③，宜春剪字④，彩胜云翘⑤。

碧琉璃，房栊日高⑥。

绣帘儿、东风细飘。

腊雪全消。

春到人间，柳宠花娇⑦。

【注释】

①律转青阳：律，指律管，用金属或是竹子制成，用来定音或是测气候。《周礼·月令》："律中大蔟"注："律，候气之管，以铜为之。"青阳：指春天。出自《尔雅·释天》："春为青阳。"全句的意思是气候开始变暖，进入春季了。

②冶：夭艳。昌：繁茂。

③屠苏：又作"屠酥""酴酥"，是一种酒的名字。在我国古代正月初一喝这种酒，借以驱疫祛病，保全年平安。

④宜春剪字：旧时的一种风俗，在立春时，妇女要戴春幡，春幡是用彩色绸布剪制的，上面还写有"宜春"两字，称为"帖宜春"。

⑤彩胜：剪彩作头饰。胜：是古时妇女的头饰。云翘：形容发髻的高耸。

⑥房栊：也作"房笼"，泛指房屋。

⑦柳宠花娇：形容初春的柳枝与繁花的不胜娇弱的姿态。

【赏析】

　　立春标志着春天来到了，这首词从立春这个节令写到了民俗。正值立春时节，而且天气晴好，故词开篇"畅晴和、好是立春"。一开始便带来一片舒畅和欢悦。"律转青阳"，寒冷的冬天终于过去了，春回大地。"冶叶昌条"，春天万物复苏，树叶艳冶，枝条发出脆嫩的新芽，呈现一片春意盎然的美好景象。"暖人屠苏，宜春剪字，彩胜云翘"，人们欢迎春天的到来，将屠苏酒暖好，妇女们裁剪好宜春帖子，一番梳妆打扮，将人们心中的喜悦之情描绘得淋漓尽致。

下片转笔细写立春这一天的天气。"碧琉璃，房栊日高由"。于这一天的天气晴好，故太阳高照房屋，琉璃瓦在太阳的照射下更显翠绿。"绣帘儿、东风细飘。"描写春风。"东风"，实际上代表了春天，舒畅而和煦。词中描写东风细细地吹，吹得绣帘儿轻轻飘动。东风带来了和煦的春天，使"腊雪全消"。因此在词的结尾处说"春到人间，柳宠花娇"，初春的柳枝很嫩绿，一副令人宠爱的样子，百花也显得十分娇媚。其实是在描写人们的欢悦之情，将人们的欢悦推到了高潮。

此词自然、明快，读来如行云流水，且用词精当，比如"畅晴和"，只一个"畅"字，不仅表现出了天气之好，而且还表现了人们的心情舒畅和喜悦。"屠苏"酒用了一"暖"字，不单是表示要温酒，而且也表现了人们的内心对春天的感受。此外还如"冶叶昌条"，"柳宠花娇"等等，给树木百花也注入了生命的气息，欣欣向荣的境界就全部展现出来了。

浪淘沙·登香山望昆明湖①

【原文】

碧瓦指离宫②，楼阁飞崇。

遥看草色有无中，最是一年春好处，烟柳空蒙③。

湖水自流东，桥影垂虹④。

三山秀气为谁钟⑤。

武帝旌旗都不见⑥，盛世难逢。

【注释】

①香山：位于北京西部，是北京的一处著名的风景名胜。登上香炉峰（香山的主峰），向东望去可以看见著名的颐和园昆明湖。

②碧瓦指离宫：在香山上远望颐和园，首先看见了琉璃碧瓦，用手指点，那便是"离宫"。离宫是指封建皇帝在皇宫之外建立的宫殿，以备皇帝游玩或是出巡时居住。颐和园最早是金海陵王完颜亮的"金山行宫"。清代时乾隆帝在此修建了清漪园，成了清朝帝王的行宫。慈禧太后垂帘听政时又扩建了颐和园，又兼做处理朝政的场所。

③空蒙：朦胧迷离的样子。出自苏轼《饮湖上初晴后雨》写西湖"湖光潋滟晴方好，山色空蒙雨亦奇。"昆明湖原来又称为西湖，故借此形容颐和园。

④桥影垂虹：指昆明湖连接湖岸和湖心岛的十七孔桥，此桥又称为玉带桥。

⑤三山秀气：指北京西郊的香山、玉泉山以及颐和园中的万寿山。钟：垂顾。

⑥武帝旌旗：汉武帝（公元前 140 年—前 87 年）曾在首都长安（今西安）昆明湖训练水师。后来清朝乾隆帝修建清漪园，将西湖正式命名为昆明湖，并效仿汉武帝在此操练水师。

【赏析】

这是一篇纪游词，描写的是登香山远望颐和园昆明湖的瞬间感受。登上香山向下俯瞰，首先映入游者眼帘的是颐和园中突起的碧色琉璃瓦屋顶，从翘起的飞檐可以看出这是宫殿的楼阁。说："碧瓦指离宫，楼阁飞崇。"碧玉色的琉璃瓦顶，富丽堂皇，光彩夺目，高耸的楼阁，再配以飞檐，好似要飞腾起来的样子。在和煦的春天，登上香山的主峰，一下子看到了这样开阔、雄伟的景象，不由地伸手向这美景指指点点，一片惊喜愉悦的样子。春天广阔大地的景色也尽收眼底，"遥看草色有无中，最是一年春好处，烟柳空蒙"。苏轼曾描写西湖美景"山色空蒙雨亦奇"，写的是雨后的景色，顾太清此处是春天里从香山遥望，故也有类似"草色有无中"的"烟柳空蒙"景象。即使顾太清此处的描写是受苏诗的启发，却也别具一格，饶有境界。

下片重点描写昆明湖。"湖水自东流"，是说明湖水是由西北玉泉山麓向东流而来。"桥影垂虹"，横跨湖面的玉带桥姿态优美，宛如一条彩虹。再加上万寿山、玉泉山以及词人脚下的香山，三座山凝聚了天地间的灵气，神奇秀丽，构成了一幅秀美的山水画卷，昆明湖清澈平静地躺在这俊秀的群山旁边。词人在赏心悦目中，联想到了乾隆帝在此疏通瓮山（万寿山原名）湖水，将西湖改名为昆明湖，乾隆帝曾有意效仿汉武帝在长安（今西安）昆明湖操练水师，建立文治武功的帝业，而今河清海晏，天下一片太平，词人不禁发出感叹："武帝旌旗都不见，盛世难逢"了。此句不免有歌颂升平之嫌，词人应清楚知道，当时的清王朝（道光年间），已是危机四伏。西方列强正伺机侵略，国内百姓生活在水深火热之中，已显示出了不祥的征兆。两年之后，也确实爆发了鸦片战争。而眼前的所谓盛世，不过是虚假繁荣，粉饰太平而已，当然了，我们不能去苛求一位身处闺房的上层妇女。作为一首写景的词，确实表现出了祖国大好的河山。

寿楼春·暮春

【原文】

吁嗟乎春归。

奈匆匆不住，轻送芳菲①。

几处园林池馆，落红霏霏②。

无意绪，裁春衣。

想去年、百花开时。

记剪烛山楼，看花古寺③，回首梦依稀。

谁能禁，东风吹。

倚栏干几曲，心与时违。

又是杨花糁径④，海棠垂丝。

春已去，人如斯。

更不禁、幽思空悲。

对芳草深庭，帘栊未垂双燕飞。

【注释】

①芳菲：指花草。也可解释为花草树木的芬香芳华，也可引申为春天百花齐放的充满蓬勃生机的意境。

②霏霏：纷飞飘扬。

③"想去年"以下数句：追忆去年春游。剪烛山楼：此处含有曾在这里同丈夫奕绘亲昵夜话的回忆。山楼：指奕绘西山南谷别墅的建筑。

④糁径：散落在路径。

【词评】

肆口而成，毫不吃力，似此功候，确从宋词中得来。

——况周颐西泠印社本《东海渔歌》

【赏析】

春天万物复苏，大自然呈现一片生机盎然的景象，可是春天容易匆匆逝去，百花凋零，象征了生命与活力的枯萎，词人不由得抒发了人生的感叹。"奈匆匆不住，轻送芳菲。几处园林池馆，落红霏霏。"春天匆匆逝去，又无声无息，故说是"轻送"，不知道是谁在主宰。送走了芳菲，又是落花纷飞。"奈"字，表现了春去花落的无可奈何。本来想剪裁春衣，现在也来不及了，变得"无意绪"。春天归去了，带走了生的气息，也带走了欢乐，留下的，只有对春天的回忆。故说"想去年、百花开时。记剪烛山楼，看花古寺"。不再说今年的春，而去回忆旧年，同丈夫剪烛夜谈，一起去古寺赏花，可是今年春天却来去匆匆，还没来得及留下深刻的记忆。但曾经美好的往事已时隔一年了，"回首梦依稀"了，话语中带有深深的遗憾。

下片继续描写对春去的无可奈何，"谁能禁，东风吹"，与上片的"奈匆匆不住"相呼应，往复回旋的抒发无可奈何之情。东风吹来了春天，但也吹走了春天。春匆匆来去，表现在花草树木上。所以此处说"又是杨花糁径，海棠垂丝"。杨花散落一地，暮春的海棠已经垂丝，这些都是春去夏来的景象。由于闺中的女子仍留恋着春天，故"心与时违"，"人如斯"，无论心里多想留住这春天，但事实上春天还是要逝去，人生不也如这暮春的落花一样将要憔悴、枯萎。"更不禁"，是说难以承受"幽思空悲"。词中曾描写到女子伤春惜春的情态，说她"倚栏干几曲"的惘然若失。词结尾时再次描写她面对"芳草深庭，帘栊未垂双燕飞"的情态，但此时，应是黄昏了，帘栊也该垂放下来了，但却说"帘栊未垂"，表明她直到夕阳西下时仍惆怅地望着深庭，借她的这种情态来表现她对春天的深深留恋。

定风波·雨中海棠

【原文】

晓起庭除积落花①，乱红和雨受风斜②。

惟许荼蘼同一梦③，相共。

飘零残粉卸韶华④。

满树轻阴垂绿绶⑤，剩有。

翩翩碎影护檐牙⑥。

切莫东风尽吹落，酖酊。

枝头红萼暂留些。

【注释】

①庭除：打扫庭院。

②乱红：风中摇曳的花。

③荼蘼：同酴醾，是花的名字。因为花的颜色如江南产的米酒——酴醾而得名。苏轼《以酴醾花菩萨泉见饷》诗："酴醾不争春，寂寞开最晚。"

④韶华：美好的时光，常指春天。

⑤绶：丝带，古代用以系佩玉、官印等。绶带的颜色常用以标志不同的身份与等级。垂丝海棠：海棠的一种。此处的"绿绶"即形容它的垂丝。

⑥檐牙：即屋檐，屋檐突起，犹如牙齿。

【词评】

清稳，绝无时气。

——况周颐西泠印社本《东海渔歌》

【赏析】

此词描写雨中的海棠，并赋以人的情思。词开篇说"晓起庭除积落花，乱红和雨受风斜"，春天已匆匆逝去，百花在风雨中飘摇凋落。词中主人公忧伤地在清扫着院落。如今只有梦见荼蘼花同自己相伴："惟许荼蘼同一梦，相共"，不过也是"飘零残红卸韶华"，百花凋零，枝头只剩些残红，美好的春天已逝去了。

下片描写海棠。"满树轻阴垂绿绶，剩有"。主人公突然发现了垂丝海棠，

非常惊喜。"剩有"，意思是说百花都已凋谢了，而只有海棠依然盛开。海棠的垂丝好似风中飘动的绿色的绶带。"翩翩碎影护檐牙"，它的影子映在了如牙状的屋檐上。在春逝的惘然若失中，欣赏到这一美景，自然很令人欣喜。因而祝福海棠"切莫东风尽吹落"，希望东风能手下留情，好好"酹酌"一下，请求"枝头红蕚暂留些"。反复地表示祝愿，表现了赏花人惜花爱花的拳拳用心。

此词表现了女子惜花爱花之情，这种词容易写得浮泛，浅俗而伤感，但这首词写得跌宕有姿，虽然描写的海棠是意念之景，但仍情景真切。

江城子·落花

【原文】

花开花落一年中，惜残红，怨东风。

恼煞纷纷①，如雪扑帘栊。

坐对飞花花事了②，春又去，太匆匆。

惜花有恨与谁同？

晓妆慵③，特愁侬④。

燕子来时，红雨已蒙蒙⑤。

倚遍栏干难遣兴⑥，无端底⑦，是游蜂。

【注释】

①纷纷：指落花。

②花事：指花开时节的繁忙，其中包括种花养花以及赏花活动。了：完毕。

③慵：无精打采的样子。

④侬：我。吴语方言。

⑤红雨：形容落花纷纷。

⑥遣兴：排遣寂寞无聊，做些感兴趣的事情。

⑦无端底：盲目没有理由地。

【词评】

一片空灵，天仙化人之笔。

——况周颐西泠印社本《东海渔歌》

【赏析】

这首词抒发了对春去花落的惋惜感伤。词开篇说"花开花落一年中，惜残红，怨东风"，语言自然、平淡，没有做过多的雕琢，虽没有惊人之语，却是哀怨一片。"恼煞纷纷，如雪扑帘栊"。用"纷纷"代替"落花"一词，表明落花纷纷，也是烦恼纷纷，落花导致了烦恼，紧接着又再以"雪扑帘栊"来渲染，烦恼就更具体而形象。接下来的一长句，"坐对飞花"，与"恼煞纷纷"意思相同。再加上"花事了，春去也"，以及"太匆匆"，一层又一层，层层加重，使伤感不堪重负。

下片以"惜花有恨与谁同"作为过渡，转笔描写上面说的烦恼，并从内心转到形体的表现，"晓妆慵"，坐对落花纷纷，没有心情梳妆，是"特愁侬"的缘故。"燕子来时，红雨已蒙蒙。"春末时节燕子已归来，而这时已是初夏了。前面点出愁深，这里又用一个"已"字，表明烦愁已经很久了。"倚遍栏干难遣兴"，心中的忧愁，至此外化成了形体表现。"倚遍"了每一处栏杆，也难以排遣心中忧愁的情绪。惘然若失的身影呈现在了读者的面前。词到此，应结束了，但是词人又附加了一笔："无端底，是游蜂"，是说百花都已经凋落了，蜜蜂还在忙碌什么呢！这句看上去好似赘笔，但却不是，正因为这一笔，将词中女子的伤春的意绪由烦愁推向到了哀伤，将词人心中的惋惜感伤之情描绘得淋漓尽致，感人肺腑。

惜花春起早·本意①

【原文】

晓禽鸣，透纱窗、黯黯淡淡花影。

小楼昨宵听尽夜雨，为著花事惊醒②。

千红万紫，生怕它、随风不定。

便匆匆，自启绣帘看，寻遍芳径。

阶前细草蒙茸③，承宿露④涓涓⑤，香土微泞。

今番为花起早，更不惜、缕金鞋冷⑥。

雕栏画槛，归去来、闲庭幽静。

卖花声、趁东风，恰恰催人临镜。

【注释】

①本意：意思是说词的内容与词牌"惜花春起早"字面的意思相同。

②著：同"着"。

③蒙茸：指娇嫩且带茸毛的初生细草。

④宿露：夜里的露水。

⑤涓涓：形容血、泪、雨等不断流淌。这里形容露珠。

⑥缕金鞋：用金丝线绣成花的鞋。

【词评】

直入清真之室，闺秀中不能有二。

——况周颐西泠印社本《东海渔歌》

【赏析】

此词用词牌《惜花春起早》的"本意"，可知这首词应写于春季赏花的时节。词开篇就描写花季的感受。"晓禽鸣，透纱窗、黯黯淡淡花影"。春梦被惊醒，朦胧之中见到了院落中的花影，由于未拉开窗帘，因此看到的花影不是很

清楚，"黯黯淡淡"的，紧接着词人又突然想起"小楼昨宵听尽夜雨，为着花事惊醒"的事情。且心中一阵担忧，"千红万紫，生怕它，随风不定"。恐怕繁花会被风摧折。因此词人"便匆匆、自启绣帘看，寻遍芳径"。之前的描写都是词人还没有起床时的所见所想，此时才匆匆起床。点出了"惜花春起早"的主题。

下片"阶前细草蒙茸"，词人走出了闺房，看到了台阶前初生的嫩绿小草。

由于"早","承宿露涓涓",嫩草上还流淌着露水,"香土微泞",由于昨晚的一场雨,使地面有点泥泞。这位"惜花"女子好像有点犹豫,是否还要继续向前走呢?最后还是决定去看看。"今番为花起早,更不惜、缕金鞋冷",不惜露水打湿"缕金鞋",不在乎因鞋湿而脚凉。透过动作与形体表现,将女子内心的惜花之情描绘得细微动人。终于巡遍"雕栏画槛"前的花,才"归去来","闲庭幽静",表明时间仍然很早。直到听见街上有叫卖花儿的吆喝声,这才发现自己还未梳妆,因此"趁东风,恰恰催人临镜"。

爱月夜眠迟·本意

【原文】

树影朦胧,望小蟾乍涌,人立桐阴。

草根虫语,沾衣露下,双双睡稳胎禽①。

芭蕉掩却红灯,天街夜色深沉②。

又谁家、一声声,不住敲动寒砧③。

当此月满风微,把冰丝再鼓④,谱入瑶琴⑤。

井栏干外,闪闪不定,萤火几点难寻。

清辉暗转花梢,良宵一刻千金。

想嫦娥⑥,也如我,爱月不顾更深。

【注释】

①胎禽:原指鹤。因为古有仙鹤之称,故认为是胎生。这里泛指禽鸟。

②天街夜色：指天空银河。出自王建《宫词》："天街夜色凉如水，卧看牵牛织女星。"

③砧：指用来捣衣的石头。

④冰丝：琴弦。

⑤瑶琴：用玉装饰的琴。

⑥嫦娥：古代传说中后羿的妻子。由于吃了丈夫所炼的丹药而奔月，成了月亮中仙女。李商隐《嫦娥》："嫦娥应悔偷灵药，碧海青天夜夜心。"

【赏析】

此词与上首《惜花春起早·本意》一样，都是用词牌的本意，此词抒发了"爱月夜眠迟"的主题，两首词可看作是姊妹篇，一个是描写春天，一个是描写秋天。

词开篇概写月夜的感受。"树影朦胧，望小蟾乍涌"，人在树下观赏明月，树影朦胧中明月刚刚升起，构成了一幅如画般的怡然静谧的境界。这是词主人公仰望所见。紧接着描写四周，"草根虫语"，是在静寂中才能够听得到的声音，同上一景色配合。"沾衣露下，双双睡稳胎禽"，感觉到禽鸟已经在巢中安稳的睡了，表明此时夜已很深了。"芭蕉掩却红灯，天街夜色深沉"，描写视觉的感受。"又谁家、一声声，不住敲动寒砧"，又描写听觉的感受。写深夜，从各种角度做了细致渲染，从见到红灯掩映在芭蕉之间，天空的银河耿耿，到远处传来的捣衣的声音。描写了月夜的怡然静谧境界，同时也写出了词主人公的美的追求。

下片描写词主人公怡然陶醉的外在表现。"当此月满风微，把冰丝再鼓"。她拿出了琴弹奏起来，正是想把这美好迷人的月夜"谱入瑶琴"。在赏月弹琴时，她又看到了空中飞动的萤火虫，可是"闪闪不定，萤火几点难寻"。月夜非常深沉、静谧,"清辉暗转花梢",从花影可以看出月光正在移动。如此美好的月夜使她感觉到"良宵一刻千金",此句点出了"爱月夜眠迟"的主题。结句引用了嫦娥的神话故事。嫦娥奔月,表现了一位女性的抛弃一切的美妙追求。词人说:"想嫦娥、也如我,爱月不顾更深。"说她赏月,爱月,同嫦娥一样,甚至到了舍弃一切的地步。月亮代表着玉洁冰清,代表了宁静、和平和美好,词人充分地描写出了这一美好迷人的境界,也表达出了她心中的美的心灵。

顾太清的这两首姊妹篇《爱月夜眠迟》和《惜花春起早》,不仅将景色描写得异常的美,而且将古代社会一位闺阁女子内心深处对大自然(月和花)的爱融入其中。同时还展示出了主人公的细腻的内在美,从而令读者感到全词的"深婉流美"。

阳合路·赋得"手倦抛书午梦长"

【原文】

赋得"手倦抛书午梦长",效柳耆卿体,并次其韵①

未天晚。

耐困人昼永②,诗书抛乱。

掩纱厨③、隐几南窗④,神逐水沈香远。

莲漏丁丁⑤,一枕梦游,柳憨花暖。

曾经惯。

旧路儿,桃源前度人散⑥。

怅望碧溪流水，好梦醒、难抬倦眼。

细思量处，又惹下、暗愁无限。

人何在、风裳水佩^⑦，

剩有绿阴幽馆，无端鸟语惊回，从何消遣？

【注释】

①"手倦抛书午梦长"：出自南宋戴复古诗"纸屏石枕竹方床，手倦抛书午梦长"。此词用柳永《阳台路·梦天晚》词韵（见附）。

②昼永：白天长，这是夏天的景象。

③纱厨：纱帐。

④隐：同"凭"，倚着。几：几案，书桌之类。

⑤莲漏：即莲花漏，形状如莲花的滴漏。宋代以滴水作为计时的工具，因此用"丁丁"形容它滴水的声音。

⑥桃源前度人散：引用刘晨、阮肇遇仙的传说。出自南朝宋刘义庆《幽明录》。

⑦风裳水佩：虚无缥缈的影子，看不见实际的踪迹。

【词评】

此等词非时下人所能，亦非时下人所知。

——况周颐西泠印社本《东海渔歌》

【赏析】

词序中说，"赋得'手倦抛书午梦长'，是指词人正在吟诵戴复古的诗，欣赏到此句时，不由心中有所感想。当时正值夏天，于是用柳永《阳台路·梦天晚》词韵填写了此词。"手倦抛书午梦长"，不但是创作该词的引子，还可说是它引起了词人的共鸣，故词开篇便说："未天晚。耐困人昼永，诗书抛乱。" "未天晚"，指天色未晚，这是夏天"昼永"的现象。正巧词人也靠读书来消遣这白日天长的时光，但也同样地感到困倦，"抛乱"了诗书。戴复古诗说"午梦"，此处词人则大作铺写，说"掩纱厨、隐几南窗"，放下了纱帐，倚靠着南

窗前面的几案，"神逐水沈香远"，逐渐地昏睡了起来。"莲漏丁丁，一枕梦游"，随着丁丁的滴漏声音，词人开始在梦中游历，一路"柳憨花暖"。但是虽是沿着"旧路"而行，却如刘晨阮肇在桃源遇到仙人一样，当再次去访寻时，却再未看到期望再见的仙女。词人将戴复古诗中所说的"午梦长"，细细的铺叙成为一个充满神奇、浪漫色彩的美妙故事。

　　漫长的日子，只能用读书来消遣，如果人生的烦恼也随着这翻过去的书页消逝该多好。

下片描写梦醒。"怅望碧溪流水"，是描写"好梦醒、难抬倦眼"的神情。"怅望"，惘然若失的样子。但是此含义，并不只是因为没有遇到仙人的情思，而是包罗了人生更广泛的忧愁。于是，词人紧接着就表达出了内心深处的思绪："细思量处，又惹下、暗愁无限。"新愁是指什么呢？不知是因为说不清楚，还是不方便说出来，词中并没有交代新愁到底指什么，我们也不便妄加猜测。此词中凝练着词人曲折且丰富的人生经历以及对人生深沉的思考，但并没有在字面上浮薄地表现出来，总之旧怨又惹到新愁，因而成了郁积心中的"暗愁"。词人以女性特有的细心和敏感，令我们感到她的内心袒露是很真实的。"人何在、风裳云佩"，作为女性，她实际上并没有在真正寻访仙女，只不过是在寻觅着一种仙境。在那种仙境中，人生的所有烦恼都能够得到解脱，可是这个追求是虚幻的，最终仍然会幻灭："剩有绿阴幽馆，无端鸟语惊回，从何消遣？"眼前的境界虽然很美好，可仍然不能解除人生的烦恼和忧愁。已是中年的词人，她的思考更为深沉。

【附】

阳台路

柳永

梦天晚。

坠冷枫败叶，疏红零乱。

冒征尘、匹马驱驱，愁见水遥山远。

追念少年时，正恁凤帏，倚香偎暖。

嬉游惯。

又岂知，前欢云雨飞散。

此际空劳回首，望帝里、难收泪眼。

暮烟衰草，莫暗锁、路歧无限。

今宵又、依前寄宿，甚处苇村山馆。

寒灯畔，夜厌厌、凭何消遣。

高山流水·听琴（自注：社中课题）①

【原文】

七条弦上写柔情。

一丝丝、弹动秋声。

风拍小帘栊，花阴恰有人听。

芭蕉影、隔住红灯。

分明是，流水高山绝调②，戛玉敲冰③。

是幽兰制佩，腕底散芳馨。

泠泠。

虚空度鸿雁，寒浦外④、水净沙平。

何处怨苍梧⑤，送落叶舞风轻。

掩朱帏、拍缓弦停⑥。

夜深也，还怕纤纤素指，错点明星。

默无言、恍若江上数峰青⑦。

【注释】

①社中课题：顾太清与诗友共同结成诗社，拈题限韵填词或作诗。这里指

定的题目是"听琴"，以《高山流水》为词牌，平声庚青韵。

②流水高山：指俞伯牙与钟子期的故事。《列子·汤问》："伯牙善鼓琴，钟子期善听。伯牙鼓琴，志在高山，钟子期曰：'善哉！峨峨兮泰山。'志在流水，钟子期曰：'善哉！洋洋兮若江河。'"于是后代以"高山流水"比喻知音。明末时冯梦龙将故事改编成小说《俞伯牙摔琴谢知音》。绝调即像小说里所叙钟子期死后，俞伯牙摔坏了他的爱琴，从此不再弹琴。此处是指所听到的琴声，如同俞伯牙高山流水绝调的再现。

③戞玉敲冰：形容音乐的声音。戞玉：敲击玉片。

④浦：水边。

⑤怨苍梧：根据《礼记·檀弓》等书记载，舜巡视南方，死于苍梧之野。他的两位妃子娥皇、女英追到此地，痛哭投水而死，成了湘水之神。屈原《九歌》中有《湘君》《湘夫人》两篇，就是以此故事为背景的。苍梧在湖北境内，这里有九嶷山，相传是舜死后埋葬的地方。此处是形容音乐的悲怆。

⑥"掩朱帷"二句：形容停止鼓琴的情形。朱帷：红色的帐幔。

⑦江上数峰青：这里引用唐代诗人钱起《湘灵鼓瑟》"曲终人不见，江上数峰青"中的诗句。

【赏析】

这是首诗社中课题的词作，题目是"听琴"，用宋代吴文英自创的《高山流水》的曲牌。虽然是命题填词，但词人仍写得声情并茂。当时，可能在诗友聚会时，正值一位社友弹琴，其他社友们正在聆听。又正好是在秋天，词人于是描写为："七条弦上写柔情，一丝丝、弹动秋声。"音乐中既描绘出了甜蜜柔情的人间深情，又体现了秋天的季节。秋声雄健而萧瑟，欧阳修在《秋声赋》中描写为："初淅沥以萧飒，忽奔腾而澎湃。"鼓琴者高超的弹琴技巧，听琴者专注动情的谛听。词中形容为"风拍小帘栊，花阴恰有人听。芭蕉影、隔住红灯"。词人又联想到了高山流水的典故。悠扬的琴声中，"分明是，流水高山绝调，戛玉敲冰""是幽兰制佩，腕底散芳馨"。在那美妙的琴声中，连同鼓琴者灵动的双腕所散发的芳馨一同飘荡在空中。

音乐总是能给人带来陶醉的感受，而琴声更能激发人悠远的联想。

下片是描写音乐中的形象。时而"泠泠。度空鸿雁"，时而又显出"寒浦外，水净沙平"。忽然又从中听出"何处怨苍梧，送落叶舞风轻"，如在苍梧之野有湘君、湘夫人二妃思念丈夫的悲怨之声，细至风飘落叶的声音。直到"掩朱帷，拍缓弦停"的夜深人静，"还怕纤纤素指，错点明星"。大意是说，琴声虽已终止了，但人们仍陶醉在刚才的美妙旋律之中，还没有清醒过来，在回家的路上，将天上的星星也都认错了。结句引用了钱起《湘灵鼓瑟》中的诗句"曲终人不见，江上数峰青"，词中说"默无言、恍若江上数峰青"。曲终后久久一片寂静，人们仍然沉浸在刚才的美妙音乐之中，似一片空灵。

词中写鼓琴，听琴，音乐的美妙动听以及欣赏者的陶醉，融为一个完整的境界，赞美了琴手高超的琴艺，也写出了欣赏者的知音。在词中又巧妙地运用了几个典故，如高山流水的典故，娥皇、女英的典故，以及"湘灵鼓瑟"的典故，这些典故都是与古楚文化有关的故事。张炎在《词源》中曾说："词中用事最难，要紧看题不涩。"顾太清在此词中用的典故异常融合熨帖。此词表现了一个完整的美妙的音乐空间。结尾余音袅袅，极富有艺术表现力。

风入松·买菊

【原文】

满城风雨近重阳，昨夜见微霜。

含苞细认玲珑叶①，记佳名，各色苍茫②。

出水芙蓉玉扇，落红万点霓裳③。

萧条古寺积寒芳④，不论价低昂⑤。

买归自向疏篱种，伴园蔬⑥，平占秋光⑦。

或有白衣送酒⑧，且拚一醉花傍。

【注释】

①玲珑叶：指嫩小尚未长成的花枝。

②各色苍茫：指品种繁多各异。

③出水芙蓉、玉扇、落红万点、霓裳：是各种菊花的名称。

④古寺：是卖花的地方。

⑤价低昂：价低、价昂。

⑥园蔬：园圃里种的蔬菜。

⑦平占：指平分、点缀。

⑧白衣：指无功名、无官职的平民。

【赏析】

秋天是观赏菊花的好季节。顾太清以买菊为题，抒发爱花赏花的雅兴。

"满城风雨近重阳，昨夜见微霜"。重阳节在农历九月初九，已是深秋时节，见微霜，点明了时令。"含苞细认玲珑叶"，此句为点题句"买菊"，又体现了买菊花的情态。在花市上菊花品种繁多各异，看得眼花缭乱，正因菊花"各色苍茫"，所以需"记佳名"，记住所需要的菊花品种，如"出水芙蓉玉扇，落红万点霓裳"之类。这一切，描绘的都是买花人心里所想的。

　　下片描写的是"买花人"的内心独白，先用"萧条古寺积寒芳"作为过渡句，点明了花市的所在。接着又描写，不论菊花价格的高低，只要是内心喜爱即可。"买归自向疏篱种，伴园蔬，平点秋光"。买花人打算买回菊花之后便种起来，与园圃里的蔬菜一起，点缀美丽秋光，平分秋色。买花人联想到，那时满园秋色，是多么令人赏心悦目啊！到那时，"或有白衣送酒，且拼一醉花傍"，边欣赏着菊花边饮酒欢唱，醉倒在美丽的菊花旁边，是多么美好浪漫的情调。然而醉酒往往是为了消愁。诗仙李白"会须一饮三百杯"，也是由于想要"同销万古愁"。顾太清醉倒花边，如唐朝李白、晋朝的山简"倒着接䍦花下迷"，是不是也有着同样解不开的愁苦呢？

鹊桥仙·牵牛（社中课题①）

【原文】

丝丝柔蔓，层层密叶，绿锁柴门小院②。
朦胧残月挂林梢，早已是、牵牛开满③。
一天凉露，半篱疏影，缥缈银河斜转。
枉将名字列天星，任织女、相思不管。

【注释】

①牵牛：即河鼓星。在我国古代传说中，把它与织女星相对而称为牛郎星。

它们隔着银河相望，编织成了一个浪漫的爱情故事。社中课题：是指诗社中限定词牌限定题目限韵填词。此词与下一首《踏莎行》都是此次诗社活动中的词作。

②绿锁柴门：柴门上爬满了绿绿的藤蔓。

③牵牛开满：指的是牵牛花。此花开在秋季。

【词评】

己亥秋，余与太清、屏山、云林、伯芳结"秋江吟社"。初集"牵牛花"，用《鹊桥仙》调。太清结句云："枉将名字列天星，任尘世、相思不管。"云林云："金风玉露夕逢秋，也不见、花开并蒂。"盖二人已赋悼亡也。余后半阕云："花擎翠盏，藤垂金缕，消受早凉如水。红闺儿女问芳名，含笑问、渡河星指。"虚白老人（按：奚疑，乌程人）大为称赏。

——沈善宝《名媛诗话》

【赏析】

这是一首诗社课题的词作。该词以牵牛花引出了牛郎、织女的浪漫故事。牛郎、织女的爱情故事，是我国动人的古代神话传说。顾太清以此歌颂了人间真挚美好的爱情。"丝丝柔蔓，层层密叶，绿锁柴门小院"。描写了秋天牵牛花繁茂的生长，它柔柔的藤蔓和绿绿的枝叶，甚至爬满了小院的柴门。由牵牛花的枝条与天上的牵牛星的名称相同，导出了柔情蜜意的爱情主题，词中说"朦胧残挂林梢"，好像是在写景，残月如挂林梢，但残月伴着牵牛星，林木上爬满着牵牛花，可谓是天上牵牛，地上牵牛，"早已是、牵牛开满"，无论是天上还是人间，到处充满着美好动人的爱情。

下片"一天凉露"点出了当时的季节，牛郎织女在鹊桥相会也正值此时。"半篱疏影，缥缈银河斜转"，同样用了前面的表现手法，人间天上交融为一体。篱笆柴门上爬满了牵牛花，被残月照射着，天上的银河斜转，两边的牛郎、织女该是相会的时候了。但接下来的一句却充满了哀怨。作者联想到，为什么爱情总是好事多磨，甚至会伴有不幸呢？谁在操控着命运呢？就连天上的牵牛星，虽"枉将名字列天星"，却仍"任织女、相思不管"，他们的婚姻也不能美满幸福。

整首词歌颂了爱情，但也委婉的揭露了封建社会里往往存在的爱情的不幸。沈善宝在《名媛词话》中认为此词末二句具有悼亡的意思，表达了对去世丈夫的深深怀念。该词写法新颖，构思巧妙，以牵牛花联想到牵牛星，二者相互交错融合，关联天上人间，表现了词人的灵思慧想。

踏莎行·遣闷

【原文】

腊尽春回，岁华虚度。

随缘随分行其素。

非非是是混行庄①，圯桥且进黄公屦②。

偶尔拈毫③，曲成自顾④。

唾壶击碎愁难赋⑤。

敢将沦落怨天公，虚名多为文章误。

【注释】

①行庄：又作行藏。《论语·述而》："用之则行，舍之则藏。"后来比喻人的行为出处。

②圯桥且进黄公屦：传说汉代张良少年时曾遇到过黄石公。黄石公"直堕其履圯下"，命令张良帮他下桥捡鞋，等张良给他捡回鞋后又伸脚让张良帮他穿鞋。张良按要求都一一做到了，黄石公认为张良"孺子可教"，便约他五天之后在平明时分到圯桥相见。张良曾二次前往，但都是黄石公先到了，黄石公便责怪张良迟到，再约张良五日之后再见。这一次张良半夜时就出发了，终于比黄石公先到达圯桥。黄石公很高兴，便传给张良《太公兵法》，张良从中学习到了兵法，后来帮助刘邦灭掉了秦国，建功立业。故事参见《史记·留侯世

家》。圯：地名，在下邳，即今江苏省徐州市西南。圯下，指圯桥下面。屦、履，均指鞋。

③拈：两指捏取。毫：指笔。

④曲成自顾：谱成乐曲后自己弹唱。

⑤唾壶击碎：唾壶：古代的痰盂。形容对文学作品的高度赞赏。根据《世说新语·豪爽》记载，在西晋时大将军王敦胸有图谋，每次喝完酒，总是吟咏魏武帝曹操的诗句："老骥伏枥，志在千里。"并"以如意打唾壶，壶口尽缺。"一边以击壶为节拍，将壶边敲得尽是缺口。

【赏析】

这是一首诗社课题的词作，是以"遣闷"为题的词。上片首句"腊尽春回"，点出了当时已是冬末的时间，又是一年的岁末，词人深切感到"岁华虚度"，接着又说道"随缘随分行其素"，无可奈何，只能遵从命运的安排。整天只需"非非是是混行庄"般混日子。接着又提到"圯桥且进黄公屦"，在这里，她引用了张良遇到黄石公的典故，用此事来宽解，"且进"一词是用来说明张良为黄石公多次拾鞋穿鞋，以及应黄石公的邀请，五日后在圯桥和黄石公见面，他全然不明白黄石公是什么用心，只是稀里糊涂地按黄石公的命令去做而已。引此故事，主要是为了自己的"非非是是混行庄"的行为做解释。

下片详细描述了词人百无聊赖中找事遣闷的情景。"偶尔拈毫，曲成自顾"，自己无聊时拿起笔来写写，填成曲子后自己弹唱。接着又说"唾壶击碎愁难赋"，是指自己有着与西晋大将军王敦同样的愁苦。王敦曾胸怀大志，但总等不着施展他才华的机会，只得吟咏魏武帝曹操的诗："老骥伏枥，志在千里"，一手以击壶为节拍，由于手太重，把唾壶的壶边敲得都是缺口。词人为何会这样愁闷不堪呢？词的末两句："敢将沦落怨天公，虚名多为文章误。"似乎透露了词人烦闷的原因，是指自己有了诗词"虚名"以后，被一些流言蜚语中伤，但自己又毫无办法，不敢埋怨天公，只能怨自己。

【词人逸事】

顾太清四十一岁时，被迫迁出王府，到养马营来租屋子居住，不得已还要自己养猪糊口。她难免发出"亡肉含冤谁代诉"的感叹。再加上陈云伯编造顾太清为他题诗的"可笑""荒唐"的事。顾太清被这些流言蜚语中伤，她不得不痛斥为"含沙小伎太玲珑，野鹜安知澡雪鸿"（见《天游阁诗集》卷五《钱塘陈叟字云伯者以仙人自居……》诗）。以上这些都是有案可查的事情，至于"亡肉含冤"到底指的是什么，则需要考查了。总而言之这些事都有损于顾太清"澡雪鸿"的清白名声的，一位弱女子，如何能承受如此沉重的愁闷苦恼，故她通过作此词来排遣心中的烦闷。

醉翁操·题云林《湖月沁琴图》小照①

【原文】

悠然。长天。澄渊。

渺湖烟，无边。

清辉燦燦兮婵娟②。

有美人兮飞仙。

悄无言，攘袖促鸣弦③。

照垂杨、素蟾影偏④。

羡君志在，流水高山。

问君此际，心共山闲水闲。

云自行而天宽，月自明而露泫⑤。

新声和且圆，轻徽徐徐弹⑥。

法曲散人间⑦，月明风静秋夜寒。

【注释】

①云林：许云林，字延初，适休宁贡生孙承勋。她是顾太清的闺中密友，她们之间诗词唱和甚多。根据藏书家徐乃昌辑刻《小檀栾室汇刻闺秀词》收录该词，但该词前的小序没有"小照"二字。沁：浸透。

②婵娟：在这里指月亮。又指女子的美好情态，后扩大指代女子。

③攘袖：捋起衣袖。促：指急促地弹奏。

④素蟾：也是代指月亮。神话传说月亮中有蟾蜍。

⑤泫：多。《诗经·郑风·野有蔓草》："野有蔓草，零露泫兮。"

⑥徽音：美妙的乐声。出自王粲《公燕诗》："管弦发徽音，曲度清且悲。"

⑦法曲：道家所奏的音乐。在这里引申为仙乐。

【词评】

太清之倚声……巧思慧想，出人意外……（如）《醉翁操·题云林〈湖月沁琴〉图》云……

——沈善宝《名媛词话》

【赏析】

这是首关于许云林的一幅小照的题画之作。画题为"湖月沁琴图小照"，晚清藏书家徐乃昌辑刻的《小檀栾室汇刻闺秀词》收录了此词，但小序中没有"小照"二字。根据沈湘佩《鸿雪楼集》有《题云林〈湖月沁琴〉图》（泉韵松凤张七弦，个中人是蕊珠仙。二分凉月清于水，十里平湖碧化烟。识曲鱼龙时泼剌，解音鸾鹤起盘旋。凌波许共寒簧起，迟我三潭放画船），吴藻《香南雪北词》也有《高阳台·云林姊嘱题〈湖月沁琴〉小影》一词（选石横琴，摹

山入画，年年小住卤冷。三弄冰弦，三潭凉月俱清。红桥十二无人到，削夫容、两朵峰青。不分明，水佩风裳，错认湘灵。成连海上知音少，但也条丝动，移我瑶情。六曲阑干，问谁素手同凭。几时共结湖边屋，待修箫来和双声。且消停、一段秋声，弹与依听），由此可证明原画中仅题"湖月沁琴"四个字。实际上它是一幅以"湖月沁琴"为背影的肖像画。

上片开篇"悠然"二字概括了这幅画的意境。境悠然、人悠然，且情也悠然。接下来说道长天—澄渊—渺湖烟—无边—清辉燦燦的月亮。词人用了一连串独立的短句来表达悠然这一境界，共同构成了"湖水沁琴"的一派清幽。秀美的女子（画主），好似一位美丽的"飞仙"，她娴静默默地在斜月映照垂杨中

"攘袖促鸣弦",即抚琴。画面连同它的诗一般的情调被淋漓尽致地展现出来了。从而烘托出湖月之美和画主沉浸在美妙琴乐中的审美主题。

下片着重描写琴和人,继续深化"悠然"这一境界。词人深感此刻的那琴声定是高远的。它志在高山流水,不同凡俗。赏画的人如钟子期一样,是一位知音者,听出了抚琴者美妙音乐中的追求,且"心共山闲水闲",能够使人忘却世俗的富贵荣华,放达胸怀,与悠闲的山水相互交融,这是种高洁的志趣。紧接着"云自行"四句,前两句是再现大自然,后两句则再现的是抚琴的女子,表现了明月行走于宽阔的云空中,人在和着轻柔徐缓的音乐。词的最末两句"法曲散人间,月明风静秋夜寒",词人将这幅绘画转换成了一个立体的空间,词人仿佛听到了它散布人间的仙乐,还有微风,月光,调动了人的视觉、听觉,甚至还有感觉上的秋夜寒气。标题中的"沁"字得到了完美体现。

这首词从整体上看,上片描绘了静态的画面,下片画面灵动有致,作者充分发挥了想象力。词中并没有过多地去描写"小照"——像主的身份、评价,而把更多的笔墨放在了绘画的意境美上。这是该词的成功所在。

雪狮儿·雪窗漫成①

【原文】

低帷伏枕,重衾恋卧,疏窗清晓。

蜡泪盈盈②,小盒菊花香老③。

乌惊树杪④。

问昨夜、寒添多少?

起来看、阶前栏外，乱琼纷绕⑤。

嘱咐双鬟莫扫⑥。

爱天然作就，画材诗料。

袖手无言⑦，会处幡然成笑⑧。

半生潦倒。

拚一醉、消除怀抱。

凭谁告，托向美人芳草。

【注释】

①漫成：指不经意间地写成。

②蜡泪：流下来的烛蜡。

③盎：指腹大颈小的花盆。

④杪：同梢。

⑤乱琼：飞雪。琼是指美玉。

⑥双鬟：指代丫鬟的名字，但不一定为实指。

⑦袖手：放下衣袖，把手藏在袖中，是不行动的表现。

⑧会处：会心的时候。

【赏析】

词的上片描写"低帷伏枕，重衾恋卧"，在秋去冬来的时节，寒气沉沉，词中主人公一觉醒来后，没有揭开床帐，伏枕盖着厚重的被子，仍然贪恋地睡着，虽早已"疏窗清晓"，但还懒于起床。向周围打量一番，看见"蜡泪盈盈"，"蜡泪"一词，虽是比较常用的比拟词，但在这里已经寄寓着主人公的茫然感伤了。昨夜点的蜡烛，现在只剩下流在周围的如泪的蜡油。词人接着又说："小盎菊花香老""乌惊树杪"等景象，是描写花盆里的菊香已经陈旧了，庭院树上的乌鸦已醒来，吵成一片，这些一连串的景象，其实是帷帐中刚睡醒的那位女子内心意绪的流露。接着，"问昨夜、寒添多少"，描写了这位女子心中的凝思，经历了一个秋夜，寒意又增添了多少呢？所以才起床"起来看、阶前栏外，乱琼纷绕"，这下才发现窗外下着纷飞大雪。通过这一连串人与自然相互交融细腻的描写，将词中女子神态形象生动地呈现在了读者面前。

秋去冬来，雪也应景而生，白茫茫的雪地中，有多少人与自己有同样的身世呢？

下片描写了词中主人公诗人的浪漫气质。当她看到地上飘落的秋叶被大雪覆盖了，银装素裹，忙"嘱咐双鬟莫扫，爱天然作就，画材诗料"。她静静地站在这一幅天然造就的绝美的画面前，似乎获得了灵感，领悟到了什么，心与景相互交流，灵机一动，"会处幡然成笑"。她思绪万千，看到这秋去冬来的变化，使她联想到了自己的身世，"半生潦倒"，引发了她的身世之感，胸中有多少的痛楚，想写成诗词向人倾诉呢？但心中的辛酸，只能"拚一醉、消除怀抱"。或者，能够像诗人屈原那样，写《九歌》《离骚》，"托向美人芳草"。但"凭谁告"，这"托向美人芳草"的话，又能向谁去倾诉呢？

  这首词写来天然韵成，自然，少雕琢，没有任何辞藻的卖弄，唯有内心真挚的倾诉。且不做作，读来秀雅灵动，如行云流水，晚清词学家况周颐非常欣赏她的词作，认为在清代崇尚雕琢绮丽的词风中，只有她能直接承接宋人法乳，不落凡俗。这首词，情致深婉，而文笔纯净，哀怨婉曲而清秀细腻，不落入感伤消沉的俗套，很好地掌握了感情的"度"。可谓是美人芳草，非小家碧玉可与之媲美。

秋波媚·夜坐

【原文】

自笑当年费苦吟，陈迹①梦难寻。

几卷诗篇，几张画稿，几许光阴。

唾壶击碎频搔首②，磨灭旧胸襟。

而今赢得，千丝眼泪，一个愁心。

【注释】

①陈迹：指过去的事情。

②搔首：用手挠头。这里表示是一种很无奈的动作。

【赏析】

　　该首词，不假外物，不假寄托，也不加虚饰，词人用直抒胸臆的方式表情达意。上片以"自笑"起笔，倾诉心中的难解苦涩。"当年费苦吟"，是说自己苦苦吟咏而成的很多诗，都是为了寻找少年生活的梦。在二十年前曾经历过漂泊，又经历了家庭的悲欢离合，但"陈迹梦难寻"。所凝结成的"几卷诗篇，几张画稿"，费了"几许光阴"。表达了词人42年的经历，如同梦一般，成为斑斑点点的遗痕，留在了自己的几卷诗词、几张画稿中，其中有太多积恨愁闷，都很难倾诉出来，故词人变得愁愤难耐。

　　下片紧接着描写词人愁愤难耐的内心。"唾壶击碎频搔首"，此句中引用了"唾壶击碎"的典故，还加上"频搔首"的无奈动作，更增加了自己胸中积怨难平的强度，此句将词人的愁闷表达得淋漓尽致。相传西晋大将军王敦当年胸怀大志，但却得不到施展才华的机会，只得一边高吟魏武帝曹操的诗句"老骥伏枥，志在千里"，一边在唾壶上重重地打拍，由于手太重，以至于唾壶边尽是缺口。词人高声地吟诗，重重地击拍，且无奈地搔首，似乎想要"磨灭旧胸臆"。就像南朝宋文学家鲍照一样，"对案不能食，拔剑击柱长叹息"（《拟行路难》），面对着食物吃不下，坐不住，激愤得拔剑击柱、叹息不已。心中的愤恨，都会表现为形体的激愤动作，但实际上心中的愤怨丝毫得不到排解，所以只能看到词人"而今赢得，千丝眼泪，一个愁心"。我们看到了这位曾经历风霜与坎坷的女词人，她胸中累积了多少的愁恨委屈，在无助孤独时发展成为更加难以抑制的激愤不平。

词人就像鲍照一样，高声吟诗，激愤不已，难解心中的怨愤。

诗词可以抒发心中的愤怨，在封建社会，有众多发愤而怨的诗词，这些诗词暴露了封建社会的黑暗，抒发了作者心中的激愤不平，是我国诗歌传统中的一份宝贵的精华。

满江红

【原文】

辛丑（道光二十一年，1841 年）十一日为先姑断七之期。前一日，率载钊、载初恭诣殡宫致祭。月之九日，长子载钧由南谷遣骑传谕守护官员及厨役等，初十日不许举火。予到时已近黄昏，深山中虽有村店，因时当新年，便饼饵亦无买处。有守灵老仆妇熊姬不平，具菜羹粟饭以进食。呜呼！古人有云："周公与管、蔡，恨不茅三间。"诚所谓也。遂填此阕，以记其事①。

冒雪冲寒，崎岖路、马蹄奔走。

望不尽、远山冠玉②，六花飞凑③。

碧瓦遥瞻心似剖④，殡宫展拜浇杯酒。

哭慈亲、血泪染麻衣，斑斑透。

故人意⑤，休辜负。

乡间味，甘消受。

费松柴一灶，余粮半斗。

好客岂拘贫与富，充饥莫论精和陋。

饭王孙⑥，粗粝菜根香⑦，逢漂母⑧。

【注释】

①先姑：指荣格郡王绵忆的夫人，奕绘的母亲，顾太清的婆母。断七：指死后第七个七日，即死后第四十九天。按照古代的丧俗，人死后七天才知道自己已经死了，所以要举行"做七"，即每逢七天一祭，"七七"四十九天才结束，所以人死后必须停灵四十九天才能安葬。这主要是受到了佛教和道教的影响。断七这一天是准备入土安葬之日，断七过后就出了孝期，丧家都很看重，亲朋好友都来参加"断七"礼仪活动。这一天，请道士、和尚来做道场，即道士做法会，僧人诵经，以表示隆重，并颂入土为安。念经拜忏之后子女们便脱下丧服，换上常服。"周公与管、蔡恨不茅三间"：按管、蔡即管叔与蔡叔，二者均是周公旦的兄弟。周成王时，周公旦辅政，因不能容纳自己的兄弟，连三间茅

屋都不给予兄弟。在这里是比喻载钧在王府中掌权，如同周公旦不能容纳兄弟一样也不能容纳庶出的兄弟载初和载钊，但历史上周公旦被誉为贤人，"恨不茅三间"应当是反讥。

②冠玉：是古人装饰在帽子正中的玉片，紧贴前额天庭，具有重要的民俗意义。这里是指山顶上覆盖着的雪，好似戴了一顶白玉般的帽子。

③六花：指代雪花。

④碧瓦：在我国古代封建社会里，绿色的瓦常常用在如天坛、地坛和埋死人的地方，所以这里指代太夫人停灵处的建筑。剖：分为两半的碎裂。

⑤故人：是指守灵的老妇人熊妪。

⑥王孙：这里指载初和载钊，由于他们是皇室的后代。

⑦粗粝：粗米饭。"饭王孙"中的"饭"为动词。

⑧逢漂母：在春秋楚平王时，伍子胥父兄遭到谗言被害，伍子胥连夜逃走，途中他饥饿难耐，此时遇到了浣纱女，即漂母，赠予他饭食。楚军追来时，漂

母怕受到侮辱，于是抱石沉江而死，此故事后来改编成了戏曲《浣纱记》。这里把守灵的老妇人熊姬的义行比喻成了漂母。

【赏析】

词的上片从一路历程开始写起："冒雪冲寒，崎岖路、马蹄奔走。"北方的初春季节，仍然寒气逼人，雪花纷飞。顾太清等一行人一大早顶着寒风飞雪出了城，由于路途遥远又是奔丧，所以就算是道路崎岖，也要快马加鞭地赶路。从描写中，似乎能感受到奔丧的人内心的焦急。他们一路前行，终于看到了远处的西山，山顶上还覆盖着厚厚的积雪，如同"冠玉"——每座山的山顶上都戴着洁白如玉的帽子，他们经过艰难的跋涉，终于快到目的地了。"碧瓦遥瞻心似剖"，当远远看到碧色琉璃瓦建筑的时候，心中涌现了"心似剖"的悲恸，知道那个建筑就是绵忆夫人的殡宫了。"殡宫展拜浇杯酒。哭慈亲、血泪染麻衣，斑斑透"。披麻戴孝，是封建社会重孝的一种穿戴，顾太清面对棺椁，尽了子媳的礼节，心中确实一阵悲恸。

下片转写小序中所提到的老仆妇熊姬热情做饭接待顾太清一行人的事情。他们由于经历了一天的旅途奔波，灵前的祭拜完毕后，他们都感觉到了饥饿，但却没有饭吃，而老妇人熊姬很同情他们，甚至违反禁令为他们热炊做饭，这让顾太清非常感动，因而说出了"故人意，休辜负"的诚挚谢意。老妇人熊姬其实并不富裕，以"余粮半斗"下锅，表现了她虽处在穷困的环境中却极其富有侠义的心肠。他们对这种乡间野味也一时甘之如饴，"好客岂拘贫与富，充饥莫论精和陋"。在这时，顾太清真正体会到了没有贫富界限的友谊的可贵。最后顾太清引用了春秋时期伍子胥在逃亡的路上遇到了漂母一饭之赠的典故，来表示老姬之情的可贵，同时也将她心中蕴藏的对老姬的深深谢意表现得淋漓尽致。熊姬虽用"粗粝菜根"招待"王孙"，但精神却极其诚挚可贵。

在这首词中词人描写了两件事，上片描写绵忆夫人的逝世以及词人的悲伤，似乎是礼仪上的复杂表现，而下片是写对熊妪的感激之情，却更为具体而细腻，故而更为婉曲细腻，感人肺腑。

金缕曲

【原文】

王子兰公子寿同寄词见誉，谱此致谢，用次来韵①

今古原如此。

叹浮生②，飞花飘絮，随风已矣③。

落溷沾茵无定相④，最是孤臣孽子⑤。

经患难、何曾容易。

况是女身芜薄命，愧樗材枉受虚名被⑥。

思量起，空挥涕。

古人才调诚难比。

借冰丝、孤鸾一操，安排宫徵⑦。

先世文章难继绪，不过扶持培置⑧。

且免个、鹑衣粟米。

教子传家惟以孝，了今生女嫁男婚耳。

承过誉，感无已。

【注释】

①王子兰：生平不详。寿同是他的名。他曾填词寄赠顾太清，极力赞扬太清的词。此词为依来词原韵填的答谢词。

②浮生：出自《庄子·刻意》："其生若浮，其死若休。"老庄认为人生就好像是飘浮不定之物。后来浮生指短暂虚幻的人生（对人生的消极看法）。

③已矣：表示终结的语气。

④溷：粪池。茵：草坪或褥毯。此用前一含义。

⑤孤臣孽子：指孤立无助的远臣和失宠的庶子（非正妻的儿子）。出自《孟子·尽心上》："独孤臣孽子，其操心也危，其虑患也深，故达。"顾太清的祖父鄂昌曾任四川巡抚、陕甘总督等官，但由于牵连文字狱，被乾隆赐死，顾

太清在丈夫奕绘死后失宠于太夫人，故此处是自况。

⑥樗：俗称臭椿，古人常用此比喻无用之才，多用于自谦之辞。被：覆盖。

⑦"借冰丝"三句：以奏琴比喻自己的诗词。"冰丝"即琴弦，操指琴曲，"孤鸾一操"，意思是奏出自己的哀鸣孤独。宫徵：音乐的一种调名。

⑧扶持培置：培植安置好的意思。

⑨鹑衣：鹌鹑俗称为"秃尾巴鹌鹑"。这里以鹌鹑的难看羽毛比喻人的衣衫破烂不堪，借指乞丐的衣着。

【赏析】

词的首句为"今古原如此"，这句话是针对王子兰公子来词中的话而说的，顾太清表示赞同。然而王子兰在词中到底说了什么，我们现在已无从考证。只能从顾太清下面的词句中可略知一二。"叹浮生，飞花飘絮"，词中说到自己的人生原本漂泊不定，如飞花飘絮，"随风而已"，或许"落溷"或许"沾茵"，是没有定数的，它可能会落到如粪池这样污秽不堪的地方，也许会飘落到草坪等地方。通过顾太清自怜自己的人生，可以推测王子兰的来词中必定也提到了这一点，他是一位对顾太清的生平和遭遇有相当了解的人。他的来词中一定向顾太清表示了深切的同情，且极其赞赏太清诗词中所流露的洞达世事。这一点，可从顾太清接下来所说的话来证明，接着说"最是孤臣孽子"，"孤臣孽子"这一词语出自《孟子·尽心上》。原文说："独孤臣孽子，其操心也危，其虑患也深，故达。"此句话的原意大概是说，人的聪明智慧，原是从忧患灾难中得来的。只有"孤臣孽子"才能通达事理，因为他们处在失宠、低下的地位，故他们都比较有忧患意识，会经常鞭策鼓励自己。词中顾太清把自己比喻成"孤臣孽子"，因为她的祖父，曾任四川巡抚、陕甘总督等官，后来因牵连胡中藻《坚磨生诗钞》的文字狱案被乾隆赐死，顾太清也因此蒙受了"罪人之后"的牵连，她的丈夫奕绘去世之后，她又被太夫人所不容，成了失宠的人。所以在这里也是自喻。她说到自己，"经患难、何曾容易"。是指自己经历了这么多的遭遇，能够做到通达事理这一点，谈何容易，"况是女身芜薄命"，再加上自己还是个弱女子，更是难上加难。接下来顾太清对王子兰的称赞表示说："愧樗材枉受虚名被"，自己只不过是一种"樗材"，外面传的有关自己的诗词才华，都是些虚名而已。"思量起，空挥涕"，想到这一切，只是枉然的悲痛挥泪而已。

下片说到了顾太清自己的诗词，词的上片说到了自己的身世遭遇，所以自己的诗词，不过是这种悲痛情感的寄托而已。"借冰丝、孤鸾一操，安排宫徵"，就像借音乐来抒发自己的感情是一样的。王子兰也许赞扬顾太清的词作有"古人才调"，并可能大胆而隐约地称赞了顾太清家学渊源，继承了"先世文章"。因顾太清出身于世家，其祖父鄂昌非常喜爱诗词，在当时很负盛名。但曾与胡中藻唱和，牵连进文字狱中，后被赐死。而顾太清则谦虚、委婉地回答说："古人才调诚难比"，"先世文章难继绪，不过扶持培置"，只是把倒下的树干扶起来，再用土壤培植安置好而已，没有让家庭的这一传统中断罢了。词的后面谈到了顾太清目前的生活，"且免个、鹑衣粟米"，只是勉强能够避免寒冻饥饿。"教子传家惟以孝，了今生女嫁男婚耳"，谨慎教养后代，了却今生男婚女嫁的愿望而已。

这首词，由于是首答谢词，所以免不了会有一些应酬的话。而这首词的精华在于顾太清自述生平，情致深婉，哀感动人。词人将自己的生平比作是"飞花飘絮"不知要飘向何方，如同"孤臣孽子"一般，备受歧视冷落，自己又是个弱女子，更是孤苦无依，将词人心中蕴藏的哀叹表现得婉曲细腻，感人肺腑。

占春芳·戏咏瓶中柳枝杏花

【原文】

红杏艳，绿杨袅，相与共扶春。
供向云房深处①，案头留住芳辰②。
一段好精神。
小瓶儿、清水无尘。
怕教容易随风去，飞过比邻。

【注释】

①云房：指道者、出家人和隐居者的居室。

②芳辰：指美好的时光，多指春季。此处即指春光、春色。

【赏析】

根据词中"案头留住芳辰"一句推测，该词应作于暮春时节。词人折下杏花与柳枝，将它们共同插进一个瓶中，算是一种雅趣，也表现出了屋主人对春光、春色的无限留恋。词人咏赞"红杏艳，绿杨袅，相与共扶春"的无限美好。红花配绿叶，色彩协调，表现了一种美的追求，但把室外的红绿（杏花、柳枝）移到了室内，悉心养护，也表现了对春天将要消逝的无奈。

下片的首句"一段好精神"，再三端详，赞不绝口。词人用此句来承上启下，转写自己怡然自得的情趣。一个"清水无尘"的"小瓶儿"，竟能把无限美好的春光浓缩地留在了自己的身边。这是由于在室外，春光更容易流逝，因"怕教容易随风去，飞过比邻"，所以才想到了这个好办法。

此词虽表达惜春的情感，但没有传统题材的那种感伤，倒是令人感到对于青春和美的追求，语言也明快自然，活泼流畅，可谓是意不晦涩，语不雕琢。

词中用"红杏"对"绿杨",概括了整个春色。用"艳"和"袅",表现其活力和秾丽。全词构思奇妙,别具风格,瓶儿虽小,却偏用它来装整个大自然的"芳辰",表现出词人的巧思深情。

江神子·浴佛日喜雨①

【原文】

阿香油壁碾轻车②,电光加,掣金蛇③。

一夜甘霖④,普济万千家。

今岁麦秋知有望,民之乐,乐无涯。

新荷闹雨听鸣蛙,绿荫遮,暗窗纱。

晓起钩帘,残溜滴檐牙⑤。

人向画栏干畔立,罗衫薄,受风斜。

【注释】

①浴佛日:农历四月初八日,是佛教教主释迦牟尼佛诞生日,又称为佛诞节,在这一天,要用水盥洗佛像,称为浴佛,也称为灌佛。

②阿香:相传雷电是由一车载负的,一女名为阿香专职推载着雷电的车。油壁:出自李贺《苏小小墓》:"油壁车,夕相待。"油壁车:指车厢由油布蒙着的车子。

③金蛇:指闪电。出自陆游《龙湫歌》:"鳞间出火作飞电,金蛇夜掣层云

中。"掣：手中牵引。

④甘霖：甘甜的雨露，指及时下的好雨。

⑤残溜：指残余的雨滴。檐牙：屋檐突出如牙齿状的部分。

【赏析】

词首先从夜间的雷电交加写起，"阿香油壁碾轻车，电光加，掣金蛇"，异常生动。再加上词句中引用了很多神话传说，气势显得更加壮观。根据佛俗，浴佛日为喜日，又赶上下雨，正应了浴佛的说法，同时也正应了初夏农事的盼望。故词人高兴地说道："一夜甘霖，普济万千家。"词人的喜悦中，实际上还包含了"今岁麦秋知有望，民之乐，乐无加"。由此可知词人同百姓感情的沟通。

下片写雨后天晴的情景。如诗情画意般的境界展现在眼前："新荷闹雨听鸣蛙，绿荫遮，暗窗纱。"四月的荷花，加上这场急雨，荷叶更加绿油油的，像是被洗过的"新荷"。青蛙在下雨天时更是欢鸣，蛙鸣声此起彼伏。一阵"闹雨"，加上动听的"鸣蛙"，一下子点活了词的境界，如诗如画、盎然生动。因为此时已入夏了，树荫已经浓密，窗纱上的树影婆娑，故称"绿荫遮，暗窗纱"，很鲜明的点出了此时时令的特点，使人感到一阵雷雨交加之后的清新，扑鼻而来，令人向往。这一幅如画的美妙境界，只有在生活中有所体验并有细心

的观察后才能写出来。紧接着又写到新雨过后，屋檐下还有滴答滴答的雨滴在轻轻敲打着。这些美丽清新的景象，是在"晓起钩帘"即早晨起床后，钩起窗帘之后发现的。主人公一下子被这新雨后的如诗画面所陶醉，而"人向画栏干畔立"，静静伫立在窗前观赏，甚至"罗衫薄，受风斜"，还没来得及穿好衣服，正在受着风邪侵袭。人在画中，情与景交融，心与境交融。

　　这首词，上片描写雷电交加的雄伟气势，下片描写雨后天晴的静谧景象。

《太清词》赏析

前面气势磅礴，雄伟壮观，后面如诗如画，起伏张弛，交相辉映，配合得宛如一首田园交响曲。从词中的细腻描写上来看，能够感到词人非常善于观察生活，能够捕捉到生活中的细节，这些细腻的特征、细节，词人又能用准确生动的语言把它们表现出来，令读者从中获得美的享受。另外，我们从中还可看到，作为一位曾有丰富经历，而现在又回到了上流社会的女子，仍能够与普通百姓同呼吸、共命运、共通喜乐的感情。百姓的欢乐，也是词人的欢乐，这点构成了词的欢快声情。

山鬼谣·山楼听雨有感①

【原文】

倚危阑、半阴斜日，野云窗外飞起。

山楼乍满西风冷，襟袖暗沾烟水。

云际里，分不出、浓青淡绿苍茫耳。

空蒙眼底。

但电掣金蛇，雷惊幽谷，尘世亦闻否？

黄昏后、入夜时鸣不已。

旧游今昔难比。

年来多病身心懒，独坐剪灯凭几，愁难理。

慢付与、青笺斑管从头记②。

伤心已矣。

奈听风听雨，恼人滋味，愁可有涯涘③！

【注释】

①山楼：在顾太清诗词中单提到山楼的，多数是指她的丈夫奕绘生前在西山南谷别墅的清风阁。奕绘《山楼雨坐》诗中有"南谷清风阁，桃源隐士家"的记载。另一处则在马兰峪，称为信述山楼。这里指的是清风阁。

②青笺斑管：指代纸笔。

③涯涘：指水边。在这里形容无边无际。

【赏析】

这首词描写了南谷别墅清风阁的雨中景。根据词中"山楼乍满西风冷"句，此词应写于秋天。上片描写风烟云雨，取其不凡的气势，创造出了恢宏的境界。"倚危阑，半阴斜日，野云窗外飞起"，开篇写山楼的位置，与一般的亭阁楼台不同。此山楼建在了半山腰处，在风雷云水中耸立，吞吐风云，词中主人公"倚危阑"，看到了午后的"半阴斜日"，窗前正"野云飞起"，风云突变。接着描写"山楼乍满西风冷"，终于山雨欲来风满楼。由于山楼处在半山腰上，周围同云相接，人也被烟云环抱笼罩着，因此有"襟袖沾满烟水"的感受，且"云际里，分不出、浓青淡绿苍茫耳"，因为自己身在烟云之中的缘故，分不出群山的"浓青淡绿"，只知群山一片苍茫。在"空蒙眼底"，"但电掣金蛇，雷惊山谷"，一道闪电之后，是一声震惊山谷的惊雷，令人感到惊心动魄。此处描写很奇特生动，有震撼力，与其他词人描绘细枝末节的词句相比，更有无限动感。又由于词人身处高处，周围便是烟云惊雷，所以词人产生了"尘世亦闻否"的疑问，不知道地面上是否也能听到这一声惊雷呢？将词人的感受表达得极有气势，极有层次。

　　下片描写词人哀怨凄婉的内心独白，笔锋转入抒徐轻柔，取代了上片的急风骤雨。"黄昏后、入夜时鸣不已"，天已黄昏，虽然不时还会听到雷鸣，但主要已是风雨的声音，雨滴淅淅沥沥敲打着，使人辗转难眠，故引出了"山楼听雨有感"的主题，通过听雨主人公在心中联想了一系列的身世之感："旧游今昔难比。""旧游"，是指与往昔朋友的欢快棺聚，将昔日的欢乐热闹与如今的凄凉寂寞对比。"年来多病身心懒，独坐剪灯凭几，愁难理"，是她现在处境的真实写照。思绪烦乱，当然不仅是"多病"而已，从"愁难理"三字中可以知道主人公的愁闷凄凉是多么的严重。心情多么的烦乱，而此时，仅能想到的，只是展开青笺，拿起斑笔，一桩桩，一件件，慢慢地，从头记下来。她的诗词，就是这一"伤心"情感的记载。词的末句"恼人滋味，愁可有涯涘"，词人无奈地在听风听雨的不眠之夜中煎熬，愁苦无边无际。至此，让我们联想到了李清照的"寻寻觅觅，冷冷清清，凄凄惨惨戚戚"之情的《声声慢》，她并没有用"只恐双溪舴艋舟，载不动，许多愁"的表现方法，而是采取了直抒方法：

"梧桐更兼细雨，到黄昏、点点滴滴。这次第，怎一个愁字了得。"顾太清的这首词，同李清照的《声声慢》有相同的雨夜，同样的不眠，同样无边无际的愁，同样不假比喻，不假通感，而用直抒胸臆的方法表情达意，情致深婉，令人深深感动。

南柯子·中元由金顶山回南谷山中带所见①

【原文】

絺绤生凉意②，肩舆缓缓游③。

连林梨枣缀枝头。

几处背阴篱落挂牵牛④。

远岫云初敛⑤，斜阳雨乍收，

牧踪樵径细寻求⑥。

昨夜骤添溪水绕村流。

【注释】

①中元：即七月十五且。在我国古代正月十五为上元，七月十五为中元，十月十五为下元，合称为三元。金顶山：又称为妙高峰，指妙峰山的顶峰，如莲花形状，所以又称为莲花金顶。今属北京门头沟区。徐乃昌抄本词序中只作"山行"，其余略。

②絺绤：指粗细不同的麻布，絺在古代指细葛布。此处形容慢一阵，紧一

阵的凉风。

③肩舆：坐轿。

④几处背阴篱落挂牵牛：在山的背阴处看见了几处篱笆上爬满了牵牛花。

⑤岫：指峰峦。

⑥羊踪：徐乃昌抄本为"牧踪"，与"樵径"对称，意思更加通顺。指牧人经过的小径。

【词评】

太清之倚声……巧思慧想，出人意外……（如）《南柯子·山行》云……

——沈善宝《名媛词话》

【赏析】

此词的序中说"由金顶山回南谷山中书所见"，沈善宝（湘佩）在《名媛词话》中简作"山行"。也许是由于沈善宝所见的是早期抄本的小序。总之此词描写的是一路山行所见，是一首山水风景词。

词的开篇先说"絺绤生凉意，肩舆缓缓游"，描写了词人坐轿于山中缓缓而行的情景，当时正值秋季，不时会吹来慢一阵，紧一阵的秋风，词人深感到了凉意。山行需要用心费力，只能"缓缓游"，慢行正好可以观赏一下沿途美丽的风景。紧接着移步换景，描写了途中所见的一连串的景色。先是发现了"连林梨枣满枝头"，枝上果实累累，春华秋实，是秋天才有。话语中流露出了欣喜。"几处背阴篱落挂牵牛"，在山的背阴处又看见了几处篱笆上爬满了牵牛花，这又是一处山村的美景。

下片接着又转写天空。"远岫云初敛，斜阴雨乍收"，夕阳西下，云敛雨收，秋高气爽。"牧踪樵径细寻求"，"牧踪"，山中的小路都被落叶遮盖了很难寻求，也有人迹罕至的缘故，可知此地的清幽。这句也照应了上片的"肩舆缓缓游"。正因为山中路径难寻才须"缓缓游"。继续向前行，发现了一处村落，溪水绕村而流，因为"雨乍收"，故水流湍急，这又是一处美景。全词写出了一路山中的美景，它由一位久居住于京华城市的女子的眼中看来，通过她细致的观赏，准确而生动形象地再现在她创作的词中，给人以美好的享受。

沁园春·落花

【原文】

点点星星，零零落落，一片飞残。

向东风影里，空劳蛱蝶①，碧纱窗外，遮没阑干。

柳线难牵②，帘钩难挂，无赖封姨不见怜③。

经行处，恰纷纷红雨，轻拍香肩。

芳魂何处姗姗④，待剪纸，招来月下看⑤。

认朦胧不准，飘摇不定，烟消雨化，丰韵难传。

惯为花愁，谁禁又落⑥，空对长条不忍攀⑦。

从今后，剩绿苔庭院，吹满榆钱。

【注释】

①蛱蝶：即蝴蝶。

②柳线：指柳条。

③封姨：神话传说中的风神。无赖：此处形容风凭空而来。赖：依靠，凭借。

④姗姗：缓慢轻盈的移动脚步。

⑤剪纸：古代时民间流行剪纸招魂，即人死后，把纸剪成各种不同的形状挂在门上，所以下面说"招来"。出自杜甫《彭衙行》："暖汤濯我足，剪纸招我魂。"

⑥谁禁：怎能禁止。

⑦长条：指无花的枝条。攀：折。出自唐代许尧佐《章台柳》："纵使长条似旧垂，也应攀折他人手。"

【赏析】

词开篇描写了春末时节落花纷纷的情景，"点点星星，零零落落，一片飞残。"窗外是落花纷纷、蝴蝶飞飞，窗里站着的是悲伤地看着落花的女子。"向东风影里，空劳蛱蝶"，花儿被无情的东风吹落了，蝴蝶飞来飞去，却没有花粉可采。窗里的女子也只是无可奈何地望着窗外纷纷飘扬的落花，"碧纱窗外，遮没阑干"，把庭院中的栏杆也遮得看不清了。东风使劲地刮着，吹得"柳线难牵，帘钩难挂"。风把柳条吹的狂摆，故"难牵""难挂"。女子无奈的责怪道"无赖封姨不见怜"。不知道封神从哪而来，她竟一点也不可怜花儿。"见"是古汉语中的被动词。"不见怜"，指的是不被封神可怜的意思。看到了令人伤心的落花，女主人不禁走出了户外，"经行处，恰纷纷红雨，轻拍香肩"，落花如雨，所以称为"红雨"，她落了一身的花瓣。花瓣落肩有声，有力，此处运用了夸张的写作手法，"拍"字的运用增添了词的神韵。

下片描写为落花招魂，是词中女子极其无可奈何的表现。"芳魂何处姗姗"，"芳魂"指的是花的灵魂，花应和人一样，也该有灵魂，但到底在何处呢？"待剪纸，招来月下看"。多么地思念，多么地盼望，无可奈何只好通过剪纸来为落花招魂。不料真的把花魂招来了，可是"认朦胧不准，飘摇不定，烟消雨化，丰韵难传"。似真是幻，模模糊糊，似有似无，甚至连她的丰韵都难以传写清楚。词中女子终于领悟到这一切只是空幻，只好痛苦惆怅地哀叹："惯为花愁，谁禁又落。"都是因为自己常常为落花而忧愁、伤心，可怎么才能制止花的凋落呢！春天要消逝了，花儿也都被春风吹落了，也只能"空对长条不忍攀"。唐人曾有诗说，章台柳，"也应攀折他人手"，面对已无花儿的枝条自己也是不忍心去攀折的。春去夏来，"从今后，剩绿苔庭院，吹满榆钱"，从此庭院只剩下了绿苔，面对无花的庭院，只能枉然怀念悲叹了。

该词，上片咏落花，以东风作为线索，将各种景物串接了起来，但抒情主人公一直都是中心视角。下片描写为落花招魂来突出伤春之情，情景交融，情致缠绵，达到了形神俱化的境界。在表现时令的变化时，作者总能抓住一些典型的景象准确而生动传神地描述出来，例如"空劳蛱蝶""空对长条""剩绿苔庭院"等，增强了艺术感染力。还有一些极其富有想象力的词句，比如写落花为"芳魂何处姗姗"，"认朦胧不准，飘摇不定，烟消雨化"等，给全词增添了浪漫色彩。

辊绣球·咏绣球梅①

【原文】

花样忒玲珑②，攒簇处、纤秾如绣②。

碧揉云碎，红蒸霞浅④，画栏西畔，彩球五色，荡摇清昼。

正是绿肥时候⑤，偏越越⑥、粉凝脂溜。

可人姿致，况开长久。

多情蛱蝶，成团逐队，也来飞凑。

【注释】

①绣球梅：此花于晚春时节开放，其朵小繁密且呈球状，可以盆栽，供观赏。

②忒玲珑：忒今为特。因为花朵小，所以称之为玲珑。

③如绣：如刺绣，形容花有光彩。

④红蒸霞浅：深红的好似火，浅浅的如云霞。

⑤绿肥时候：指春末时节，此时花朵将落而花叶渐肥。出自李清照《如梦令》："知否？知否？应是绿肥红瘦。"

⑥越越：活泼轻盈的姿态。

【赏析】

花是顾太清咏物词中常见的赞咏对象。此处所咏的是绣球梅。开篇描写"花样忒玲珑"，夸赞绣球梅花形玲珑别致，词人流露出了对绣球梅的无比喜爱。接着便细致的描述绣球梅的美。说它"攒簇处，纤秾如绣"，花团锦簇。花朵小巧浓艳宛如刺绣，夸赞绣球梅色彩诱人。"碧揉云碎"，有的绣球梅像揉聚的碧玉，有的仿佛是碎开的云团。"红蒸霞线"有的红艳如火，有的浅浅好似云霞。绣球梅色彩缤纷，且不止有一种颜色，"彩球五色"，共五种颜色。这些绣球梅都栽种在"画栏西畔"。在微风吹拂中"荡摇清昼",整日随风荡漾。经过如此点染,将绣球梅的可爱姿色描绘得淋漓尽致。

下片继续描写绣球梅的可爱,上片仅是描写了绣球梅的形态姿色,对它的可爱之处,似乎还意犹未尽。此片说绣球梅正开在了绿肥红瘦时期,即春末花褪时节,只有绣球梅偏偏"越越"活泼轻盈,且"粉凝脂溜"般的娇艳欲滴,不仅有讨人喜爱的"可人姿致",且"况开长久",花期长久。绣球梅的芬芳和美丽还惹来"多情蛱蝶,成团逐队,也来飞凑"。这些晚开的玲珑可爱的绣球梅把春天的盎然生机留在了人间。

这首词作体现了词人对花的表现力,且少雕琢。简单几笔勾描,便抓住了绣球梅的特征,如"攒簇"的特征,它的"碧揉云碎,红蒸霞浅"的"彩球五色"等。写它的动姿可爱处,则是"荡摇""越越"。结句写多情蝴蝶"也来飞凑",点活了词的整个境界。

惜秋华·壬寅七月廿一重睹邸中天游阁旧居有感①

【原文】

旧梦天游,倚晴空犹是,当年楼阁。

绣户绮窗,蛛丝暗牵帘幕。

纵横薜荔缘阶②,隐幽径、兔葵燕麦③。

萧索。

噪斜日,剩有营巢鸟雀。

认取栏干角。

乱蓬蒿掩处，绽海棠红萼。

景如此，人非昔，向谁寄托。

不堪四载重来，怅怀抱、情伤心恶。

难著④。

对西风、泪痕吹落。

【注释】

①天游阁旧居：指太平湖荣亲王府。顾太清与奕绘贝勒结婚后在此居住。道光十八年（1838年）贝勒奕绘逝世后十月二十八日顾太清迁出了荣亲王府，故称为旧邸。

②薜荔：指木莲。木本蔓生植物，花形小且隐在花托中，由于形状好似莲

花而得名。

③兔葵：又作菟葵。燕麦，指粮食作物。燕麦原为野生，因为燕雀喜欢吃，故有此名。由于是重游旧邸，故套用了唐代刘禹锡《再游玄都观》诗序"重游玄都观，荡然无复一树，惟兔葵燕麦动摇于春风耳"用语。

④著：同着，放置。这里指感情难放置。

【赏析】

词开篇睹物恩情，说"旧梦天游，倚晴空犹是，当年楼阁"，顾太清重返旧邸很是欢喜，但又充满了感伤，想起曾经与丈夫生前在这里生活，有说不出的亲切感。但丈夫去世后，自己无奈带着儿女迁出了王府，这里"绮户绣窗，蛛丝暗牵帘幕。纵横薜荔缘阶，隐幽径、兔葵燕麦"，眼前一片荒凉景象。绣户绮窗上结着蜘蛛网，台阶上蔓延着木莲，兔葵燕麦之类的野生植物长满了庭院，野草把庭院中的小路都遮盖了。主人离去后，旧邸只剩下一片"萧索"，失去了昔日的盎然生气。"噪斜日，剩有营巢鸟雀"。只有夕阳映照下树上雀巢中的鸟雀在聒噪。词中寓情于景，情景交融，尽情地写出了旧邸的残败和荒凉。

下片描写词人惊异地发现栏杆角落竟盛开着海棠花，"乱蓬蒿掩处，绽海棠红萼"。这个庭院，曾经就以海棠著称，现在海棠花竟然仍顽强地开放着。但是"景如此，人非昔"，物是人非，凄凉沧桑之感油然而生。当年顾太清常邀请朋友在此观赏海棠，而今海棠依旧盛开着，但主人却已今非昔比了。可这感情又能"向谁寄托"，表现了词人的无比孤独。"不堪四载重来"，想一想离别的时间已有四年了，是此情此景中合乎情理的思绪，现在能"重来"，应是欢喜，可没想到更为伤心。故词人说"怅怀抱，情伤心恶"，在百感交集中，伤心更是主要的。结句"对西风、泪痕吹落"，以一副伫立风中而无语凝噎的形象结束全词。全词对景抒情，情由境生，感人肺腑。

中华传世藏书

纳兰性德全集

《太清词》赏析

风蝶令·春日游草桥

【原文】

春日游草桥，过菜花营看竹①

春水才平岸，蛙声已满塘。

蘋丝分绿映垂杨②，几处浣衣村妇淡梳妆③。

看竹疏篱处，停车老树旁。

李花零落杏花香，一带小桃花底菜花黄。

【注释】

①草桥：在北京右安门外南十里。菜花营：也在右安门外，今称为菜户营，今属北京丰台区，居民以种花为业。

②蘋丝：蘋，指浅水中的绿草，生长于近岸边，多年生草本。根状茎匍匐泥中，细长而柔软。蘋丝：指蘋草相连的样子。分绿：绿草同水的分界。

③瀚：又作浣。指浣洗衣物。

【赏析】

词开篇就描写了"春水才平岸，蛙声已满塘"的惊喜。郊野怡人的风光，词人尽收眼底。"蘋丝分绿映垂杨，几处瀚衣村妇淡疏妆"。词人不仅听到了池塘中的蛙鸣，还看见了近岸的丝丝蘋草与岸边的翠绿垂杨交相辉映，还见到了岸边洗衣妇女的不施脂粉的朴素衣着。简单几笔，即勾勒出一幅如诗如画的自然风光。话语之中，洋溢着这位久居闺阁贵邸的妇女的一片欣喜。

下片继续描写她一路所见的美丽风景。"看竹疏篱处"，她在一片有着篱笆的地方看见了一片竹子，在北方是很难见到竹子的，"停车老树旁"，所以她赶紧把车停在了树旁，驻足仔细观赏，这时她又发现，这一带地方，真是名副其实的花乡。她欣赏到了"李花零落杏花香，一带小桃花底菜花黄"，李子花零落后杏花开始飘香，桃花落地时菜花又黄了，一种花儿接着一种花儿的盛开，树上是正在开放的花，地上有飘落的花，词人满眼都是花。短短两句描述了四种花，读起来节奏明快，如行云流水，恰当的表现了词人奔放轻松的心情。

这首小令，向我们展示了一幅美丽的田野风光，又如一首田园交响乐的片断，其中有不施脂粉的洗衣妇女，春水绿蘋、垂杨和竹子，以及各种花，还有

2630

池塘的蛙鸣。语言自然、凝练而明快，将词人欢悦心情表现得淋漓尽致。

定风波·咏紫玉簪

【原文】

秋雨浪浪湿碧苔①，庭花无数雨中开。

一种看来颜色好，袅袅②，浑疑仙子御风来③。

羽盖似将云影护④，丰度⑤，罗衣偏爱淡霞裁。

应是玉妃微醉后⑥，轻溜，鬓边卸下紫鸾钗。

【注释】

①浪浪：形容雨水多。

②袅袅：形容花在微风中摆动的姿态。

⑧浑：都、全。御：驾驭，乘。

④羽盖：古时以鸟的羽毛为装饰的车盖。这里指仙人车驾。

⑤丰度：丰同风。指仪态。

⑥玉妃：假想中天上玉帝的妃子。

【赏析】

这首咏物词，咏赞的是妇女的发饰紫玉簪。词开篇以花为起始，词人以极富表现力的诗笔，渲染出一幅庭院的秋景画。"秋雨浪浪湿碧苔，庭花无数雨中开"，秋雨打湿了碧苔，也催开了无数的秋花。紧接着"一种看来颜色好，袅袅，浑疑仙子御风来"。这些花不仅颜色好看，且在风中摆动的姿态又美，词人怀疑这些花是天上的仙子下凡。上片描写到此，读者还不清楚为什么要写这些描写和咏赞，与紫玉簪有什么联系。

下片词人索性放开思想的缰绳驰骋遐想，且越想越新奇。上片说花是天上的仙子下凡，这里又说"羽盖似将云影护"，她是乘着车驾，以云影作为羽盖下凡来的。她的姿态由"袅袅"幻化成为有灵性的"丰度"，"罗衣偏爱淡霞裁"，她以淡霞裁成罗衣，有着如此迷人的风采，到底是谁呢？又为何来到人间呢？疑惑朦胧之中，词人遐想她"应是玉妃微醉后，轻溜"，她一定是天上的仙妃喝了瑶池的仙酒，酒醉之后偷偷溜下了凡间。"鬓边卸下紫鸾钗"，不知是醉后无意，还是有意的，把自己鬓边的紫鸾钗卸了下来，至此，词中才出现紫玉簪。仙妃给人间送来了她自己的一支紫玉簪，这支玉簪原是天上玉妃佩戴的饰物，它的华贵和质地，它的美，自然就不用多去赞美了。

全词构思奇特，别具韵味，一般此类咏物词易流于俗套，多是咏赞其形状、实用、珍贵等方面。这种赞美，就算是写得很全面，辞藻再华丽，也只能算是一篇记叙，并不能给人以美感的享受。而顾太清的这首词与众不同，别出机杼，通篇都没有紫玉簪的形状等之类的细节描写，前面只是尽情地烘托，直至末尾才出现，可谓是千呼万唤始出来，说玉簪是天上仙妃所戴的头饰，从侧面反映出玉簪的美，构想如此美妙，体现了词人独特的艺风。

早春怨·春夜

【原文】

杨柳风斜，黄昏人静，睡稳栖鸦。
短烛烧残，长更坐尽①，小篆添些②
红楼不闭窗纱，被一缕、春痕暗遮。
澹澹③轻烟，溶溶院落④，月在梨花。

【注释】

①更：古代夜间敲更报时，每更大约为两个小时，共五更。"长更坐尽"，指夜长坐而难耐。

②小篆：这里指香料燃起的薄烟，这是宋代才出现的一个浪漫的比喻，香烟袅袅，好似篆书一样，很雅致。"小篆添些"，夜长添香的意思。苏轼《宿临

安净土寺》："闭门群动息，香篆起烟缕。"些：少量的意思。

③澹澹：水波荡漾的样子，这里形容烟波荡漾。出自唐代李白《梦游天姥吟留别》："云青青兮欲雨，水澹澹兮生烟。"

④溶溶：宽广和悦。

【词评】

太清之倚声……巧思慧想，出人意外……（如）《早春怨·春夜》……

——沈善宝《名媛词话》

【赏析】

大地回春，万物苏醒，一切都显得生意盎然，无限美好。但词人没有去描写春天明媚的白昼，而特意去写夜晚，春天的夜晚却是悲愁的，由于夜色笼罩了大地，春光暂时消逝，反而容易激起春的失落感。词人选用了"早春怨"词牌，似乎也有了象征意义。

词开篇描写"杨柳风斜，黄昏人静，睡稳栖鸦"。此时夜色已遮盖了大地，大地一片沉寂，春天的风光已经褪去，只能听到杨柳被夜风吹动的声音，鸦雀也都归巢休息了。可是词中的女子却难以入睡。"短烛烧残，长更坐尽，小篆添些"。蜡烛都快要燃尽，她在更深长夜中坐着等待天亮，不断地往香炉里添香。她到底在想些什么，为什么没有入眠？这只能靠读者自己慢慢去体会。

下片描写"红楼不闭窗纱，被一缕、春痕暗遮"。实际上是春痕被窗纱暗遮。窗纱指的就是夜幕，把大地的春光遮盖了，它是美的失落，所以才有无限的惆怅。"长更坐尽，小篆添些"，这些形体上动作是词中女子内心无限惆怅的外化。但春夜仍是美好的，词中女子在惆怅哀怨中又发现了另一种美："澹澹轻烟，溶溶院落，月在梨花。"大地泛着轻烟，庭院显得比白天更为宽广和悦，月亮挂在开满梨花的枝头。末句从晏殊"梨花院落溶溶月"句化出，较原句更为近真返璞。词中女子由春夜的惆怅转变为美的欣赏，像一首咏叹词，完整地展现了词的主题。整首词写词人于春夜孤栖意绪，未加过多点染，却有一种高洁静谧之感悄然曳流。

醉花阴·咏蝶

【原文】

淡绿轻红春日暖，落瓣随风卷。

蝶阵趁飞花^①，欲绣翩翩，抽尽春蚕茧。

滕王旧稿晴窗展^②，住住飞飞缓^③。

花底作生涯，心醉群芳，生受东君管。

【注释】

①蝶阵：蝴蝶群飞的样子。

②滕王旧稿：唐初诗人王勃的骈文代表作《滕王阁序》，是脍炙人口的名篇。此处是指一册书。滕王李元婴是唐高祖李渊的儿子。他在任洪州都督时，修建了滕王阁。旧稿：泛指书册。

③住住飞飞缓：指停停飞飞。

【赏析】

这是一首"咏蝶"的词，可归入咏物词一类。万物复苏，百花盛开的春天，蝴蝶又开始忙碌活泼起来。开篇词人写春天的美丽画面是："淡绿轻红春日暖，落瓣随风卷。"红绿的缤纷色彩，春风和煦的暖暖感觉，花瓣随风飘落的空间感。从不同的感官角度感受着春天的气息。但核心还是花的展示，以引出"蝶阵趁飞花"。因为花呈"淡绿轻红"，又"花瓣随风卷"，所以蝴蝶成群翩翩而飞，构成了一幅绚丽多彩，如画般的画面。尤其是蝴蝶翩翩起舞的飞翔，使词人不禁为之惊叹。"欲绣翩翩，抽尽春蚕茧。"词人觉得要把这幅蝴蝶翩翩起舞的美丽景象绣成一幅绢画的话，那春蚕的茧丝就该被抽尽了。意思是说蝴蝶太多了。

下片写"滕王旧稿晴窗展"，此句看似与咏蝶没有关系。但窗前放着一册书，说明词人原来正在展卷读书，是因为春光中蝴蝶飞舞吸引了她，由于神往而放下了书，把目光注视在了"住住飞飞缓"的蝴蝶身上。但接下来的描写又未免沦入感伤。说："花底作生涯，心醉群芳，生受东君管。"蝴蝶喜爱娇艳的百花，以在花下生活为乐趣，那是因为蝴蝶陶醉于百花的娇美中。无奈百花是受司春之神管束的，春天逝去，百花就要凋零飘落，而蝴蝶又该如何呢？词人同蝴蝶一样，也爱花，词人借咏蝶而发出哀叹，哀叹人生与命运的无可奈何，给这首咏物词增添了浓厚的抒情色彩。

南柯子·九日城南看菊①

【原文】

问菊城南路，秋光又一年。

草桥风景尚依然，正是黄花时节碧云天②。

荒草迷幽径，残芦被野田③。

丝丝衰柳挂寒烟，遥指半规斜阳隐山巅④。

【注释】

①九日：九月九日重阳节的简称。

②黄花时节碧云天：化用范仲淹《苏幕遮》"碧云天，黄叶地"的词意。
黄花：指菊花。

③被：覆盖。

④半规：半圆。

【赏析】

重阳节本应登高，但词人则去城南看菊，可知别有一番情趣。此词题目虽为看菊，但词中并没有写赏菊，只是感叹下时序："问菊城南路，秋光又一年。"顾太清曾与亲朋好友经常出游城南，几乎年年都有赏菊的活动。此句感慨又是一年重阳节，又是一年秋来到，"草桥风景尚依然，正是黄花时节碧云天"。顾太清曾于草桥赏过菊花，如今草桥的风景依然那么美丽，碧云蓝天下菊花娇艳地盛开着。只是风光依旧，人却有着与往昔不同的感叹。

下片描写了秋天迷人的景色，仍没有去描写菊花，如果一味去写菊，容易落入俗套，不如转笔写菊花盛开的季节——秋天。"荒草迷幽径，残芦被野田"。眼前虽是茫茫的荒草，连路都认不出来了，残芦覆盖了野田，却表现了广袤郊野的天韵。对于长期生活在城市的人来说，这是难得一见的返璞归真的自然美。"丝丝衰柳挂寒烟，遥指半规斜阳隐山巅"，就更是一幅迷人的秋画。唐代诗人王维的诗"大漠孤烟直，长河落日圆"，被誉为"诗中有画"。王维表现的是边塞美丽景色，顾太清表现的是郊野迷人风光，同样的开阔，同样是"诗中有画"，但广袤无垠中有不同的审美。"丝丝衰柳"替代了"大漠"，"寒烟"

则替代了"孤烟"，给大自然又增添了几分生的气息。"长河落日"又被替换为游人喜欢的"遥指"夕阳。灿烂、迷人的秋色，在人与自然的相互交融中，如诗如画般地呈现在了读者面前。全词以明快、清新而又富有生活情趣的语言将秋天迷人的风景描绘得令人神往，菊花的美也是不言而喻的。

满江红·九日屏山

【原文】

九日屏山、湘佩招游悯忠寺①。

时节重阳，喜良友，相邀消遣。

问古寺、驱车访菊，黄花不见。

败叶凋伤零落舞，残碑剥蚀摩挲看②。

葬忠魂、千古此高台③，凭人赞④。

如来法，慈悲愿⑤。

刹那顷⑥，韶光换。

忆旧游重到⑦，临风自叹。

回首竟成今昔感，宽心且作嬉游忭⑧。

约明年，此会共登临，知谁健？

【注释】

①悯忠寺：即法源寺，位于北京宣武门南，是北京现存历史最悠久的古刹。

建于唐太宗贞观十九年（645 年）。相传是唐太宗李世民为哀悼北征辽东的阵亡将士，诏令在此立寺纪念，赐名"悯忠"。安史之乱时，一度改称"顺天寺"，明朝正统七年（1442 年）重修，易名为崇福寺。万历三十五年（1607 年）又重修。清雍正十一年（1733 年）重修后正式改为今名。寺内花木幽雅，素以丁香、海棠闻名，令许多名人流连吟咏。

②摩挲：抚摩。这里是用手拂去尘埃的动作。

③高台：悯忠寺内的石坛。据戴璐《藤荫杂记》记载："悯忠寺石坛，传为唐太宗征高丽回瘗战骨处。"故称"葬忠魂"。

④凭人：任人。赞：著文旌表功绩。

⑤如来法，慈悲愿：如来佛，指佛教始祖释迦牟尼。"如来"即是"佛"，"如来"和"佛"实际是一个意思。大意是说，释迦牟尼创立佛教，制定佛教教法，是从大慈大悲的愿望出发的。

⑥顷：形容时间短暂，顷刻。

⑦旧游：指以前的同游者。

⑧忺：高兴、喜欢。

【赏析】

这首词记述了词人于重阳节秋游的情景。开篇说"时节重阳，喜良友、相邀消遣"。此处直接说出了"喜"，不同于寓情于景的写法，词人用真抒胸臆的方式表情达意。出发时，词人很兴奋，但意外的是，"向古寺，驱车访菊，黄花不见"，重阳节正值秋天，应是菊花盛开的季节，却没有看见菊花，从下句"败叶凋伤零落舞"来看，也许是因为气候的原因，寒气过早袭来，使菊花早早地凋谢了，词中流露出了淡淡的忧伤，既然没有菊花可赏，于是转而描写游悯忠寺的情景。同"败叶凋伤零落舞"句相对应，这座历史悠久的唐代古刹也未免残败的景象。"残碑剥蚀摩挲看"，碑已残损，因受日月的剥蚀，碑上的字迹已不清，需用手拂去积尘，才能辨认出它的字迹。这些碑刻，大多都是历代的文物。悯忠寺是唐太宗李世民为了纪念北征辽东的阵亡将士而建，寺里有一处"高台"，这里埋葬着英勇将士的部分遗骸。历朝历代都有很多人前来游寺凭吊，并撰写赞文，勒石纪念，所以寺内有众多的碑刻。顾太清词说"葬忠魂、千古此高台，凭人赞"，"凭人赞"，任凭人去旌表功绩，是古人赞颂的碑刻非常多的意思。结合上句，词人看到眼前寺院里"残碑剥蚀"的现象，却是令人忧伤的。词人感叹时代久远，人事沧桑，忠魂此时受到了冷落，心中一片悲凉。

下片着重渲染词人内心的情感。因看到了"败叶凋伤零落舞"和"残碑剥蚀"的悲凉景象，勾起了词人的无限感叹，因此紧接着说"如来法，慈悲愿"，意思是说如来佛祖创立佛教，制定佛教教法，是对人间的大慈大悲。故唐太宗李世民敕建悯忠寺，纪念将士，超度他们的忠魂。可不料"刹那顷，韶光换"。历朝历代都曾多次重修此寺，最近一次是雍正时期的重修，距此还不到一百余年，寺院就变得如此破败不堪，所以词人感叹刹那间光景大变。尤其是"韶光换"带来了很多的感触，也激发了词人对自己身世的感叹。她曾多次游历过悯忠寺，这次又是"忆旧友重到"，但她已年过五十，对于古人来说，这已步入老境。因而词人触景生情，感叹到人也定会像这座寺庙一样，会随着时间的推移而变得苍凉衰老。这个感触，词人在下面"回首竟成今昔感"句中，再作点染。因而"临风自叹"，只能作"宽心且作嬉游忭"的自解。实际上岁月沧桑之感只会随着时间的推移而愈加深重。虽然词人和朋友约好"约明年、此会共登临"，但却发出了"知谁健"的凄凉感叹。意思是说明年时不知道谁还会健在人世，说得如此悲观凄凉，令人柔肠寸断。

这首词反映了词人中年之后的岁月沧桑的感情，基调悲沉。全词情景交融，感情深挚，但感伤处，未免有点过于低沉消极。

踏莎行·冬夜听歌

【原文】

镂月裁云①，移宫换羽②，歌喉怕惹娇莺妒。

浅斟不问夜何其③，三星早已当门户④。

彩袖高扬，柘枝低舞⑤，檀槽慢捻冰弦柱⑥。

曲终明月送人归，小庭深院霏寒雾。

【注释】

①镂月裁云：出自唐代李义府《堂堂词》："镂月成歌扇，裁云作舞衣。"

镂：雕刻。比喻文字工巧。这里形容歌词的美妙。

②移宫换羽：出自宋代周邦彦《意难忘·美人》："知音见说无双，解移宫换羽，未怕周郎。"原指乐曲换调，后也比喻事情的内容有所变更。此处指乐曲弹奏。宫和羽是古代乐曲中的两种曲调名。

③浅斟：出自宋代柳永《鹤冲天》："忍把浮名，换了浅斟低唱。"指饮酒。何其：何如，怎么样。

④三星：据《诗经·唐风·绸缪》载："绸缪束薪，三星在天。"旧说认为诗中三星参宿三星，郑玄《笺》中认为是心宿三星。而根据近代天文学家朱文鑫考证，认为一夜之间三个星座轮次出现，三星分别指参宿三星、心宿三星与河鼓三星。

⑤柘枝低舞：是一种从西域传入中原的舞蹈。有商调屈柘枝，羽调柘枝舞。

⑥檀槽慢捻冰弦柱：形容乐器的弹奏。檀槽是檀木制成的琵琶、琴等弦乐

器上架弦的槽格。捻：用手指弹拨琴弦。

【赏析】

这首词题目为"冬夜听歌"，描述的是音乐娱乐。开篇两句对仗"镂月裁云，移宫换羽"，赞美了歌词的美妙，乐曲的婉曲动人。"镂月裁云"，是说在词人的笔下，明月和彩云像是被精心雕刻和剪裁了一般，形容曲辞的美妙。"移宫换羽"是形容高低音阶上下的美妙转换，形容乐曲谱得动听。如此美妙动听的乐曲，生怕"歌喉怕惹娇莺妒"。莺的啼声如歌般美妙动听，这里是指女子的歌唱动听，令人陶醉，好怕娇莺也会嫉妒她。接着描写欣赏者边慢慢饮酒，边陶醉着听曲。他们沉醉在美妙的音乐之中，怡情惬意，甚至忘记了夜已多深，参宿三星、心宿三星与河鼓三星此时早已当空，对着门户了。

下片紧接着描写随着音乐翩翩起舞的女子，她的舞姿极其动人，"彩袖高扬，柘枝低舞"。此句为对仗句。彩袖对柘枝，高扬对低舞，文字的韵律与音乐舞蹈的韵律达到了和谐统一。伴奏者则是"檀槽慢捻冰弦柱"，她的双手轻轻弹拨着琴弦，直到"曲终明月送人归"。曲终人散后，"小庭深院霏寒雾"，小院又重归寂静，而此时已是霜寒雾重的深夜了，此句照应了上片"三星早已当门户"一句。

词序中虽然说只是"冬夜听歌"，可在词中，除了描写美妙动人的歌唱，还兼及描写了伴舞者、伴奏者及欣赏者各方，他们组成了一个和谐统一的境界，也由此可推断这次"冬夜听歌"是家庭赏曲。词人简单几笔的勾勒，就把各个角色的人物描绘得栩栩如生、生动传神，体现词人高超的艺术表现力和概括力。

甫乡子·咏瑞香①

【原文】

花气霭芳芬②，翠幕重帘不染尘。

梦里真香通鼻观③，氤氲④。

不是婷婷倩女魂⑤。

细蕊缀纷纷，淡粉轻脂最可人⑥。

懒与凡葩争艳冶，清新。

赢得嘉名自冠群。

【注释】

①瑞香：此花于春季开花，花生于枝端，且富有响起，是珍贵香料，其根部和叶部可入药。

②霭：指云气。此处形容花的香气如团团凝聚的云雾。

③鼻观：佛教用语。佛教认为通过修养，达到内明，遍成虚静，鼻息成白，观鼻端白。"梦里真香通鼻观"的大意是说，瑞香花的芬芳馥郁如梦里真香，能够打通鼻观，使全身能感到澄明虚静。

④氤氲：又写作烟温、絪缊。烟云弥漫的样子。这里形容香气如云雾弥漫。

⑤倩女魂：出自唐人陈玄祐的传奇小说《离魂记》。这个故事大意是说倩女与表兄王宙十分相爱，但倩女的父亲却把她嫁给了别人。倩女因此抑郁成病。王宙也托故赴长安，与倩女诀别。倩女离魂去追赶王宙，终于成就婚姻。五年后倩女思念父母，与王宙回家探望，此时王宙才知道倩女一直卧病在家，出走的是倩女的魂，后来倩女的魂与久卧病榻的身躯合而为一体。婷婷：指女子美好的身姿。此句大意是怀疑这团香气是倩女的离魂在这个地方。

⑥"细蕊"两句：意思是说瑞香之中，有一种花蕊细小，多而密，纷纷连缀在一起，颜色淡粉且呈光鲜的，最讨人喜欢了。可人：宜人，讨人喜爱。

【赏析】

这是一首咏瑞香花的词。瑞香属木本花种，此花的特点是香气馥郁。上片就集中咏赞了它的芳香。说它"花气霭芳芬"，它的香气如团团凝聚的云雾久久不散，甚至令"翠幕重帘不染尘"，灰尘也被香雾驱走了。又说它"梦里真香通鼻观，氤氲"，它散发的已不是普通的花香，而是能使全身虚静舒适的一种梦里真香，如佛家修炼获得的通透鼻观的内心感受。故词人怀疑莫不是倩女的离魂就在这里吧。香气异常抽象，以瑞香的馥郁感受，不是一个笼统的"香"可以说清楚的，词人运用了很多方法来表现它，获得了艺术的效果。

下片着重描写花的姿色和品格。"细蕊缀纷纷"，是说它花蕊细小，多而密，纷纷连缀在一起，颜色粉淡且呈光鲜的，最讨人喜欢了。瑞香有很多品种，词人在此举出了"淡粉轻脂"的一种"最可人"。从一般到特殊。又说它色泽清淡雅致，"懒与凡葩争艳冶"，看见它有种"清新"之感。这里又通过词人的主观品鉴，颂扬了它高稚，以及甘为寂寞的品格。它"赢得嘉名"是自然而然获得的，并不是去同凡葩争奇斗妍获得的，即所谓桃李无言，下自成蹊。人们喜爱它，才"自冠群"，成为群芳之首。

上下两片层次分明。瑞香以香著称，词人从多角度多方面，以及多种方法来表现它的这一突出特点，几乎近于可触可摸。

特别提示：

　　本书在编写过程中，参阅和使用了一些报刊、著述和图片。由于联系上的困难，和部分作品的作者（或译者）未能取得联系，对此谨致深深的歉意。敬请原作者（或译者）见到本书后，及时与本书编者联系，以便我们按照国家有关规定支付稿酬并赠送样书。

　　联系电话：010-80776121　联系人：马老师